U0949948

作者简介：

李学智，男，彝族，云南省武定县人，中国作家协会会员。现供职于云南省楚雄州文联《金沙江文艺》杂志社，任副主编，副编审职称。出版有中短篇小说集《无法温柔》，长篇小说《大户》《德江烟雨》《何处心安》《黑井之恋》等。其中，中篇小说《无法伤悲》获《边疆文学》奖，长篇小说《大户》获“梁斌小说奖”。《达布的金山》系中国作协 2017 年少数民族文学重点扶持作品。

新中国成立七十周年献礼丛书

达布的金山

李学智 / 著

云南出版集团 云南人民出版社

图书在版编目（CIP）数据

达布的金山 / 李学智著. -- 昆明 : 云南人民出版社, 2019.12
（新中国成立七十周年献礼丛书）
ISBN 978-7-222-18870-9

Ⅰ. ①达… Ⅱ. ①李… Ⅲ. ①长篇小说－中国－当代
Ⅳ. ①I247.5

中国版本图书馆CIP数据核字(2019)第261925号

策　　划：云南省作家协会

责任编辑：刘　焰　李明珠
装帧设计：李乐乐　熊小熊
责任校对：姚实名
责任印制：窦雪松

新中国成立七十周年献礼丛书

DABU DE JINSHAN
达布的金山
李学智/著

出　版　云南出版集团　云南人民出版社
发　行　云南人民出版社
社　址　昆明市环城西路609号
邮　编　650034
网　址　www.ynpph.com.cn
E-mail　ynrms@sina.com
开　本　889mm×1194mm　1/32
印　张　11.25
字　数　245千
版　次　2019年12月第1版第1次印刷
印　刷　昆明美林彩印包装有限公司
书　号　ISBN 978-7-222-18870-9
定　价　49.00元

如需购买图书、反馈意见，请与我社联系
总编室：0871-64109126　发行部：0871-64108507　审校部：0871-64164626　印制部：0871-64191534
版权所有　侵权必究　印装差错　负责调换

云南人民出版社微信公众号

目　录

引　子

1991 年冬天，老黑山那涛村的达布为一桩事情纠结不已。

一边是者格乡政府领导想要让他继续当萨珠村委会主任。前不久，乡领导对他说，明年春夏之交，村委会就要换届了，你要有思想准备。乡上的意思是，你继续干上一届。以后有条件的话，可以到乡上工作。一边是父亲吉达毕摩要他回家学做毕摩，早日承袭毕摩一职。

在达布心中，这村委会主任并不难当，这几年边学边干就上路了，也确实为乡亲们干了些事。但当好毕摩却不容易。汉人把毕摩叫彝族巫师，可达布不这样认为。毕摩在彝族同胞的心目中，是大知识分子，要熟知经文典籍，擅长作毕，也就是做法事，能够主持祭祀、行医占卜，掌管神权，把握文化，沟通神鬼，指导人事，在彝族同胞生产生活中发挥好毕摩的重要作用。这个担子不轻呐！毕摩的能力来自师承、实践和悟性。彝族中的苏尼才是巫师，与汉族人说的端公、师娘大致一样。

苏尼的本领似乎是神授的，他们不懂经文，无须学习，只承担禳灾驱鬼的任务。

达布继承了父亲吉达的毕摩职业。他家是毕摩世家。在老黑山彝村，有二十多位毕摩。他们的祖师爷是阿者苏纳。达布十多岁时曾听父亲讲过，祖师爷阿者苏纳毕术高强，能腾云驾雾，就像电影里的孙悟空，一眨眼就可以到九十九座山外。他随便用根木棍朝地面一戳，地面就会冒出泉水来。他朝病人吹口气，病人的病就好了。达布好奇地对父亲说：阿爸，要是我有这样的本事就好了。吉达说，达布啊，你长大了可要跟着阿爸学毕摩。至于你能有多大本事，到时候你自己会明白。不过，有一点可以断定，你想有祖师爷阿者苏纳的本事是不可能了。达布不解，问，为什么？吉达说，现在天上有飞机飞了，毕摩不用腾云驾雾了。地上有钢管，有抽水机，毕摩也不用钻地取水了。

达布想，日子还长着呢，以后再学做毕摩也不迟。

可吉达不这么看，他认为达布现在已经二十五岁，是出师的年纪了。达布从初中毕业回来后，白天跟着他去干农活，晚上就在家抄经书。达布把家里的经书抄了一遍，这也花去了六七年的工夫。吉达一出去作毕，就带上他，让他熟悉程序，在作毕的过程中，还让他一起念诵经文。若是跟不上，回到家后就让他认真读记。吉达曾说，诵经是硬底子。不熟记经文，作毕时就不能感天地、通鬼神。到达布当上村主任时，已经背得下来家里那十三部经书了。

老黑山在云贵高原。主峰鹰飞岭向四周放射，山脉绵延数十公里。山上森林茂盛，一片黛绿，远看如被一块巨大的黑色绒布包裹着，先祖们就把它叫作老黑山。

山上的一切都是有来头的。在老黑山，有彝族古歌唱道：

追寻天起源，源头木古陆；
追寻地起源，源头咪索尼；
追寻水起源，源头茂尼矣；
追寻人起源，源头六祖先……

这首古歌唱的是彝族六祖分支的事情。远古的时候，部落林立。有实、勺两家在拜谷楷戛设立歌场，赛歌招亲。彝族始祖阿普笃慕去赶歌会，与实、勺两家的三个女儿蚩以武吐、能以咪都、尼以咪哺产生了爱情。这三个姑娘已经有了未婚夫，未婚夫家当然不容许这种事情发生，他们联合了四个部落派出九支军队分九路进攻阿普笃慕部落。阿普笃慕部落抵挡不住，向实、勺两家求援。双方联合起来，组织了部落联军，与四个部落开战。战争打了九天九夜，各有胜负，僵持不下。最后，交战双方只好承认既成事实，歃血为盟，各自撤兵。

阿普笃慕与实、勺两家的三个姑娘结婚以后，蚩以武吐生慕雅切、慕雅考；能以咪都生慕雅热、慕雅卧；尼以咪哺生慕克克、慕齐齐。阿普笃慕的六个儿子后来发展成为武、乍、糯、恒、布、默六个古代彝族部落，后人称慕雅切、慕雅考、慕雅热、慕雅卧、慕克克、慕齐齐为彝族“六祖”。由于部落内部经济利益和社会利益所产生的冲突，以血缘关系为纽带的统一体后来解体，六祖后裔分别从洛尼山分迁外出，开辟各自新的领地。慕克克一支一直在洛尼山居住，可到了他的第十世孙糯奎博的时候，由于受兄长糯罗特的排斥，于是举家向外迁徙。

迁徙的路是漫长的。他们赶着羊群，边走边寻找着适合自己生存的家园。经过了多年的奔走，他们终于来到了老黑山。这里森林茂密，山谷里溪流淙淙，山坡有大片大片的土地，适合牧羊和农耕。部落酋长看到这些，下定了主意，在这里定居下来。

还有一个传说，讲的是老黑山的人和庄稼。

传说很久很久以前，老黑山上居住着一户人家，家中有三个儿子。

那时候，老黑山的土壤非常肥沃，庄稼长得像现在的苞谷。那庄稼很神奇，顶上结稻谷，根部土里埋的是土豆，腰间挂的是苞谷。种一茬庄稼，三年都吃不完。

三个儿子渐渐长大，先后成了家。分家时老大认了庄稼上头，住在山顶；老二认了庄稼腰部，住在山腰；老三认了庄稼根部，住在山脚。山顶很冷，稻谷不会成熟，长成了稗子。老大同老三商量对换，老三去山头居住，种了土豆，土豆又大又好，老大去了山脚，稻谷颗粒饱满。老二继续在山腰种苞谷，他成了老黑山彝胞的祖先。

这三兄弟互相学习，互相帮助，老大、老三都种上了苞谷，老二种上了土豆。山脚的老大成了汉人的祖先，山头的老三呢，老黑山的彝胞们说是苗族的祖先。现在却只有彝族在老黑山上居住了。

达布听过这个传说。他认为，这说明了一个事实，以前各民族都是兄弟姐妹，原本就是一家人，有一个共同的祖先。

传说中的先人们在记忆中渐渐淡去，老黑山又产生了新故事。

达布回到家的时候，父亲吉达在火塘边吸着烟，双眼盯着火塘，似乎有什么心事。见他回来，吉达问："吃饭了没有？"

"吃过了，在村委会吃的。"达布说。

"达布，你把村主任辞了，回来接我的班。我们家是毕摩世家，你把毕摩的职位接过去，也是把我家祖传的本事接过去，我年岁大了，再不把毕摩的位子传给你，恐怕就来不及了！"吉达声音低沉地说。

达布不置可否。他不好答复父亲。他说，那就等我把这届干到头吧！再过两三个月，我工作任期届满了，就回来。

达布其实还想在村委会干下去的。他想，这些年来，国家的政策好，当村委会主任确实能为乡亲们办点事。再说，继续干下去，说不定真能去乡上工作，转为国家干部。

吉达说："我知道你有点舍不得。现在世道变了，许多人不敬重毕摩。在过去，当官的叫兹莫，毕摩的威望比兹莫高，兹来毕不起，当官的来了，毕摩可以不让座。还有就是，德古是我们彝族民间的调解人，他们的知识上百，兹莫的知识上千，我们毕摩的知识上万。可是现在，一些人不晓得毕摩了，一些干部也不敬重我们了，人们看重的是官大官小、钱多钱少的事，这样下去肯定不行。”

达布说：“阿爸，我想，当毕摩也好，当村主任也好，都是为乡亲们做事，都一样的。”

吉达说：“你说的我懂。可是，你要想一想，当村主任的人好找，我吉达毕摩的接班人难找。你要赶快回来接我的班，也是接我家的祖业，祖业不能丢啊！我家传毕摩，传男不传女，传内不传外，你不接班不行。再说了，你好歹也跟我学了十多年，我再不把传家本领传给你，你也就白学了。”

达布说：“阿爸，也就是作毕嘛，还有什么传家本领呢。”

吉达说：“你没学的东西还多着呢。比如医术，比如占卜，这些都不容易学成的。”

“占卜我不想学了。医术可以学。”

“我教给你的，样样要学。我是你的师父，不会叫你学一些无用的东西。”

第二年仲春，达布回了家，跟父亲学做毕摩。年底，吉达举行了传位仪式，达布成了毕摩，吉达从此不再作毕。

掌火人

在老黑山，管事叫掌火。掌火这一说法，跟老黑山彝胞们的火崇拜有关。家里的火塘，火是不能熄灭的。在家里，谁是家长，这个家就是谁掌火。村里，谁当村民小组长，这个村就是谁掌火。

1988 年，萨珠村委会由达布掌火。这年他才二十二岁。萨珠村委会管着老黑山上十三村。老黑山有二十六个彝族村子，上十三村在山腰以上。下十三村在山腰以下，属另外一个村委会管。

雨点滴答滴答地打在剑沙的篾帽上，溅起一些芝麻大小的水珠。水珠有些飞开了，有些落在剑沙的蓑衣上。剑沙此时正蹲在一棵一人来高、一围多粗的只长些小树枝的老树桩下，剥剥剥地咂着他那根两尺长的烟锅，两眼望着齐腰高的苞谷苗发呆。他的儿子沙由穿着雨衣站在隔他两三公尺的地埂前。

刚刚下雨时，沙由就劝剑沙："阿爸，不要蹲在树下边，这六七月的天气，一会儿打雷一会儿扯闪的，危险得很！”

剑沙发怒了，他认为儿子有时候说话很气人。他骂了起来：“背时儿子，雷公凭什么要打你爸？你爸哪天干过昧良心的事？”

雨下了一个多小时后，慢慢停了下来。沙由看了看表，说：“阿爸，都快六点了，我们收工吧！”

“收什么工？还可以薅几锄呢！”剑沙说完话，狠狠地瞪了沙由一眼。

沙由不再作声，他估计阿爸心情不好。

父子俩沉默了一支烟的工夫。剑沙自言自语地吼出一句：“这个短命姑娘！”

“阿爸，你骂谁呀？”沙由问。

剑沙说：“我骂谁你不知道？你姐姐沙妮这个没心没肝的人，今天真的跑去退彩礼了！她说她不喜欢范德村那个承呼。承呼是她自己谈的，我又没包办！我作为一个老人只是做了些礼节性的事而已，给他俩办了订婚酒席，算是尽了老人的责任！现在承呼就是泡狗屎她也得认着！我剑沙在老黑山活了这么多年，哪年干过这种事！说话不算数，吐出去的口水你叫我怎么吸回嘴里头嘛！我气了说，你要退你自己去退嘛！没想到今天早晨她真的就去了！我倒要看看她会把这桩事办成什么样子！”

“阿爸，你消消气吧，等她回来再说。”沙由说。

剑沙接着抱怨说：“祖上的规矩怎么就不讲了呢！汉人骂不

听话的娃儿，就是骂一句‘有娘养无娘教的’！你娘是死得早，我又当爹又当娘拉扯你们长大，但再忙也没忘记教你们怎样做人。这回这桩事，她不害羞我害羞嘛！去年农历八月十五定了亲事，说好今年腊月里头就办喜事，怎么就像这六七月的天气，说变就变呢！”

沙由说：“去年阿姐和承呼订婚的时候还没到年底，到年底时达布这个短命鬼就冒出来了！鬼晓得他用了哪样办法，把阿姐哄得团团转，阿姐的心就开始变喽！”

剑由倒是第一回听说沙妮要与达布好。他想起了达布，不就是出去多读了三年初中嘛，犁山地用不着钢笔，种土豆用不着墨水，有什么好稀奇的嘛！再说，瞧他家那穷样，三间祖上传下来的土掌房，老朽得要命，看上去就像个只喝得了一两硬要喝半斤的醉鬼，歪偏歪偏的，风都吹得倒。他家就只出过毕摩，没出过其他像样点的人物。我剑沙家大小还出过两个生产队长。剑沙的爷爷当过生产队长，又当过大队支书，十三个生产队好几千人照样管得下来，在老黑山算个人物。自己大小还是村民小组长，那涛村的村民们一样叫我村长，那涛村还是由我管着。我剑沙家算是出了两个人物。达布家出过哪样？出过几个毕摩，可这几年来静悄悄的了。人们说是搞封建迷信，欺骗群众的。达布这个背时儿子，读了三年初中见了点世面，会刷牙了，会喝那种马尿样子的啤酒了，有哪样了不起的！憨狗尾巴翘上天，脚后跟照样沾着烂泥！沙妮这个背时姑娘也是，老黑山上最美丽的一朵马缨花，好端端的人不当，要去搅一盘烂事，把大粪往身上搽！

“早晓得阿姐是去退亲，我跟着去就好了！”沙由说。

“你跟着去就会好？你以为这种事是哄娃娃玩的？人家说些丑话让你恨不得把脸装进裤裆里的滋味你尝过了？你去的话，脑壳子都会让人打得血糊糊的！”剑沙说。

沙由说：“这个达布，何止是哄我阿姐，村里的年轻人都围着他团团转了！他说是这个村子这样下去富不起来！现在老黑山上十三村不准种烤烟了，要想些门道才行。老祖宗耪这些土地，耪了几代没耪出什么名堂，不动点脑筋恐怕不行了。他还对我家隔壁的二爷说，你家的羊子太多了，你是养羊老师傅了，怎么会越养越穷！再过一久，我找个同学来帮你买掉三十几只，六七千块钱稳稳地拿，这样的话，今年收入全村就你家最多了！这山羊在广州那边贵得很，搞什么搞通了就有搞头了！说来说去他就跟大老板一样，想有多少钱就有多少钱，说话比乡长还大气！他的意思是那涛村这样下去是富不起来了，这个村民小组长由他来当才行。这不是明摆着要逼你下台嘛！哪个当村里的头，老祖宗有规矩，他不是晓不得。我想他那烂舌头迟早会伸到你耳朵根，说得你心里头热乎乎的。他心里嘛，早就打着你的鬼主意喽！达布这个人，出去三年就不晓得自己是什么样子了，肚子里头的苞谷饭都还没化掉的，就想整这样整那样！”

“有人想当就让他当嘛！”剑沙说完就站起来，朝锄头把上磕了磕烟灰，把锄头扛上肩，说，“走走走，回去整饭吃了！”

天渐渐黑了。父子俩在火塘边喝酒。沙妮一身湿漉漉地回到家里，进屋就喊了声："阿爸，阿弟，吃饭了没有？"

"吃哪样饭，你滥到哪里去了？"

"算了，阿爸。喝酒喝酒！世间的事情说不完，酒碗一端心放宽。"沙由连喝带劝。

沙妮一声不响地舀了饭，端到火塘的另一边坐着吃。

剑沙只顾一口接一口地喝酒。喝得有几分醉了，便问："沙由，你是不是想当村长？"

"是的，这村子要是由我来掌火，不会出什么大事的。"沙由自信地说。

"阿弟，你都可以当村民小组长的话，这村子里头能掌火的人多得数不清了！"沙妮挖苦说。

"阿姐，你太小瞧人了！这一点本事都没有，还算哪样人？"

"就凭着你那小点本事？"

"你不相信？"

沙妮说："我当然不信。莫翻那些老皇历了，你能上山打斑鸠，下河逮石蚌，够你下几顿酒？这小点本事算得哪样！"

剑沙呷了一口酒，对沙妮说："沙妮，你爸我福气好过头了，还要再吃你一回订婚酒，这种福气我倒不想要！牛吃牛背，马吃马驮，你自己的事情你自己兜着！老子不吃酒先告醉！"

接着又说："沙由，你想好了，这村民小组长还是由我们家的人当好，让一个村的人平平安安。”剑沙说话的声音七上八下，高一句低一句的。

有人来通知剑沙第二天上午去村委会开一天会。剑沙只好早早入睡。

村委会在萨珠村。第二天一大早，剑沙戴上篾帽，披上蓑衣，赶到村委会开会。乡长和村委会主任讲了一天，反复要求各村村民小组长动动脑筋想想办法，粮食嘛要增产，钱财嘛要增多。不准种烤烟以后，巴望着烟叶变成票子是不行了。要想着用其他东西来变成票子，早一天达到小康水平，这方面没有一点起色的村子，最好让其他人来当小组长算了，不要勉强！剑沙听了一天就只记得粮要增产，钱要增多，干不上去的村民小组长就靠边站这几句，别的他有点搞不懂。

村委会买了头小猪来杀了吃。晚餐时，乡长手捏着个酒瓶说，我们一起用手榴弹把这小猪八戒彻底干净地消灭掉！各位村长要解开裤腰带吃，吃够才准回去！大家你敬我一口我敬你一口，个个喝得脸红脖子粗。有个村长醉醺醺地问乡长那个小康水平折成人民币要合多少钱？乡长像个小品演员一样说，这个小康水平，上边是折成美元，美元嘛是美国佬用的，我没有见过更没有用过美元。折成人民币嘛，折去折来太深奥了说不清楚。小康生活的框框套在我们这些人身上就是白天有那个喝，晚晚有那个摸，顿顿有那个吃，夜夜有那个日。说得村民小组长们笑了个前仰后合。有人说，乡长，你呀真是一个熟透了的大桃子！掉进一个小水塘里头，泡了一两个月，滥得够水平的了。乡长，祝你水平天天有那个高！

有人又取笑剑沙，剑沙，剑沙，你们村的小康水平计划了没有？剑沙笑笑，说，我们嘛，先达到白天有那个喝，顿顿有那个吃再说。“晚上和夜夜”的事情是各家各户的私事，上头有计划生育指标卡着呢，不用我们操心。我倒是听说，乡上的领导下乡搞得最扎实了，他们白天在村委会睡大觉，晚上嘛深入各家各户摸情况，婆娘们的肚子有多大，他们搞得准得很！众人又是大笑。

有位村长又说，剑沙，你们村有点落后了，电都整不通，黑灯瞎火的整不成！ 你要先把电整通，不然你这个村长还当得成？ 没有电，晚上只晓得蹲在火塘边烤土豆喝寡酒，烤来烤去喝来喝去能整出个什么名堂！

村民小组长在村委会开会，管吃不管睡，吃的不收费。乡长说，你们几位村长回去吧，家里面婆娘、娃娃还等着，明早还得干生产呢。

剑沙歪歪扭扭地走在山路上。哎，年岁不饶人，才五十出头，喝了二公两就开始醉了，要是年轻时候，喝下两公斤照样干活。他感叹自己真的老了。

月光懒洋洋地照在地上，生出来一个影子死死跟随着他。他走着走着，不知不觉中就到了索子依垭口。索子依是个古地名，意思是强盗睡觉的地方，祖辈说这地方常有强盗拦路抢人，强盗们睡在路边晒太阳，等行人一到就抢劫。现在垭口处有三个岔口，一条路朝着他们村，一条路通向村委会，一条路连接着山外边的公路。

不远处传来嘁嘁喳喳的声音，随后又传来脚步声。他不信鬼，先以为是老鼠在林间蹿动，后一听，是一群牲口的脚步声。他估计是谁家的牲口丢了，现正在路上走着。随即又传来人的咳嗽声，他顺手摸了一根柴棍子握着，一是防牲口撞着他，二是怕万一真的遇上坏人可以抵挡一阵子。他把柴棍子扛在肩上，双手握紧，以便遇到不测时好用力还击。

是牛群，看上去是四条。他迅速躲进路边的树丛中。他看见两个人赶着牛走来了，看样子不是本村人。这条路是村里唯一一条通向县乡公路的路，这里面肯定有什么名堂！

“站着！”他大吼一声，一个箭步跳到路中间。

那两人先是一愣，定神一看是一老倌手持柴棍立在路中间，便问：“你要整什么？”

“哼！老子还不问你们，你们倒问起老子来了！你们要去整哪样？”

“我们要去卖牛！”

“你们是哪一村的？”

“那涛村的！”

“放你妈的狗屁！你们睁开眼睛看实了，老子是那涛村的村长！”

“我们从那涛村买的牛，要吆去卖了！”

“跟哪家买的？”

“名字记不得了。”

“饶你们三两姜，还嫌我老倌不识称！走走走，跟我回去讲清楚，不然不准走！”

“好好好。”那两个窃贼一转身就跳到路下边的树丛里。剑沙想追，想想不行，树林里黑咕隆咚的，弄不好会伤着自己。他只好将牛吆回村，关在自家的牛厩里。

第二天村民都夸赞剑沙。要不是剑沙去开会，牛主子都换几个了，哪个把牛找得回来！儿子沙由也说，阿爸，你还真行，两个偷牛贼都不是对手。剑沙遇到夸奖，只是满意地微笑着。之后的几天里，他的耳边老是回响起那天在村委会开会时村委会主任和乡长讲的话。

莫非自己真的是要靠边站了。不！不可能！火药枪打月亮，听都没听说过，绝对不可能！我剑沙哪一天落后过。他记得自己刚当上队长时，干起事情来火药枪响说一不二。那年他喊上村里的青壮年人浩浩荡荡开进村东面的荒坡上。东风劲吹，红旗飘扬，战天斗地不打半点折扣。那一片坡地，瘦得要死，村民们说，种下一大坡，收得一锣锅。晚上没法干活，他托县委农业学大寨工作队的同志买了三盏汽灯，晚上点着灯大干。一年多的时间里，就将村东面的坡地改成了台地。新开出来的地生得很，种什么下去都黄皮寡瘦的，不成样子。他又带着大家积肥，农家肥像被子一样把地捂了个严实。地催熟了，第二年粮食就获得大丰收，产量成为全公社第一，他成了全公社学习的榜样，公社还组织全公社的生产队长来参观呢。他也被召去县里头开会，和县官们握手、照相，风光得很。沙由他爷爷也说，我家剑沙超过我了，我当大队支书还没有这么大的本事。那年他被召去县里头开会的那张照片虽说有些旧了，可挂在堂屋里还是显眼得很，那涛村又有哪家有得起？

沙由他妈那时候也是老黑山彝寨最美丽的一朵马缨花。一家有女百家求，一女麻利千家要。她家的门槛差不多要被求亲的人踩烂了，她家就是不答应人家。是啊，谁会把鲜花插在马屁股上呢，都只会往马头上插。剑沙家上门求亲，她家二话不说就答应了。他剑沙哪一点像现在这些年轻人，马尾穿豆腐，提都提不起来。不说范德村那个承呼，就是达布，哪个又有本事叫我家沙妮咯噔不打一个就嫁给他。村子里头这些人也是，怎么现在才晓得我的厉害！你们种的地是当年我带人改造出来的，没有这些地，你们还在吃苦荞粑粑和土豆，肚子能不能吃得饱还晓不得呢！

剑沙依旧领着儿子去薅苞谷地。他家里劳动力少，常常在别人家之前动手却总落在人家之后薅完。达布这个背时儿子倒不用薅什么苞谷地，他栽了一大片辣椒。剑沙望着沙妮像一只快活的山麻雀跳来跳去在达布家地里收辣子，薅自家地咋不见有这种劲！昨晚达布家来请工，说有人来收辣椒了，要许多人帮忙才行。剑沙二话没说答应沙妮去帮忙。他剑沙历来干脆，哪家有活干不完打一声招呼就派儿女去帮忙。那涛村请工帮忙，今天你家帮我家，明天我家帮你家，以工换工，招待两顿饭就行了。达布却另搞一套，请个工给二十块钱，管一顿中午饭。村民们说，达布有的是钱呀，这种整法好得很！他剑沙倒不稀罕这二十块钱，他要是不当村民小组长，就是给一百块钱，你达布也不一定请得了我家的人去帮忙。

去年底，达布忙着撒辣椒秧，村里人觉得好笑，这个达布恐怕是书读多了，怎么尽做些女人活计，成天不是撒豌豆就是种辣椒，成何体统！十冬腊月，砍柴翻地，杀猪买米，过大节气。男人喝酒，女人下地。村里头有几个男人学着种了点，六七月间，好多人家都没钱的时候，他们卖卖辣椒就有了。哎，谁又想到这些了？看来达布要发大财，种辣椒赚得一大笔了。有人说这个达布要出头了。依剑沙看，这达布与伙伴们不一样，怪里古董的，谁敢喜欢呢？他达布家哪能出什么人物，说到底最多出个小毕摩。沙妮有可能是两只眼睛一副心肠都被达布的花花大钱迷住了。

沙由见他爸正朝达布家的地里望，便说："爸，你看我们这样种苞谷还有多少盼头，这种整怕整不赢人家喽！"

"饿不死你嘛！你着急些哪样？倒是你这点鬼样，咋个不见你有什么本事？"剑沙说。

"我没得本事！我爷爷和你，一个当大队支书，一个当村民小组长，当了几十年还不是那点鬼样？土掌房一住几十年，还不是到我手头才变成了大瓦房！"沙由说。

"这个算什么！还不是因为我当着村长，村委会来名额就给你，你才有这点油腥气！四月里头你卖桃子咋个背着几张假钱回来！莫说了，说了羞人，钱都认不清还觉得自己了不得！"剑沙讥笑沙由。

沙由并不答话，埋头弯腰干起活来。剑沙想起前些年村委会给名额派人去学栽烟，他派沙由去农科所一回来就成了村里的忙人，教这家帮那家，他家也成了最富的人，土掌房翻盖成大瓦房。后来又派他去林业站学嫁接，地边的桃树有收成，也卖得些钱。剑沙的一番心血没白费。不晓得这两年怎么了，烤烟不准种了，水果又卖不掉，吹糠见米的事难碰着了。想起这些，他感到达布是高过他家沙由一头了。

晚上，剑沙照例弄些酒来喝；沙由和他扯着些杂七杂八的话题。炒土豆片和腊肉片下酒，菜少酒少话却多，父子俩叽叽咕咕讲了一大晚上。

沙由觉得晚了，说："阿爸，我们睡吧！"

"你先睡吧，我再坐一会儿。"

沙由睡去了。剑沙不再吃菜，抽起烟，在火塘边坐着烤火，坐了好大一会儿，却不见沙妮回来，有些纳闷：达布家不管晚饭，这背时姑娘又去哪里了！

想着想着，他心里急了起来。一个姑娘家，深更半夜不回来，她整什么去了！莫非又去找一个新相好！又是哪个怪人跟她好了！听说达布跟她好，他倒要看看，这是不是真的！

他索性又饮了一碗酒，起身出去看看。夜深了，有微弱的光亮照在路上，可是看不清路面。住惯的山坡不嫌陡，走惯的山路不怕黑，他喝得再醉也走得了这山路。他要到姑娘房附近看一看，这沙妮到底跟谁好！

他悄悄地走着，见姑娘房的小窗透出一点灯光。

他将头凑到窗前，凝神定气地看了看，不见什么人，但里面确实有窃窃私语声。这姑娘房是他指挥建盖的，为的是青年人谈情说爱；提供这么个场所也是祖传的规矩。这间姑娘房是楼房，楼上楼下各有十几张床。楼下供男青年住宿，楼上供女青年住宿。未婚男青年来串姑娘房，夜深了自然按规矩住宿，谁也不会乱来。小伙子们在这里串上了满意的姑娘后，只要双方情投意合，慢慢就不来姑娘房了。小伙子家会托媒人求亲，双方初步同意后就定下吃订婚酒的日期。吃了订婚酒，就等结婚娶亲这一步了。

从小窗里只看到屋内一面，另外三面看不清楚。他蹲了下来，心想：今晚既然来了，逮不着你沙妮我就不回去，我要看看是哪个背时伙子串了你！

蹲了好一会儿，脚有些麻了，他才想起来：噢，不能再等了，待会灯一熄，说明里面男男女女各就各位，沙妮上楼去睡了，还见得到她吗？

他不知从哪里来的勇气，正步走过去对准门就是一脚，门被踢开了，里面的青年男女们惊得站起来，有人大吼："是哪个？要整哪样！"

"我是剑沙，找我家沙妮！"

"你家沙妮没在这里！"

剑沙不信，跨过门槛走了进去，他想去看看沙妮到底在不在那儿。突然，一双有力的大手揪住了他的衣领，旁边有人高喊："揍死他！揍死他！"

他这才想起自己糊里糊涂犯了禁忌。他连忙替自己解围："我家有急事，要叫沙妮回去！"

"有急事你不会在远处喊？装模作样整什么名堂！"有一个年轻人吼道。年轻人松了手，他赶忙溜了。

第二天，他问沙妮："这几个晚上你去哪里了？"

"找达布哥去了！"沙妮一点也不难为情。

"找他整什么？"剑沙问。

"不整什么。"沙妮很坦然地说。

"沙妮，我跟你讲，你要跟哪个好，堂堂正正地跟人家好就是了！不要偷偷摸摸的！"

"我哪儿偷偷摸摸的了？"

"我去姑娘房咋不见你？"

"怪不得人家都说你疯，你跑去那儿整什么嘛！"沙妮说。

剑沙怎么也想不通，这个背时姑娘既不上姑娘房又不等人家来提亲，就跟人家好去了，成何体统！他又没好气地说："你是不是怕嫁不掉，硬要苍蝇撵臭肉一样去撵达布，达布恐怕是要不成的东西！"

"嫁不掉了，你愁什么！阿爸，我一辈子守着你，你就高兴了嘛！"沙妮说着哭了起来。

"哭什么哭！我一泡尿一泡屎把你养大，还不是想给你找个好人家，为的是你以后的日子好过嘛！"剑沙有些不耐烦了。

节气不会等人，你喜欢也好，不喜欢也好。转眼间，火把节就要到了。在老黑山，没有一个节日比这个农历六月二十四日的火把节更隆重的了！

人们相约在火把梁子，杀鸡宰羊，唱歌跳舞，通宵达旦地围着篝火狂欢，谈情说爱、赛马斗牛等等。好饮的一醉就抖落了半年的辛劳，喜唱的一吼就赶走了一载的寂寞。那涛村的村民们已经开始议论今年的火把节搞些什么，剑沙自然得拿主意。他想，既然年轻人都说我把着茅厕不屙屎，我就把茅厕让出来，选一个新人来当村长吧！可这些年轻人跟漂汤油一样，即使选出一个来，要么是公鸡屙屎头截硬，成不了大器，要么是瘦狗屙屎干挣，没得本事充好汉。沙由还勉强可以，但不能直接让他当。对了，用祖传的比赛方法他就当得上了。

青棚搭起来，松毛铺好了，人们纷纷聚到火把梁子的大平地上，杀鸡宰羊，欢乐地过火把节。

剑沙要按自己早已准备好的程序选村民小组长，祭神驱鬼的仪式却是由达布的父亲吉达毕摩做的。剑沙没发现吉达想要达布当村长的迹象。仪式过后，剑沙站到场子中间，大声说："大伙听好了，我掌火那涛村二十多年了，村子平平安安地过来了。这几天我想了想，再好的马也驮不了一辈子的柴，这村民小组长还是选一个新人来当才行。今天我们就按祖上的规矩比一比，哪个赢哪个当村民小组长，这个村子以后就由他掌火。"

有四个年轻人来角逐。先比喝酒，要求一人一大碗，一饮而尽，四人很轻松地端起酒一饮而尽。喝酒是道门槛，喝了酒不误事的人才算能人。若是一喝就醉，在这样那样的场合三口两口就醉倒，你还掌什么火，被火掌了还料理得了什么事情。

之后又比枪法。四人用火药枪射击几十公尺外的酒瓶。有两人五发两中被自然淘汰。沙由和另一个五发四中，进入最后的摔跤比赛。沙由过关斩将，终于赢了。村民们说，龙生龙，凤生凤，耗子生儿会打洞，这村子还是他家来掌火。

达布这背时儿子没来，沙由很轻松地当上村长，剑沙感到庆幸。他为自己的深思熟虑窃喜："达布呀达布，喝酒你斗得过沙由么！沙由天天喝，你一年不喝几口！喝了酒你打火药枪恐怕连靶子在哪里都找不着。这两关过不了，你怎么与沙由比！村里这些年轻人现在该看清楚了，小锅是铁打的，不是豆腐渣做的，村民小组长不是谁想当就当得了。"剑沙走到人群中间，刚要宣布比赛结果，却见乡长和村委会主任像从地缝里钻出来似的站到自己身边，他只好先请乡长讲话。

乡长说："那涛村的火把节搞得很热闹，很有意思！既然全村彝胞都聚在一起，我们就顺便开个短会。听说你们选村民小组长，我们就赶来看看。我想，选村长要看看他有没有本事带领全村人致富，有没有决心为大家服务，要不然再选多少次那涛村还是老样子。"乡长转身问剑沙："你们是不是选好了？"

剑沙说："按老规矩刚选好。"

乡长说："你们这种选法已经不行了。能喝酒不能说明有本事，枪法好也派不上用场，再过一久派出所就要来收枪了，还希望有枪的都积极地交出来。摔跤厉害更没得哪样意思，节日里头大家比比玩玩是可以的，选村长这种整不行了！上头已经来了文件，村委会主任和村民小组长都要正儿八经地投票选举呢。今天你们选的村长不算数，剑沙继续当着，以后选着哪个由哪个当！”

沙由一听乡长这么说，气得恨不得上去给乡长两耳光。他吼着说：“怎么不算数！这个村长是比赛选出来的，不是阿爸硬塞给我的！我没走什么后门！说话要算数，不服气的可以再比一盘！祖上的规矩就这样，有什么错！”

乡长微笑着说：“沙由，你别着急嘛！你真有本事，村民们会选你的嘛！今天你也是辛苦了一番，得了个第一名，我有奖品给你呢！”

“我不要！”沙由大声说。

乡长又说：“我一路发了几个村过来，就听说你不要。今天你们比也比了，算是体育活动，你是第一名，拿奖是光荣的嘛！”说完，乡长从村委会主任手里拿过一台收录机，送到沙由手上。

剑沙催沙由说谢谢，沙由抱着收录机愣着站在那儿不说什么。村委会主任对沙由说：“你呀你，达布家抽水浇辣椒的黑塑料管是不是你挖断的？要想当村长，心里头要想正事才行，不要搞歪门邪道。你晓得不晓得，黑塑料管是达布贷款买的，以后嘛，少干这种事情了。”

沙由抱着收录机，羞愧地离开了人群。

人们感到震惊，纷纷指责沙由：“怎么能干这种昧良心的事情，人家达布哪儿亏待你了！”

火把节当夜，剑沙和沙由都没在山上过，回到家喝闷酒。沙妮早早地做好了饭菜，说要献饭供阿妈呢。剑沙烧了香，沙由和沙妮磕了头，之后一家三口聚在一起，算是吃过节的饭了。

剑沙喝着喝着，问起话来：“沙由，今天村委会主任说的话是真的吗？”

“这个狗屁主任！每次下村到我家来，好酒好肉招待他，他今天尽放狗屁，这么多年的酒肉算是喂狗喽！”沙由没好气地说。

“沙由，我是问你，达布家的塑料管是不是你挖断的？”剑沙的语气严厉起来。

“是怎么了！不是又怎么了！”沙由顶了起来。

“你不懂我说给你听，是的话，今天村公所主任是在教你做人，不是放狗屁给你吃！不是的话，我求之不得！”剑沙高声地说。

“塑料管是我挖断的，村长我也要当，看他达布能把我怎样！”沙由说。

“能把你怎样，人家宽宏大量喽，不然早把你揍扁了！”沙妮说。

“你恐怕是要跟人家赔礼道歉才行！”剑沙说。

“赔什么礼道什么歉！要不是这个达布在搅窝子，阿爸你会出今天这个馊主意吗？我也不会出这么大的洋相，阿爸你也不会去闯姑娘房的！我早就说了，这个达布不是个好东西！”沙由越说越来劲。

“莫说了，莫说了，过节就像过节的样子嘛，为了一个村长，真把你们整成这种样子，看着都好笑！人家达布会跟你们争村长当？你们也太瞧不起人了。他会跟你们争村长当才怪事了！”沙妮说。

“莫要再扯这些事！”剑沙有些不耐烦了。三人吃罢晚饭，坐了一会便各自去睡。

沙由怎么也睡不着，索性起身，喝了一碗酒，然后怒气冲冲歪歪倒倒地向达布家走去。达布和妹妹达措、母亲玛森正在火塘边聊天。

达布见沙由进来，忙打招呼：“老表，快点来坐！”

“坐哪样坐？你不服气我当村长，还说我挖你家的水管！今天晚上我们就上山去比试比试！”沙由满口酒气走到达布旁。

“老表，你莫说这些话，这几天好好过节，有什么事慢慢说。”达措说。

“与你没得相干，你莫管我！”沙由吼了起来。

“有什么事好好说嘛，老表！”达布和气地说。

“你算老几？走，今晚比不出输赢来不行！”沙由边说边去拖达布。

“今天你已经赢了嘛！”达布说。

“豹子吃的，你欺人太甚！”沙由说完，抓起一截木柴往达布头上打，达布头往后仰，木柴落在脸上，顿时鲜血直流。

达布忙掏手帕擦，不料头上又挨了一下。

达布倒在地上昏了过去。

达措和玛森惊叫起来，跑过去扶达布。沙由吓得酒也醒了一半，丢掉木柴往外跑。达措出去请人去萨珠村喊村医。医生来了，给达布包扎了一下，输了点液，达布慢慢醒来了。

第二天一早，剑沙醒来，知道了昨夜发生的一切。他急忙抱着一只鸡，端上一盆鸡蛋去看达布。

“达布，沙由做错了事，大伯给你赔礼道歉来了！等会我回去好好收拾他！”

“大伯，不要客气，我不要紧，你就放心好了！”达布说。

这样又过了一个多月，未见上头有什么改选村长的动静。达布家倒真托人来求亲了，剑沙左说姑娘不懂事右说姑娘不贤惠，配不上达布，始终不答应。媒人喝了三碗酒，不见剑沙松口，只好告退。剑沙心里想，我家姑娘才不给你这个不三不四的达布呢！

中秋节到来了，达布和沙妮要去乡里登记，要去领结婚证。沙妮要剑沙开个证明，剑沙不肯开，还说我剑沙不同意你和他结婚，为什么还要开证明给你。沙妮说不开就算了，叫上达布直接去了村委会，村委会的人感到奇怪，又随同他俩返回村里做剑沙的工作。

村委会的人说，你剑沙大小也是个村干部，村里边婚姻不自由的你都要管，你就不能给你女儿婚姻自由！这样做要不得！剑沙说，哪有订酒都不吃就要结婚的！村委会的人说，你不答应人家，人家怎么会来吃订酒？

村委会的人说，现在事情的来龙去脉我们已经清楚了。你答应也好，不答应也好，我们村公所照样出证明给他俩去乡上登记领结婚证。”

达布和沙妮领到了结婚证，他俩打算到腊月里头再办婚事。剑沙不认他们俩，让沙妮好伤心。剑沙见着达布就像没看见一样；沙妮在家里时，他也不跟沙妮说话。他要看看这个背时姑娘怎样嫁出他家的门。

冬月里头，农事忙完了。乡上和村委会来了七八个人，说要来选村民小组长。村民们选来选去，选出三十名村民代表。全村委会筛来选去，又筛出五个村民委员会主任候选人。达布亦成为候选人，投票选举后高票被选为相当于过去大队长的村民委员会主任。这结果倒让剑沙大吃一惊。他达布怎么就一步登天成村主任了！这事情怪得很！村里头选举，选去选来还是沙由。剑沙心头的一块石头落了地，总算没让达布和沙由这两个死对头碰到一起，沙由才出了头，要不这沙由还真当不上村民小组长呢！不过，达布还是高过沙由一个头了！

他现在想想这沙妮也是怪得很。算了，歪锅配歪灶，老黑山的姑娘，能嫁个大队长级别的男人也可以了，算她还有眼力。怎么过去自己就没看出来呢！自己这一年到头也是怪里古董的，让人觉得好笑。沙妮找到了怪伙子，儿子也当上了和生产队长一样大小的小组长。他对沙妮说，你们的婚事，想什么时候办就什么时候办，阿爸给你们准备准备！

剑沙等了几天也不见沙妮回话，他才明白过来，现在是小马拴在大树上，稳妥了，还忙些什么？

达布到村民委员会赴任去了。这两天回来，专门找上沙由家来商量修公路的事。沙由觉得没必要再把公路修进村，四五公里远的路，歇几回气，再重的东西也背得到公路边。修公路，又苦又累，干一两个月才整得通，村民哪个愿去出苦力。

剑沙在一旁说："出点苦力怎么不行！一家出一个人，干一个月也行，干两个月也行！"

沙由说："现在哪个会听你的？又不是生产队时候？这个事情恐怕是整不成了！"

剑沙说："别家出一个劳力我家出两个嘛，有什么整不成的！"

达布说："这样吧，晚上我一家一户地去说，看看哪家不同意再说。"

腊月里头，沙由带上村里人修路去了。剑沙有一天在工地遇见达布，问达布什么时候办喜事，达布说，路通了再办吧！

其实达布倒没急着办什么婚事，他正为老黑山彝村的事忙得正欢呢。

吉达对儿子达布当村主任这事儿似乎一点也不感兴趣。他没有表过什么态，在这事儿上，他一句话也没说过，就像没发生一样。

有一天，吉达去乡街子赶集回来，带回来一大摞笔记本。晚上，他把达布叫到面前，说："达布，这些笔记本给你了。晚上有空的时候把经文抄一遍。记得每部经抄完后，后面都要空两页。”

达布有些为难了，说：“阿爸，我初中毕业回来，你就教我读经文，那些经文的彝族文字我全都知道了，经文的意思也明白了。这十来本经书，我不晓得要抄到猴年马月。我现在忙得很呀。”

吉达说：“再忙也得抄。你们老师不是说过‘抄一遍胜过读三遍’么？你把它抄下来，我们家也就多存了一套经文。你对经文也更记得实在了。记着，你这个村主任当一届就行，之后得跟我学着当毕摩。能当村主任的人好找，能当毕摩的人难找。我带你三五年，你就可以把家传的东西继承下来。毕摩这个事，丢不得啊！”

达布说：“好吧，我就抄吧！为什么每部经后要空两页呢？”

吉达说：“这是祖师爷阿者苏纳留下的规矩。阿者苏纳年少时常常风雨无阻，早出晚归，人们不知他的去向。他母亲感到奇怪，想弄明白为什么，便多次尾随其后，但到途中，阿者苏纳总是一闪而不可寻。后来，他母亲想了办法，将一根长线偷偷缝于其背后衣襟上，待他出门，依线就能找到阿者苏纳。此时，只见牡猴说出字音，树下有牡鸡吐黑血画出字样。阿者苏纳站在一旁，耳闻牡猴之声，手仿牡鸡之画而作书。母亲见状不解，怒斥他每天来这里干什么。牡猴、牡鸡受惊，立刻离开。阿者苏纳吓了一大跳，埋怨说，阿妈你若不来，再有几天，我就可以学完了。第二天，阿者苏纳再去那儿，牡猴、牡鸡不再出现。阿者苏纳只好将已学到的文字整理后传授给徒弟们，于是才有了彝文和经典。由于他未学完，故所有毕摩经典后面都要空两页。”

这以后，每到晚上，只要没事，达布就抄经。他对经文渐渐熟悉了。

恼人的山羊

1981 年夏天，达布初中毕业，回家当了农民。这一年，生产队实行包产到户，各家种各家的地，各户干各户的事。

生产队把山羊也分到了一家一户。达布家分得五只。队里有的人家分得了三四只，有的人家分得了五六只，有的人家分得了七八只。

山羊是老黑山彝族人家备着当大礼物的资产。遇上父母双亲的弟兄姊妹去世的丧事，得牵羊去；遇上自己的弟兄姊妹的儿女婚嫁的喜事，也得牵羊去。所以山羊是必须养的。

达布回家来，一时干不了地里的重活，只能放羊。

吉达安排他和妹妹达措一起去放羊。妹妹在放羊的时候顺带去割一篮子猪草。两兄妹放五只羊，太浪费劳动力了。

山羊喜欢结伴而行。每天午饭后，家家户户都有人去放山羊。去老黑山山头的路上，总有一群羊咩咩咩地叫着。

山羊少了不好放，常常一只朝东，一只朝西地乱跑。有时候一只山羊朝路左边的麦地里跑去，吃人家的麦苗；另一只又朝路右边的豌豆地里跑，去啃人家的豆苗。这羊子呀，好多人家都觉得不好放，都吃了人家的庄稼。起初有人说羊子吃庄稼的事，后来也就没人说了。自家的庄稼被别人家的羊子吃了几嘴，穷不到哪里去。

达布回到家，奶奶从火塘里刨出几个土豆，让他兄妹俩吃。

奶奶说："慢慢吃啊，当心烫着嘴。"

达布拿起土豆，在地上轻轻地敲了几下，又用嘴吹了土豆上的火灰，然后剥了皮，吃了起来。

奶奶说："山羊好放吗？"

达布说："不好放，山羊馋死了，老是跑去吃人家的庄稼。"

奶奶说："这样吧，你们以后出去，身上带着点盐巴和苞谷籽，出门前就唤两三声，喂一点。这样出去时，看着羊儿要跑远了，就咩咩咩唤上几声，它们就会跑到你面前来。唉，要是你爷爷索吉还在就好了，他可以带你们去放，放上一段时间，你们就会放了。"

达布和妹妹照例去放羊。这一天，他听了奶奶的话，装了盐巴和苞谷籽，山羊很听话。这样他倒觉得放羊是一件轻松的活计。也难怪上学时候，老师骂那些学习不用功的人，总是说回去放羊算了，在学校里混日子干什么。那时候，他想放羊是件轻松的事，另外，放羊也是有价值的，总比混日子强。

这天晚上回来，他看见父亲板着脸，不说话。

吃晚饭的时候，父亲才问："达布，你是不是拿盐去喂羊了？"

达布小声地说："是的。"

吉达说："难怪家里好大一坨盐巴，只剩一小点了。我以为是化掉了呢。"

奶奶说："是我教他们的。"

吉达说："达布呀，你遇事怎么不动动脑筋？天天像你这种喂法，我们以后连盐巴都吃不起了。"

达布说："我晓得了，以后我就不喂了。"

吉达说："不是不能喂，只是不能喂那么多。小羊羔可以多喂点。"

达措说："以后我一个人去放吧，我放得了的。"

吉达说："你们两兄妹，以后就换着放。不放羊的，就跟我们去地里做活。"

就这样，达布一个人去放羊，他放得了五只。

这天，他又赶着羊子上山。路上，他看见村里的健早爷爷和典年奶奶也出去放羊。健早爷爷用绳子在前面牵着老母羊走，典年奶奶在后面吆喝着，一只小羊羔在后面咩咩咩地叫着。牵着走的老母羊似乎不听话，健早爷爷反转身用力拉，老母羊就是不肯走，前脚死死地蹬着一块石头不动。典年奶奶在后面用一根细木条一吓，老母羊就猛地向左前方蹿，反倒把健早爷爷拉扯得朝左移了几步。健早爷爷转身向前，老母羊向前走了几步，走到了路中间，又停步不前了。典年奶奶再次扬起棍子，吼了句“豹子拖的滥馋瘟”，老母羊又猛地往右边蹿。这一蹿糟了，健早爷爷被拖拽进路边的水沟里。

健早爷爷松了手，老母羊抬头往前走，从容不迫的样子。它看见前面沟边有一簇嫩草，走到那儿停了下来。

达布走上前去拉健早爷爷。健早爷爷试图站起来，试了两次，还是站不起来，他只好坐在沟边上。

典年奶奶说：“他爷爷，你怎么啦？”

健早爷爷说：“起不来了，可能是整着脚了，站不起来！”

达布对典年奶奶说：“奶奶，你在这儿待着，我回去喊人。”

达布赶着羊返回家里。吉达正扛上锄头准备去地里，见达布回来，就问：“你这是怎么啦？出了工又回来？”

达布关好大门，说：“不好了，健早爷爷让羊拖跌倒了，站起不来。”

“他在哪里？”

“放羊路上。”

“把羊关进圈，我们去看看吧！”

路上，吉达问达布：“健早爷爷咋会被羊扯进水沟里？”

达布说：“健早爷爷和典年奶奶牵着一只羊，说是拉着去放，后面跟着一只小羊羔。健早爷爷在前面拉着，典年奶奶在后面吆喝。羊往前蹿，健早爷爷就跌倒了。”

吉达说：“吃食莫吃独食，放羊莫放独羊，说的就是这道理。独羊呢，最难放。他家前不久嫁了孙女，杀了四只羊，只剩老母羊了。”

父子俩来到健早和典年旁边。吉达问健早：“早成老表干什么去了？”

典年说：“去地里了。”

吉达回头对达布说：“你去喊你早成叔，叫他回家。我这就将你健早爷爷背回去。”

达布去了地里，喊了早成叔。早成回到家，见父亲躺在床上，吉达在旁边坐着。

“回来啦？早成老表。”吉达打招呼道。

“伤得怎么样？”早成问。

“伤了小腿，要包药，在床上躺个把月才会好。”吉达说。

“唉，我早就想把这只羊卖了。可这只羊产了崽，他们又舍不得。我割草回来喂，他们说羊不能老是关着喂，要拉出去舔舔露水，晒晒太阳才行。这下就成这种样子了。”早成说。

“我去找药，还要点接骨树叶，要用盐臼冲绒了，和着其他药来包，你去削一把竹片，一拃长，大拇指宽，还要找一截麻线。我一会就来了。”吉达说完，起身离开。

达布把山羊赶到了老黑山一块叫作念玛兹的荒地里。眼下正是冬季，那些枯草白花花的一片，可是羊儿不吃。老黑山的山羊，只吃绿草和嫩叶，不吃干草。

他在荒地边选了长出嫩叶的树枝，一刀一刀地砍着。砍下一枝就往荒地里扔，羊儿围着树枝，嗞嗞嗞地吃着。

他砍了很多，足够羊儿吃好一阵了。他选了个地方坐下来晒太阳。

荒地下方，有一群羊儿上来了。他知道，那是电科家的羊群。

电科家的羊群有二十几只。他家本也没有那么多只，村里有几家不想养了，就卖给了他家。过去，电科家在生产队干的活就是放羊。他们两口子放七八十只羊，放得很好，虽然工分给得低些，但是生产队的社员们还是公认他们放羊放得好。

他们家祖上也是给安土司家放羊的。达布曾听爷爷索吉讲，土司家的羊，光是电科家放的就有一百多只。老黑山上的彝村，每村都有一户给安土司家放羊，安土司家到底有多少羊，谁也说不清楚。老黑山的人认为，羊就是财富，由此可以想象安土司家有多富，他家的地就更不用说，说是从土司府出去，东南西北朝前走，九十九里范围他家都可以收租。

电科跟在羊后面上来了，他戴着绿色的旧军帽，身穿羊皮褂，手里高举着羊鞭。那羊鞭是他自己做的。他用羊皮割成细条，编成小拇指粗的一根绳子，然后固定在一根大拇指粗的棍子上。他哼着放羊调，声音有些上气不接下气的。

他的羊儿见了嫩叶，跑着上来了。电科不紧不慢地跟着。

他走到达布面前，坐下来，掏出烟锅吸了口烟，说：“让我的羊先吃你砍的，等会我再砍。”

达布说：“恐怕不够吃，你家的羊这么多。”

电科说：“我就歇会气，一会我来砍。”说完后，朝他下身看了看。

达布以为自己的下身有什么异样了，移了移身。

电科说："达布啊，我说你们这些年轻人就是爱面子，嫌羊皮褂难看，可是你们不知道，这羊皮褂用处大呢。你看我，觉得冷，就穿着它，背粮食、背柴时穿着它。现在歇着，就地一铺，好坐得很。你们呐，整些树枝垫屁股，或者直接坐在石头上、草坪上，看着干净卫生，实际上是瞎讲究。这地呀，潮湿着呢，坐在上边会得潮湿病，甚至还会犯胃病。你呐，以后放羊，整件羊皮褂，或者蓑衣穿着，这才像羊倌。我家祖上给土司家放羊，每年除了要粮食，两三张羊皮是少不了的。"

达布说："电科大伯，你说得好，我听你的。"

电科把羊皮褂铺开，说："昨晚酒喝多了，想睡一会，你帮我看着羊子。"

达布说："你家那么多羊，我怕看不住。"

电科说："莫要让它们跑出荒地去就行。要是它们把这些树叶吃完了，你再砍几枝嘛！要不把我喊醒，我来砍。"

达布说："电科大伯，你睡吧，我看着就是。"

电科躺下，蜷在羊皮褂子上鼾声如雷。那些羊儿仿佛没听见，只顾吃嫩叶。过了一会，羊儿开始散开，找寻新的食物。

达布到地边，砍那些长着嫩叶的树枝，砍一枝就往荒地上扔一枝。羊儿咩咩咩地叫着，又向着这边来了。起先，他的速度有点跟不上，几只羊抬头望着他，期待他早一点把树枝扔过去。

渐渐地，他砍得快了起来，羊儿已经跟不上他了。羊儿三五只围着树枝吃着。地边陆续堆起了几堆树枝，可羊儿并不会按顺序一堆一堆地吃着过来，有的羊儿都跑到他面前来了。看来，这些羊儿可能认为他现在砍下的树枝上的嫩叶更好吃。

达布砍了会，歇下来，蹲在地上晒太阳，看着吃嫩叶的羊儿出神。

电科还是没事样睡着，达布又砍了些树枝。

一个多小时过去了，电科才醒来。他坐起来，揉了揉眼睛，对达布说："哎，终于好好睡了一觉，这个酒啊，看来不能喝多。今天要不是你帮着我，我一下午就睡不成觉了。怎么样？达布，放羊好玩吗？"

达布说："一点也不好玩，你看看我，放五只都难。"

电科说："这放羊跟干别的活不一样，不是说你放的少就轻松了。"

达布说："前不久我们是两兄妹来放的，现在我一个人能放了。"

电科说："你一个学生娃娃，刚回来就放羊，还没学会呢。"

达布说："电科大伯，那你说，一个人放羊，放多少只合适呢？"

电科说："会放的人，三十多只刚合适，要是超过五六十只，那就得两个人放了。羊越少越不好放，一只独羊的话，我也放不好。"

达布说："也难怪健早爷爷和典年奶奶，今天放一只老母羊，一只小羊羔跟着，他们用绳子牵羊，在路上走着时，健早爷爷被羊扯倒了。我阿爸把他背回去，给他包药去了。"

电科说："以后你的羊，并拢我家的在一起放，你就轻松了。"

达布说："我不想放羊，我想去做别的活计。我觉得一个人放这几只羊，浪费劳力。"

电科说："那得看你阿爸怎么想了，他哪一天说不定也不要你放了，你就可以去做别的活计。"

临近傍晚了，电科将羊赶到开阔一点的地方，数了数羊，说羊到齐了，下山回家。

达布去羊群里，要把自家的羊儿隔出来。

电科笑笑，说："达布，看来你真的不会放羊，要做脱裤子放屁的事情。一齐走吧，你就莫要把它们分开了。"

路上，电科对达布说："村里人这几年没放过羊了，这回羊子分到一家一户，有的人家羊子少，就是不想跟羊子多的人家并拢，认为自家羊子少，跟人家并拢放，也得出一个人，吃亏。他们不知道羊子少了不好放，独家去放更难。这一久我看出来了，有的人家就打算把羊卖了。当然，这些人家一时半会估计也碰不上什么红白喜事的。"

快到达布家门口时，电科要他去把门打开，羊儿到了门口，会自己进去的。达布说："要是你家的全部跟着进去了咋办？"

电科扑哧笑了一声，说："你心眼咋这么多！牛羊猪鸡都认门的，你不用担心。我家的羊群不会跑到你家院里去的，有时候会有一两只不听话的，我跟着去，把它赶出来，不就行了嘛！明天想不想跟我并拢在一起，想的话，你等着，我到时候会喊你。”

“好的，电科大伯，我们并在一起，我们一起放羊。”

电科吆喝着羊走了。羊群走在路上，发出嘁嘁喳喳的声音。

达布关了羊，洗了脸，去火塘边坐着烤火。不一会儿，早成来到他家，要喊他去吃饭。吉达包了药就做活去了，还没有回来。

早成与达布的奶奶聊些闲话。说，阿爸阿妈老了，闲不住。硬要去放羊，这下子摔伤了。

达布的奶奶说：“唉，老了，比不得年轻时候了。你看我就放不了羊，还是孙子去放。孙子初中刚毕业，年岁不大不小的，重活干不了，只能先放羊。”

聊着聊着，吉达回来了。早成说了吃饭的事，吉达说：“白天我就跟你说过了，吃饭就不来了，免得你还要费时间。”

早成说：“一顿饭费什么时间？你们父子俩倒为阿爸耽搁了好长时间。”

早成执意邀请，吉达和达布只好去早成家吃晚饭。

早成家杀了只鸡。吃饭时，早成硬将鸡大腿肉搛给达布。吉达说：“他都十五岁了，跟我们成年人一样，桌上有什么就搛什么吃，你特意留个鸡腿，还把他当小娃娃来哄，老表，娃儿不能惯的。”

早成笑了笑，说：“达布心肠好，多亏了他。要是别的娃儿，只会在出事的地方干叫，巴不得让全村人都知道。达布会想办法，真得感谢他呢。”

他们吃着饭，聊些家常话。电科来了，说是来看看健早伤得怎样，白天他听达布讲起过健早摔伤的事情。他去房里，见了健早。健早说没什么大事，只是伤了骨头。电科回到饭桌，听吉达说不碍事，只要躺在床上，好好静养一个多月，就可以动了，五六天换一次药，没什么大的事情。

早成给电科斟了酒。电科说：“酒只能少喝点了，昨晚喝多了点，今天放羊都有些瞌睡，幸亏达布帮我看了会，睡了一觉。这样吧，老表，你家的羊子并拢给我，我帮你家放算了，一只羊呀，难放，老是关在圈里也不行啊！”

早成说：“这个不成吧！还给你添麻烦！要不这样，母羊给你家，小羊归我家，以后母羊产了小羊，归你家就行，小羊嘛，长大了，我家想什么时候来拉就什么时候来拉。”

吉达说：“这好啊，免得早成一家一直挂着那只小羊羔。”

早成说：“吉达老表，要不，你家的也归并给我家放。”

吉达说：“这不好吧，五只呐，我再想想看，过一久再说吧。”

达布与电科并拢放羊，电科教了他放羊的一些窍门，可他并不想放羊子。电科说：“要不，我与你爸说说，买上十几只羊来，你也够放了。”

达布一本正经地说："我不想放羊。"他想起学校老师说的话，他就不想放羊。

五六年后，他家的羊没有了，都在红白喜事上打发掉了。可是村里面还有好多人家，五六只的、七八只的都有。他一发动人家干公益，人来得少，人家要放羊啊。

有一天，他终于想出了办法，把各家各户的羊全部并拢给电科家放，腾出人手去干活。酬劳后来就琢磨出来了。

人们不用再为家里那几只羊烦恼了。这群拴着人心的羊，终于放开了。

大孝子

新郎好做，孝子难当。

1993 年初冬，老黑山已经有了寒意。

这天一大早，达布拿着砍刀上山去了。一路上，他看见路两边地里升起一团团白雾。白雾湿湿的，扑在脸上有一股冷气。他想上山去找一根木头，待明年春节过后，把猪圈门的门框换了。

太阳慢慢照亮了整个山头，白雾慢慢散去。达布找到了一棵松树，将它砍倒，修了枝，扛着下了山。

回到院子里，他放好木头，洗了手，去厨房烘手。

父亲没在厨房烤火。按往常，此时，父亲一定在火塘边烤火。他感到奇怪，就问在灶边忙着的沙妮："阿爸呢？"

沙妮说："他起来烤了一阵火，说是头昏得很，又睡去了。"

达布跑去父亲的卧室，见父亲睡着了，他喊："阿爸，你没事吧！”

父亲睁开眼，眼神在他脸上定了一下，就像是没见过他，又想记住他的模样似的。看完后闭上眼，有气无力地说：“心慌、胸闷、头昏，全身无力。”

“阿爸，你歇着，我去弄药。”

父亲抬起手，在空中摇摆着，嘴里说道：“莫去了，莫去了，整不好的，我心中有数。你想办法叫你妹妹达措他们回来吧，我可能不行了，要不了几天就老去了。”

“阿爸，你莫吓唬我啊，药我会去采的。”

“没用的，我的病我自己知道，整不好了。我们这些做毕摩的，难得长寿啊，你曾祖还有你祖父，没有人活过七十的，大多在六十几就老去了。”

达布一时不知道怎么办才好。他不相信阿爸就会离他们老去。通知妹妹他们吧，又怕吓着他们；不通知吧，又担心阿爸说的是真的，到那时措手不及。

“阿爸，你好好歇着啊，没事的。我去通知妹妹他们。”

“莫忙，莫忙，我还有话要说。达布，你学毕摩，虽说出师了，但是还没有学扎实。我老去了，你好好料理我的后事，然后送我守山去，之后三年的火把节，都要‘曲呗’，随后要送我回祖界。我们已经积了三代祖灵了，该在你手上把这事做完。这些事做完了，你作毕就更有底气了。”

“阿爸，你放心吧，你交代的事情我一定会把它做好。”

“去吧，去吧！知道该做什么了吧！”

达布出来，去了厨房，和沙妮说了话。阿妈去割猪草，还没有回来，他要沙妮和阿妈一道，招呼好阿爸。

他急忙吃了一碗饭，就出去了。

山路上，他走得很急，走得气喘。他恨不得早一点赶到妹妹家，早一点返回家里。

走了三个多小时，终于到了妹妹家。他把话说了，妹妹和妹夫没说什么，拉上儿子就往那涛村赶。

夜里九点多钟，他们赶回家了。

沙妮做了饭等着。达措和丈夫助践去看了吉达。吉达只是说："回来了啊，回来就好，回来就好！吃饭去吧！那么远的路，也走累了！"

达措忍不住哭起来。吉达说："达措，莫要哭，我这不是好好的嘛，该交代的我已经交代给达布了，你们放心吧。再说了，世上没有后悔药，人生没有回头路，如果我真的老去，也是该去的时候了，没什么好伤心的，人人都要走这一步啊！"

"那我们吃饭去了。"达措和助践退了出来。

吃过饭，达布说："我们得轮流守着阿爸了。妹妹，你和阿妈睡去吧，我和妹夫守着。"

半夜里，鸡叫了三声，似乎叫醒了吉达。

吉达咳嗽了两声，睁开了眼，眼里噙着泪水。他望着他们，有些吃力地说："我、我，要走了！"

说罢，就闭上了眼。

达布"阿爸！阿爸"地呼喊着，父亲气喘得有些急促。过了两三分钟，父亲的呼吸缓了下来。渐渐地，连气息也快没了。

达布叫助践守着，出去猪圈旁的鸡窝里抓了只鸡来。他让助践把鸡抱好。

他掰开父亲的嘴，放进了含口银，然后又把鸡接过来，将鸡嘴伸入父亲嘴里接气，随后把鸡嘴拉出来，为父亲合了嘴，又抹了抹父亲的双眼。

他把鸡抱去院子里，找了一个篮子罩好。

他进来，把父亲放在枕旁的衣服拿起，出了大门。

“阿爸，阿爸，你回来啊！”达布一边呼喊，一边挥舞着父亲的衣服。他知道这是最后一次挽留，他不甘心父亲就这样走了。他在祈求鬼神，他想这样招魂，让父亲的灵魂从幽阴处回到身体上来。

妹妹和母亲听到了他的招魂声，也来到了吉达的卧室里。

达布进去，坐在父亲身旁。他再次用手去感觉父亲的气息，已经一点也感觉不出来了，然后又探了父亲的脉搏，已经没有了跳动。父亲的脸色慢慢在变淡，血色渐退。

达布对母亲说：“阿妈，阿爸去了。你把他的寿衣寿帽找来，我和妹夫给阿爸洁身换衣。”

母亲不一会儿就找来了寿衣寿帽。达布让她们去厨房烤火。

他和妹夫为父亲遗体洗了澡，理了发，剪了指甲，剃了胡须，换了衣服。

他们将遗体平放在一块木板上，用一块白布盖住了脸部，再用生麻皮将遗体象征性地固定在木板上，又将遗体连同木板一同移到堂屋上方，头向内，脚向外停放。

他们俩到了厨房。母亲说：“那边做好了吧？”

达布说：“好了。”

母亲说：“那你去外边鸣放火药枪告丧吧！”

沙妮说：“婆婆，火药枪前年就交上去了，家里没枪。”

达布说：“阿妈，有办法了，家里还有炮仗，我把大炮仗解下来，放一放就成了。”

母亲说：“响四个就行了，记得啊！”

达布放了炮仗，回来屋里。

母亲说：“达布，接下来的事就多了。等会人来了，你就让村里的柱现当总管，把你要办的事交代给他，由他去安排这几天的事，莫要想着你什么都会做。这几天，你要做的事是当孝子，不是做事情。孝子有孝在身，只做孝子的事。当然了，人家找什么东西，问到你，你还得去找的。你妹夫随后跟人去你二叔家报丧，本来是你去才合的，但你是独儿子，就守在家里。”

村子里的人陆续来了，柱现开始安排事务。请的两个毕摩也到了。范德村的绍迪毕摩当主祭，洒老村的属贤毕摩作副祭。主祭主要是诵经祭祀，副祭引领孝子孝女们完成各项仪式。

太阳刚照了半个院子的时候，堂弟此究牵了只羊赶来了。他们还在村口，他家请的唢呐匠就吹起了奔丧调。达布听了，忙去外边迎接。他知道，堂弟一会儿就会加入他们孝子队伍。

堂弟是父亲后家人，他来了就可以验尸入殓了。属贤毕摩带此究和达布来到堂屋里，此究细细地看了一遍遗体，说可以装棺了。有人就从耳房楼上把棺木抬了下来，放在堂屋里。此究用刺树枝扫了棺，随后从达布手中接过棉絮，放进棺木垫好。

达布和此究把遗体抱进了棺木。此究把遗体头部摆正，几人帮着盖了棺。人们又置了两条凳子，几人把棺木抬到凳子上安放好，灵柩升堂。

棺木下边，放置了一个用过的犁铧。达布看见那是卧姿的，有点像正要俯冲的飞机，没有摆对。他把犁铧竖起，让犁尖向上，这样才能辟邪和镇住野鬼。

灵柩前的长明灯不起眼地亮着，前面摆放了供品，再前面放置了三个约一拃高的用地莲花树身做的香座。

正对着堂屋的院子里，已经烧起了一大堆火。火后边是刚搭起的青棚，火的左边是毕摩作毕的地方。毕摩面前置了方桌，桌上放着祭品和法器，桌前沿栽了一棵栗木桩，上端劈碎，用来祭献酒肉和插香。毕摩后面的棚壁上，插放了松枝、栗枝、青刺枝、罗汉松枝，也是用来辟邪的。火的右边支了一张桌子，上面摆了酒水，唢呐匠坐在那里，不停地吹着凄婉的曲子。

下午三点多钟，赴丧的亲戚都到齐了。柱现提醒绍迪毕摩，说可以开始祭奠了。

绍迪毕摩站着念经祷告，向天地、达布家祖灵、毕摩神、各路神仙禀报，并祈祷他们保佑祭奠顺利圆满。

大门外鞭炮声响起。属贤毕摩领着达布来到院里，面对着堂屋站好。

属贤毕摩说：“达布呀，你是孝子，也是毕摩，你和我一起念诵吧。”

两人一起念诵起来：

今早日出时，请你莫要睡。吉氏老人你，不得不睡呀。三月水难饱，身睡眼莫睡。五月睡不饱，不得不睡呀。不是五月呀，眼睡耳莫睡。吉氏老人呀，过了明后天，十天随你睡。阿爸孙男女，五天随你睡。经常做怪梦，今天你莫睡。房屋这下边，好好地听着。梦见中柱倒。最近几年来，中柱没有倒。最近几月来，都因想送终，阿爸媳儿们，今天遇丧事。阿爸房舍旁，接气送终后，水井上边啊，阿爸媳儿们，梦见龙树倒，阿爸孙男女，龙树没有倒，想着爸事呀。皆因爸想逝，一样不会少，想有这一天，齐齐交给爸。爸逝之事啊，阿爸在世时，阿爸爱喝酒，又交田坝米。今天日出前，阴间粮值钱。好酒祭贡爸，一碗值一升。请把酒接去，一升值一斗。好酒交爸后，又交田坝米。又交山顶茶，会这样值钱。好茶爸接去，交了白米后，三年腊猪肉。交完这些后，一节一节交，阴间鸡值钱，交肉爸接去，又交一小鸡，又交净水盐，是只鸡王啊，样样都要交，是爸饲养的。交完了小鸡，铜铃来分调，又交上清香，毕摩不分节。所有交给爸，串铃来分节。日子到今天，一调到此止，毕摩不分调。

念诵完毕，达布走过去，用斧头在中柱上象征性地砍了三下，表示老人已经去世了。这段经诵过，就是向天地、祖先、各路神灵、毕摩神报告过了，他们也认可了。

接下来就是披麻戴孝。属贤毕摩让孝男孝女们跪在灵柩前，又是一番念诵，完毕后儿女、媳婿反穿麻布衣裤。达布戴上了生麻布制的三角帽，达措头系生麻布披于后背，族中的后辈到灵柩前磕头后，用一块白布，裹折后戴在头上。

之后是献牲。达布牵了家里饲养的那只大羯羊来到灵柩前，绍迪毕摩立在一旁，诵起了《献牲经》：

我的虎爸啊，不愿要的事，安息吧阿爸。阿爸在世时，平生不喜啥，是劳牧之王。一年不爱啥，一家人之王。五年不说爱，有名阿爸你。五轮六十四，有誉阿爸你。阿爸房门中，孝顺媳儿们，牧主做到老，争畜要给畜。昨前几年中，母羊做献牲。母羊产三胎，今要交给爸。绵羊产三胎，爸的孝儿我。五轮阿爸你，牲血来祭你。争着献牲了，交牲交耳朵。交鸡交翅膀，都是媳儿给。一句一句交，阿爸你接去，今天祭爸的，一调到此齐。

绍迪毕摩念诵完毕，达布用香火敲了一下羊鼻子。羊向后闪退了一下，咩咩咩叫了几声。达布把羊交给来帮忙杀羊的人，交代他们，把羊皮和羊头蹄打整好一点，随后要给两位毕摩作酬谢，其他部位送厨房去。

属贤毕摩喊："孝子孝女们，走了，出去接亲戚了。"达布他们跟着他出来，在大门前两旁蹲着。有亲戚来了，达布他们就跪下。属贤毕摩单手端着半碗酒，对着亲戚们吟诵起来：

今晚日落时，不走是不行。爸的亲戚们，不是哪里错。想着爸的事，就为爸出事。不是小事啊，错在爸去世。亲路遥又遥，爸的亲戚们，戚路远又远，今晚来走亲。大河宽又宽，野鸡歇山梁，是亲歇的伴。乌鸦喜吃肉，斑鸠歇荞场，黄香是亲伴，是亲歇的伴。无论好歇否，土蜂歇树叶，请亲歇下来。

属贤毕摩吟诵完，亲戚过来，将他们一一牵起来，伴随亲戚去灵堂行礼。完毕后退出，继续在大门口跪迎亲戚。

有的亲戚也会吟诵。他们在属贤毕摩吟诵时，以一问一答的形式说死者生前身体很好，怎么就离世了。属贤毕摩再作答。

这样，达布他们跪的时间就长一些。达布隐隐感觉到膝盖有些痛了。这些亲戚扶起他们，一起去灵堂行了礼，又向他和毕摩敬酒。

亲戚们都到齐的时候，天色也暗了下来。属贤毕摩领着他们进了灵堂，开始进行晚祭。

厨房里帮忙的人已经将饭菜端来摆好。属贤毕摩吩咐达布上了香和酒，孝男孝女们跪在灵柩前。属贤毕摩念诵起《展作经》，说孝子孝女们献上了最好的酒、肉、饭，以报答逝者的养育之恩。

找毕摩的祭仪开始了。在这个祭仪中，由副毕摩充当“孝子”，与主毕摩以问答式的唱诵寻找毕摩的过程，讲的是老人去世之后，子孙们为了老人的灵魂早日步入阴界，日夜奔忙，翻山越岭去请毕摩。并安慰死者说，孝子已经把最高明的毕摩请来了，请老人不必担心，毕摩会把通往阴界的路清清楚楚地教给他，会让他顺利达到阴界早日与祖先们团聚。

这一回，他是真正的孝子，让属贤毕摩在祭仪中充当“孝子”。记得有一次，父亲带他去作毕，父亲当主毕摩，他当副毕摩。他充当“孝子”，由于经文记得不熟，吟诵时有些接不上，一时出现停顿过长和急急巴巴的情况。事后，父亲骂了他四五次，说连经文都记不熟，作什么毕？分明就是煮一锅夹生饭糊弄人。要下苦功夫啊，毕摩不是混出来的。靠混，是混不走的。又有一次，因为头一晚喝多了酒，作毕吟诵时把诵词搞错了。事后又被父亲责骂了七八次。父亲说，喝那么多酒，脑子都整糊涂了，还给人家指路？！瞎子牵瞎子，迟早滚岩子！还说为人家作毕，这是坟头上放空酒瓶，哄鬼啊？！

想起父亲死前嘱他一定要办这些事，一件都不能少，他这才反应过来，是父亲最后一次让他历练，让他在办父亲的后事中打牢当毕摩的基础。

之后，两位毕摩作毕，念诵了《祛邪经》，以求祭场的神圣和清洁。

两位毕摩又为吉达念诵造天造地的过程。传说在远古的时候，宇宙间只是清气茫茫，混浊一片。盘古出世之后，他看头上没有天，脚下没有地，就从嘴里哈出一口气，雾气顿时变成水珠，从水珠里冒出三男三女六个仙人。盘古就命令三个男仙人学着蜘蛛织网的方式去造天，又命令三个仙女用针线缝补云块的方式去造地。天地造起来之后，总是不合盘古的意，后来盘古又命令仙男仙女多次修改，终于造起了形似大锅的天，罩在了大地之上。祭经告诫死者：做人要敬天敬地，天地才会赐福于人。

接着又念诵造日造月的过程。传说盘古派男女仙人造起了天地，但没有日月的光辉，天地间还是漆黑一片，盘古又派了九个仙男造了九个太阳，派七个仙女造了七个月亮。由于太阳和月亮造多了，白天的太阳晒得大地滚烫直冒烟，夜晚的月亮照得大地让人难分昼夜。盘古看到这般情景，就请来猎人准备用箭将多余的日月统统射落。谁知刚刚才射落一日一月，其余的日月就害怕，跑到了东洋大海边躲了起来，从此大地又复归黑暗。最后是人们烧香叩拜到东海边才请回了一日一月，另外的七个太阳和五个月亮就再也没有回来了。祭祀经告诫死者：无论是做人还是做鬼，都必须尊敬日月，决不能欺天欺地，怠慢日月。

吟诵依然继续。洪水神话、《婚育经》《找药献药经》《草木来源经》《停丧经》、制棺漆棺过程，一一诵过。

天快要亮了，达布他们开始行早祭礼。

绍迪毕摩吟诵起《早祭经》：

> 昨天吃晚饭，到了今早上。今早这一时，不是亲敬你，上午的时候，不是戚敬你。开始吃早饭，只是孝子的。今天吃早饭，只是孝媳的。六十阿爸你，今早这顿饭，饭口吃下来，亲的煮熟了，戚的煮熟了，交给阿爸啊。六十阿爸你，阿爸在世时，今早这顿饭，阿爸爱喝酒，爸的媳儿们，到了今早上。爸的孙子们，高粱酒敬爸。挂着阿爸啊，敬酒爸喝去，一样不会少。过了这以后，阿爸在世时，尽情喝去吧，阿爸爱喝茶，过了这以后，今早这时候，阴地管粮钱。敬爸山顶茶，今早这时候，阴地粮值钱。敬爸山顶茶，今早这时候，敬茶你喝去，敬田坝好米，敬酒你喝去，六十老爸你。六十老爸你，尽情地享用。今早这顿饭，肥猪腊肉呀，祭饭很独特，尽

情地享用。祭山羊膀子，吃鸡整只吃，吃整个膀子，整鸡来祭你，尽情地享用。鸡肉整只儿，腊肉分节吃，尽情地享用。猪腊肉敬爸，阿爸在世时，喜欢吃软肉，今早这顿饭，最软是羊肺，首先敬阿爸。最软是鲜血，敬爸这顿饭，羊的泡肺啊，爸的儿媳们，尽情地享用，爸的孙子们，黑猪鲜血啊，五轮阿爸上，尽情地享用。一样不少给，交断给阿爸，那样说不得，一点不会错，不能难孝子，说断给阿爸，不能难孝媳，到了明天后，到了这时候，今早这顿饭，调是没分到，饭也不敬爸，铜铃来分调，斋也不敬爸，节是没分到。串铃来分调，一调到此齐。

早祭过后，绍迪毕摩又做了十三项祭仪，接着人们把灵柩移到院子里准备出殡。此时，太阳当顶，已是中午十二点钟。达布出门，顺着村子引水管到那依河引水处取了一壶水，准备带去坟地献祭。

绍迪毕摩已经测算好下葬时刻。属贤毕摩带着四个开圹的去祖坟山了。属贤毕摩选了圹址，在那里念经、烧香、杀鸡祭献，交代一通后返回。开圹的带了达布家给的一只大公鸡，他们把鸡杀了煮着。墓坑挖好后，他们吃了鸡肉躲开了。

灵柩上盖着一条羊毛毡子。亲友和乡邻们端着各自的祭品，在唢呐队和两个抬着幡子的人的引导下，围着灵柩顺转三圈，逆转三圈，在灵柩前敬献了香、草纸和祭品。

时辰到了，绍迪毕摩喊："起棺发送了！"达布端着用地莲花树身做的香座在前面引路，一个人点着松明火把紧跟在灵柩后。沙妮背着一大篮子吉达生前的旧衣物，助践用木板端着祭品和接气鸡，走在送葬的队伍里。

在一个三岔路口，沙妮停了下来，把那些遗物烧了，助践把那些端来的东西摆放在了那里。

安葬了吉达后，亲友们回到达布家。

晚上，两位毕摩为大家招了魂，以免活人灵魂留在墓地或随亡魂去阴间而导致日后患病。

之后的三天里，每天黎明时分，达措和助践都要点着火把去给亡灵送饭。一路上达措唱着凄婉的歌，追忆父亲的养育之恩。第一天他们直接送到坟前，第二天送到半路上，第三天送到焚烧遗物处。

亲友们已经散去了。达布已经告知他们，明年火把节的六月二十六日"曲呗"，在坟地为父亲举行祭祀。

"曲呗"用的时间是一天，亲族都要来，要杀鸡宰羊。这个祭仪，让逝者有面子，让子女显得更孝顺。达布连续做了三年，乡亲们夸他是个大孝子。

这一切是按吉达的遗愿搞的。达布真正感受到了父亲的良苦用心，他在这两个活动中领会了当好毕摩的不易。那几天，孝子太苦了！可毕摩又轻松吗？当毕摩，要有体力，要有品德，还要有道行，当好毕摩，不是一件简单的事情啊！

圣　水

那依河从老黑山头一棵老锥栎树下冒出，沿着那涛村左边的山箐流下来。那涛村人的祖辈们，架木槽把水引进村子里。人们世世代代饮这股山泉水，也一直认为这是神水。每年正月初二，都有人上山到那棵老锥栎树那儿祭水神，祈求水不断流。

这水也怪，也就是盆子口大的一股，不大不小，常年流淌。从水槽过来那涛村的也就小碗口粗，其他的顺着山箐往下淌，到了山脚就被人叫作那依河了。那依河并入其他河流，浇灌着山脚平坝的田地，后流入金沙江。

那依河平平静静地流淌了不知多少年，没有人打过它的主意。只是那涛村的彝民们每年在祭拜着，没有人想到过它会发生什么。

2011 年冬天的一个晚上，者都乡政府李乡长、萨珠村委会支义主任、那涛村自多小组长在那涛村公房里召开那涛村户主代表会，说是有一件事要征求村民的意见。

李乡长说，县上和乡上有一个招商引资项目，就是要开发那依河。这河发源于老黑山头，在那涛村的林地里。乡上初步打算在那涛村建一个矿泉水厂。前不久一家企业来谈过，有投资开发的意向。这家企业给出的条件是，那依河供他们开发，开发所得按三七开分成，那涛村得三成，开发企业得七成。企业给那涛村每家安一台饮水机，每月免费供四桶水。我们认为，这个项目可以干。项目干起来后，政府有税收，企业有利润，村里有收成，村民有水喝。大家说说看，这事可不可以搞？

村民们议论开了，有人认为可以搞，有人认为搞不得。有人说，以后可以分红呢，这水白白地流下去了，流下去的可是钱啊。有人说，饮水机好啊，桶装水干净，免得以后得了肾结石，疼得要命不算，还得出钱去医院受罪。

村委会主任支义干咳了两声，举起手来向大家比了个要大家安静的手势。他说，我看大家也议了一下，同意的举手，我看看。

村民们陆续举起手来。支义一看，笑着说，看来是绝大多数都同意了。有三家不同意，不要紧，说说你们的想法。

达布看见，只有他和邱索、组南没有举手。达布递眼色过去，让他俩先说。

邱索说，我是担心，这水厂建了，我们的菜地没水浇了，我们的牛羊没水喝了。

村民小组长自多说，这个倒不用担心，水厂会在村里建水池，会放水进去的，菜地浇水、牛羊喝水没问题。

组南说，这水厂建好后，我们平常用水是不是麻烦了？我儿子前几天打电话来说，年底他要回来安一个太阳能热水器，要能接水进去。水厂建起来后，我们到哪里接水？

李乡长说，这个很好办。由厂家在村背后建一个水池，每家都可以从那里接水到家里。以后厂里有了收益，再用钢管把水接到各家各户。

组南掏出一支烟吸了起来，不再说话。

大家把目光投向达布。达布说，我不同意建水厂。不是说水厂造的水不好，也不是说水厂不会给那涛村带来好处。我细细地想了想，多少代了，多少年了，没有人打过那依河的主意。水厂建在了那涛村，那依河就断流了。你们要想一想，山脚下那些村子喝什么呢？表面上看，山脚下那些村子有井，不喝这股水。可那些平坝里的稻谷喝什么。不知你们看过没有，山脚有三条河汇合为那皮河，却只有那依河一年四季有水流，那两条河过了雨季就枯了。说直接点，不造水厂，好几个村都有水；造了水厂，就只有那涛村有水喝了。水都拉到外地去了。我们老黑山，历来是不缺水的。建了水厂，就有点只顾我们村的嫌疑了。人总不能只顾自己吧！

自多说，达布大叔，你是不是担心表婶达措那个村子没有水？

达布笑笑，说，自多组长，你这说法也太小瞧我了。我妹妹达措嫁在山下的平坝村子里，是用着这条河水。但说我为她考虑，那倒不至于。我说的是，山下那些村子也用着这条河的水，我们那涛村的人不能这样小心眼，为了自己一个村子，断了人家的水啊！

李乡长说，达布毕摩说的有道理，但也不用担心。山下那些村子的事，乡政府会考虑的。大家再想想看，也用不着急于表态，我们也不忙着决定。

会议散了。达布以为这事就这么了了，反正也只是征求意见，他没放在心上。

到了第五天晚上，儿子布扎回来了。

达布正在火塘边收拾着他的法器，见布扎回来，问他吃晚饭了没有。布扎回了句吃了，就来到他旁边坐下。

达布问，这段时间生意好吗？

布扎说，生意可好了。现在秋收已过，人们闲了下来，有点钱的都在盘算着盖房子或者给家里添点什么，买摩托的人也多起来了。

达布说，我想着这样一桩事情，估计前几天乡政府的人请你喝了一回酒，还有村主任、村民小组长也给你打过电话说过什么事。

布扎说，也不是什么大事，不过对村里确实是桩好事情，这建水厂的事好啊！听说开过会了，也就有两三个人不同意。

达布说，是啊，说白了，这事儿呐，到最后也就是我一个人不同意了。我想呐，这种会以后你去开，事情也就百分之百通过了。

布扎说，阿爸，那么多人都同意了，你一个人执拗着干什么？跟村里、乡里闹别扭，总不好嘛！

达布说，开会也只是征求意见，没有表决嘛。即使是表决，我也只占一票。

布扎说，人家说了，你虽然只是一个人反对，但真要表决，恐怕又难通过了，因为好多村民都听你的。到时候，这水厂也是建不成的。

达布说，他们的理由就是能赚点钱而已。这老黑山是座金山，建这么个水厂不值得。有人说水这样喝下去会得肾结石，我没有听说过那涛村有人得过肾结石啊。谁得了肾结石，我保证把他医好，不收一文。

布扎说，阿爸，你这个毕摩也是当得一根筋了，脑子硬是转不过弯来。姑姑他们那些村子的水，自有政府去考虑的。

达布说，得了吧，前些年外地有些村子受了旱灾，搞了水改旱，不种稻谷，改种苞谷。为什么？缺水啊！那依河是老黑山给我们人、牲畜和庄稼喝的，不是拿来卖钱的。

布扎说，阿爸，粮食、牲畜用钱一样能买到的，村子里也不缺水喝，我看，建厂对我们只有好处，没有坏处。

达布说，不管你们怎么说，我就是不答应。

布扎叹了一口气，不再说话。

达布当然不知道，除了乡上有人找布扎喝过酒，谈过这事，还有投资商找过布扎，说建厂费用全部由他们出，村子里持股百分之三十，只要他说服达布，可以给布扎百分之十的干股。

这样一来，投资商就只持百分之六十的股。布扎估算了一下，一年也是好大一笔收入。他想到，这乡长、村委会主任、村民小组长会不会持干股呢？

父子俩谁也说服不了谁。达布说的，布扎听不进去。布扎说的，达布不加理睬。布扎索性去睡了，第二天上连个招呼也不打就走了。

过了两天，自多找上门来了，也是劝说达布答应建水厂。

达布被劝得多了，有些不耐烦地说，自多组长，说句良心话，老黑山的水，就是我们一个村的吗？它无非是出在我们村的林地里而已。这水呀，历来都不属于哪一个村独有的。我们现在把它拿去卖了钱，那依河下游的人们没了水，你叫人家怎么过嘛？

自多说，达布大叔，李乡长不是说了，那些事不用我们村来考虑的。只要你答应，其他的事都好办。

达布说，自多啊，你说得好像我是跟乡里、村里唱反调一样，好像不把村里人当回事一样。其实，你只要认真想一想，要是你是那依河下游的人，你会怎么想呢？断了老黑山的水，就是损了老黑山的筋脉；断了村庄的水，就是抽了田地的血。这些事情，说起来迟早会有大报应的，这事啊，整不得的。如果我不是毕摩，我也不说这番话了。

自多无可奈何地说，好吧，达布大叔，你话也说到这一步了，我也不说什么了。可是，村里人大多同意了啊。

达布说，只要村民们同意的事，你们就敢干吗？有些事，我看并不是村民同意了就可以干的。二十多年前，刚刚包产到户时，上头说每人可以开五分山地，村民们就想上山，砍倒树林，放一把火，种上一块苦荞。要不是我爸出面制止，这山就像瘌痢头，不成个样子了。你们建水厂，从哪里引水，我就从哪里放水，大不了你们说我搞破坏，把我抓去劳改。反正，我不同意建水厂。

水厂终于没有建起来，大家弄了个不愉快。

那依河照旧流着。

收 徒

达布在院子里收拾着东西，准备上山拾菌子，顺便挖些草药。

手机铃声响了。达布接了电话，是斯古村的者都毕摩向他求助。

他不承认者都是毕摩。这不，村子发生了泥石流，他办不了这么大的事，现原形了。

者都小他十三岁，初中毕业后回到了斯古村。有一次，者都去县城索纳，买了一本《彝族识字读书》，学起了彝文。后来又从县民族宗教事务局那里找到了两本毕摩经，是说占卜和祭祖的。者都学着学着就入迷了，想着毕摩在彝族村子里有威望，帮人做事还有些收入，他就按照经文自学做毕摩。

当然了，在老黑山彝村，不是自己说自己是毕摩，人家就承认你是毕摩了。者都先学着祭祖。父母本来反对他自学做毕摩，一听说他要祭祖，又默认他的行为了。家里的事，自家的人能做最好，免得去麻烦人家。

那天，者都在自家院子里抓了一只鸡，走到大门外的空地上，双手把鸡举到空中转了几圈，嘴里念诵着祭词。不一会儿后，他在大门前把鸡杀了。杀鸡前，他在门上挂了些麦秸和豆秸。这只鸡是他专门挑选好的仔母鸡，毛色白里带黄。他把鸡毛去了，洗净后砍好放进锅里煮着。家里已经没有仔母鸡了，下次得去村里借。

鸡肉煮熟后，他舀了米饭，又将鸡头、鸡翅、鸡肝、鸡腿舀了装进一个碗里，倒了一碗酒，随后到堂屋里上了香，再把酒菜移到供桌上。者都后退两步，肃立在供桌前，开始念诵《祭祖经》。过了半个多小时，仪程完毕。他想，这样祈求祖先，祖先一定会保佑家里有个好收成。

者都给伙伴们打电话，邀请他们来喝酒。

来了三个伙伴，加上他家五口，八个人围坐在方桌旁，开始吃饭。

“者都老表，今天过什么节了？怎么想起来叫我们喝酒？”伙伴问。

者都说：“没过什么节，我今天祭祖，杀了只鸡，请你们来喝酒。”

另外一个伙伴说：“老表学毕摩，名堂多起来了！”

者都说：“既然学了，哪天该干什么就得干什么，今天是祭祖日，我祈求祖先，保佑五谷丰登。”

者都的父亲热情地搛菜给他们，口里说：“快喝酒吃菜，别只顾着说话。”

几人吃了一会，伙伴把鸡头搛给者都的父亲。

者都的父亲却把鸡头又搛给了者都。

伙伴说：“大叔，鸡头该你老人家吃，莫给老表。”

者都的父亲说：“让他看看鸡头卦，看看这一年会有什么大事。”

者都慢慢地把鸡头皮剥了，把鸡骨一件一件取下，放在桌上，随后又把鸡头骨拿起来，细细地看了几遍。然后说：“今年粮食收成不比往年少，我们村子可能会出大事。”

伙伴说：“老表，出什么大事？你莫吓唬我们啊！”

“到底是什么事我看不出来。”者都眉头紧锁，一脸的无奈。

者都的母亲说：“你们几老表喝酒吧，莫讲那些不吉利的话了！”

去年的火把节，者都自己点了火把，绕着自家的地诵经念咒，害虫果然比前几年少了许多。他自己也认为，自己做毕摩有些灵验了。

可是这一次，面对这么大的泥石流，他心惊肉跳的，没有主见了。

他想请五个毕摩来作毕。

达布放下东西，对布扎说要去斯古村作毕。

布扎说：“阿爸，莫要去了，就是去了九十九个毕摩，做上九十九次毕，用掉九十九只羊和九十九只鸡，也变不出一个村子来。浪费自己的时间，也浪费人家的钱财。”

达布说：“毕摩不是魔术师，当然变不出来村庄来。不过，在老黑山，没有了毕摩，活着的人没了精神，死掉的人只能变成孤魂野鬼。”

布扎说：“好了，好了，阿爸。我看你们这些毕摩，在老黑山，不管什么场合，你们不去一下，就像你们自己丢了魂似的。”

达布说：“你这背时儿子，话被你说颠倒了。没有我们毕摩，你们一个个都没精气神。”

布扎说：“去吧，去吧。阿爸，路上小心点。”

达布带上作毕时用的法衣、法笠、神扇、神铃等，骑上摩托匆匆出发了。

前几天，达布就觉得有些不对，天气一直很热，热得几年来他都没碰到过，大地似乎要燃烧了。今年入春以来，电视上一直说是干旱得很，外边有好几个地方已经没有水喝，小春也种不下去了。

老黑山上的那依河，水依然那么大，没有断流的迹象。

可这几天却连续下雨，每次就二三十分钟。

昨天，老黑山西边下了将近一个小时的大雨。没想到斯古村突然发生了泥石流，村庄被掩埋，死了五个人。

达布到村口的时候，见村长杜铁指挥着乡亲们做这样做那样，他高声说：“乡亲们，救人要紧，我们要坚持住！县里和州里的救援队伍正在往村里赶，我们不能歇下来。姐妹们，去苞谷地里掰些苞谷来烧着，男人饿了吃个苞谷接着干活。一个都不要歇下来啊！我拜托你们了。大家有力出力，有粮出粮，我们自己的事情，我们自己先动起来！”

达布看见李乡长和乡武装部长带着一群穿着迷彩服的人在废墟那里忙着。

者都看见了他，忙迎过来，对他说：“达布大叔，可把你盼来了！走，看看去！”

达布沉痛地说：“先去看看遇难的人吧，谁叫我们是毕摩呢！”

五具遗体停放在村左侧的一块草坪上，用树枝盖着。达布挪开树枝，一一看了遗体。

者都指着遗体，说这五个人中，有三个人是一家人。

达布问：“这三个人的家人呢？”

者都向四周望了望，问：“商荣呢？商荣哪里去了？”

坐在那儿的几位乡亲，目光呆滞，摇头表示不知道。

达布交代说：“者都，你赶快叫人砍一些清香树树枝来，把这些树枝换掉。亲属们找块干净点的毛巾来，洁净一下遗体。这几天天气太热，遗体不能摆放太久，要想办法尽快处理！还有，你刚才说的这个商荣，你们要看好他，他可能受不了！”

达布要了把砍柴刀，开始砍树搭台，准备作毕。

不久后政府组织的抢险救灾队进入了斯古村。救灾队带来了心理咨询师，他们把商荣找来，由心理咨询师对商荣进行心理疏导。心理咨询师讲了一大通，商荣像是没听懂一样，收效不大。其他两位死者的家属也如此。

商荣眼前老是浮现那悲惨的一幕，他真不愿去想，可还是时刻想起。

斯古村在老黑山半山腰的一个坡脚处，祖祖辈辈也不知在这里生活了多少年。商荣家现在住有四口人，他、他爹、他媳妇和他女儿。他的两个姐姐已经出嫁，母亲前些年得病去世了。他家在村里比上不足，比下有余，日子过得还算好。

这几天天气有些反常，几乎每天都有一场大雨，下完后不久天又晴开，谁都没有感觉到会有什么大事发生。商荣这一天起得很早，他上山去拾野生菌。这段时间菌子很多，时不时有外面的人来村里收，价钱还可以。只要运气好，一个上午也会有三五十块钱的收成。

浓雾笼罩着树林，光线有些暗，他只能走慢点，以免错过了那一朵朵好菌子。

差不多找到了一篮子菌子的时候，浓雾散开了，他开始往回走。到了山垭口，他坐下来休息一会，想抽支烟再走。再说，这儿离他家也近，他能看到他家的房屋。他想，他爹已经做好了午饭，媳妇已经打了猪草回家招呼孩子。他点了烟，美美地吸了一口，抬头向村里望去。

他惊呆了。

村庄不见了！自己的家也不见了！一大堆山石、泥土、树木和杂草覆盖了村庄！只看得见一些木头和瓦石夹杂在泥石里。

他惊呼：“我的天，塌方了！”

他背起竹篮拼命往村里跑。他跑得太快，几次滑倒，手背被路边的树枝划了几个口子也毫无知觉。待他跑到村旁的一块空地上时，他发现那儿站着几个人。

他见了村民小组长杜铁，就问：“大叔，这到底是怎么回事？”

杜铁说：“塌方了，什么都来不及了，你们现在不能过去，说不准还会有土方垮下来。各家都想一下，有没有人在屋子里？要想办法把人救出来。我已经打电话向乡政府报告，乡上马上就派人来。县里、州里也会派人来帮助我们！我们现在分两组，一个组绕到村背后，去看看上面的山体，是不是有裂缝，还有没有土石要垮下来，发现险情赶快吹哨子，我带一个组到村里去，能救一个算一个，这事不能等了！”

商荣跟着杜铁进了村，他找了根一头尖锐的木柴，想以此当作工具把人刨出来。他跑到他家屋子的位置，口里喊着，可是一点回音都没有。渐渐地，呼儿唤女的，哭爹叫娘的声音混成了一大片。村庄陷落了，陷入了惊恐、悲伤和绝望之中。商荣顾不了那么多，使劲地刨着，不停地喊着，也不知刨了多久，就是没有一点动静。他一直刨到没了力气，只好一屁股坐在潮湿的泥巴上。他茫然地望着不远处的村民们，他知道，这些都是出去干活的人们，在家的人显然是埋在里面了。过去他挖过这种塌方，知道这种塌方难挖得要命，一个强劳力也挖不了多少。塌方移动时，将泥土、石块、草根、树枝挟裹在一起，滚上几滚，就如橡胶皮一样。现在要从这堆泥土中把人救出来，谈何容易？好在也有人被救出来了，还喘着气。

身着迷彩服的民兵突击队员们带着铁铲和锄头，在乡武装部长的指挥下干了起来。他们刨开了泥石，将瓦片和木料搬开，然后又撬开一堵堵断墙，救出来了十多人。乡卫生院的医护人员抓紧给那些伤员治伤。

商荣又开始刨了，他似乎没见着乡里来了人一样。他刨啊刨，不知刨了多长时间。待到隔壁的一位大姐过来说："大兄弟，你歇会吧，你还没吃午饭呢。"说罢递了一个烧苞谷给他。商荣这才发现自己饿了，一屁股坐在地上，拿过苞谷就啃，一转眼苞谷粒就啃没了。他又刨了起来。杜铁走过来，问他："商荣，你家还有哪个没见着？"

商荣边刨边说："你看看，连房子都见不着了，我家只我一个人在外边呀。"杜铁朝那边喊："伙子们，赶紧过来这边，这边埋着人呐！"那些穿着迷彩服的人跑了过来，用铁铲和锄头刨了起来。他们大概刨了半个多小时，终于把房子也刨开了。

人是刨出来了，可没了气。商荣他爹、他媳妇、他女儿都死了。

商荣喊了句："老天，你叫我怎么过！"

这世界在商荣心中彻底坍塌了。

三具遗体被摆放在村旁的一块空地上。商荣跪在那里，大脑里一片空白，他不知道该怎么办。过去，村里面死一个人，全村的人都会去帮着处理。可现在呢，他一家就死了三个。不远处还有哭泣声传过来，撕肝裂肺的，看来也是死了人。杜铁走过来对他说："商荣，我已经叫人跟你姐他们联系了。事情出了也就出了，谁也拦不了。我们会帮你料理，你过去吃点东西吧。"

"我吃不下，你们去吃吧！"

杜铁过去了。他清点了村里的人，向乡长汇报情况，村子里的人现在都到得差不多了，还有两个还没找到，这两个人都是老人，估计是埋在里边了。找出来的人中有五个已经死了，最多的一家死了三个。乡长让那就继续找那两个吧。

商荣听见了杜铁的说话声。他听明白了，全村就他家死的人最多，他家只留下他一个人了。一个家眨眼工夫就不见了，一家人眨眼工夫就只剩下他一个人了。他实在无法面对这样一个残酷的事实，他想找一个安静的地方坐一会。

他起身向村西的村林里走去。谁也没留意他，以为他是去解手了。

他走到一棵树下坐了一会，抽了支烟，才发现自己根本就坐不住。他又站起来往山上走，走到山顶，找了一块空地坐了下来，看着四周发呆。

他不知在那儿坐了多久。直到村里的一个年轻人带着达布来到他面前时，他才知道他已经上山好长时间了。

达布走过来，对他说："侄儿，你受苦了，我们回去吧。"

商荣说："村里受灾，我家出事，不关大叔你们的事。你们走吧，我想在这里待一会。你们去吧，不要管我了。"

达布握住他的手说：“侄儿，你家的事就是我家的事，我们一起去料理好不好？”

商荣推开达布的手，说：“毕摩大叔，你去忙你的吧！我家人也没了，家也没了，我没什么好去做的！你们回村去吧。”

达布说：“你家没了，人不在了，我一样很难过。这样吧，从今天开始，我就是你的亲叔叔好不好？你的事就是我的事。”

商荣看了达布一眼，说：“你就莫要再安慰我了，人死了哭不活，这道理傻子都晓得，我家的事，我随后会回去处理的。”

达布说：“侄儿，你听我一次好不好？现在和我一起回村吧！你想想，你家里的人不在了，你不在村里待着，你姐他们回来，看到那种样子会怎么看你？还有，一个村受了泥石流灾害，还得靠活着的人来再建家园。县上、州上的救灾队伍很快就到，我们还得把各家各户的人叫来，大家一起商量怎么办。我刚才听说你去了树林里，半天不出来，我就不放心，才来找你。我生怕你出事，人去了没办法，可活着的人还得过日子。从今天开始，我就是你亲叔叔，你有什么困难跟我说，我去帮你解决。”

商荣像个呆子一样看着达布，好像达布未曾说这番话一样。他不再说话，两眼茫然。他也不去理解达布的话，也不想知道达布究竟要干什么。他的脑子一片空白，不知道自己下步要干什么，也不知道自己在想些什么。

达布当然知道，商荣急需人们说的心理干预，但怎么个干预法他不懂。他只是从电视上看过外省某地大地震后，心理专家对灾民进行心理干预的新闻。眼下，要想去找专家来照顾商荣，是不现实的。商荣现在心里乱得一团糟，他好像忘了他家有三具遗体摆在那里。他不想和任何人说话，也不知道该怎样应对这样的事情。这个村数他家受灾最重，死的人最多，他承受不了。达布想，看来这商荣的事情，只能由他来解决了。而要商荣听从他的，只有一个办法，就是让商荣在心里接受他，把他当亲人看待，否则商荣会出问题。

他再次拉住商荣的手说："侄儿，我们一起回去好不好？再大的事情，叔叔和你一起去办就是了！你姐姐他们估计也到了。"

商荣终于站了起来，达布松了口气。他们一同下了山，回到村里。

商荣的两个姐姐回来了，两个姐夫也来了。达布见了他们说："你们以后就把我当亲叔叔，我就当商荣的叔叔，我们一起来帮商荣吧！"

不一会儿又有一支部队来到村里，到村西的半山腰搭帐篷去了。杜铁说："没有伤病员的人家，男劳力都去帮忙搭帐篷去。上头已经送了大米、土豆还有萝卜来，姐妹们就去做饭吧。我们要保证今晚就有饭吃，有住处。大家不要怕，上边会帮助大家渡过难关。"

杜铁去找了两口棺材，请了人抬过来，让达布指导商荣将他爹和他媳妇入了殓。

杜铁说："商荣，现在村里受灾，你家将就着点吧！这娃儿的事，我叫人去找几块木板，钉个木盒子，将就着，让达布毕摩作毕，选个时间，我们把他们安葬了。”

商荣呆呆地坐在那里不说话。李乡长走过来，递给他一包烟，说：“兄弟，你抽烟吧。杜村长说的在理，我跟他说了，这个后事由他来帮你料理。你要保重身体，这几天不能累倒。”

商荣将烟打开，朝达布、李乡长、杜铁和他的两个姐夫各发了一支。商荣将烟点燃，啵啵啵几嘴就把一支烟吸完了。李乡长对杜铁说：“等会饭熟了，先送一点过来给这几家人吃，然后送给干活的民兵和部队的人吃。我们村里边的人将就着点，就最后吃吧。”李乡长又叫人去他的小车上取些酒来。

商荣还是没说什么话。他的两个姐姐哭哭停停，两个姐夫静静地坐在那儿，也不说什么话。

商荣的大姐夫好不容易才说了一句话：“兄弟，等料理完后事后，你去我家待一段时间。”

商荣这才说：“姐夫，我不能跟你去。我还有庄稼要招呼，以后虽说是我一个人，可我还得有个家。”

李乡长说：“兄弟说得对，他不能去。这里的村民除了因伤要出去医治的，都不能出去。村里受了灾，房子没了，怎么办？得重新盖。我们正在考虑着村子里将来的新房盖在哪里。兄弟不能去，两位姐姐你们料理完后事可以回去，两位姐夫就暂时莫走了，帮着兄弟办些事。你们看，他就一个人，你们得帮他一把，都是一家人呐！”

商荣望着乡长，说了句：“李乡长，你忙你的吧，有那么多事情要你去处理，你莫要只管我们了。”

乡长走开了。达布对商荣说：“侄儿，等会差不多我就给你家老人和你媳妇指路。你们去弄些柴来，在棺材之前烧一堆火，火不要熄灭啊！晚上太黑了，我怕他们走岔了路。你去问问者都，他请的那几位毕摩来了没有？如果来了，就领到这里来。我带着他们给走了的人指路。”

商荣的姐夫对达布说：“阿叔，我们拉了两只羊来，是不是杀了用上？”

达布说：“本来礼性是这样的。可是现在，吃饭都难。羊就留着，明天再杀，用来答谢帮忙的乡亲们和外头来帮助我们的人！”

商荣的姐夫又说：“鸡也有六只，看是不是也用了？”

达布说：“这样吧，用一只也就行了。本来至少也要用五只的。我祷告的时候会求神灵和亡魂宽恕。大不了，我以后身体会不舒服些，我有办法，你们放心吧！”

晚饭是蹲在地上吃的。没有什么好吃的东西，就一个炒土豆片，一个萝卜汤而已。李乡长不知从哪里弄了几个纸杯来，倒了几杯酒。他递给达布一杯，说：“毕摩大哥，你就多喝点吧！你晚上要作毕，这酒解乏的。”

达布说：“你们另外弄点酒来，等会我们要作毕，给亡者指路。”

商荣也喝了两纸杯，然后坐在那儿，啵啵啵地抽起烟来。

李乡长说：“你们守着吧，我到处转转，看看还有谁没吃晚饭。我顺便落实今晚上大家的住处。”

看着乡长的背影，商荣想得很多。

以后，在这个村子里，他家就只他一个人了。只有一个人的家能叫家么？他想不清楚。

毕摩都到齐了。达布把鸡拿过来，绕着死者遗体走了三圈，口里念念有词，回到原位，将鸡杀了，接了鸡血摆在地上。他把鸡递给旁人，嘱咐把鸡拿去打整干净后煮熟了送来。

他开始高声地吟唱：

> 我们最亲最亲的人呀，你就要走了。我们知道，是我们惹你生气，你扔下我们不管了。这些都是我们的错。我们一再呼喊你，可你再也不会回来……
>
> 我们最亲最亲的人呀，你就要走了。我们知道，你挂念着我们，想回来也回不来了。你去阿普都慕那里，可是路很远，岔道多，莫要走错了……
>
> 我们请了毕摩，他们识路，他们说一句，你就走一段，去先祖阿普都慕那里，去过好日子，先把这儿的事情都忘了吧……

达布坐了下来，喝了一口酒，对旁边的毕摩说：“来吧，我们一起念诵《指路经》，引他们上路吧！”

五位毕摩一齐念诵《指路经》，声音悠扬而沉重。

一个多小时后，有人端来了米饭和鸡肉。达布示意毕摩们停一下，他过去把饭菜摆好，又倒了酒，祷告道：“我们尊敬的神灵啊，毕摩向你行礼了！我们这儿有亲人要去先祖阿普笃慕那里，他们不识路，可能会冒犯你们，你们圣明，一定会宽恕他们，让他们上路！毕摩请你们应供！”

过了片刻，达布再次祷告：“我们最亲最亲的人呀，去先祖阿普都慕那儿山高路远，渴了饿了停下来，喝一口吃几嘴，歇一歇，养好精神再上路！”

达布回到原地，又同四位毕摩一同诵经。

这样一诵就到了大半夜。

有人送来热饭和鸡肉。达布又示意停下，说：“各位兄弟引路也辛苦了！喝口酒，吃点饭菜再继续吧！”

之后，他们一直诵经到天亮。

达布让其他几位毕摩休息一会儿。他把商荣叫到面前，吩咐道：“我们等会为你们几位招魂，你去弄一大碗生米来。”

商荣走了。者都过来，问：“为什么要招魂呢？”

达布说：“看来你这个小毕摩真的是该有师父教才行。这招魂是召回亡者亲属的灵魂，亲属们伤心了，一直想着亲人，灵魂跟着亲人去了，所以要招回来。”

招魂仪式在达布主持下进行。达布念诵过后，亲属们绕着遗体转了三圈。他们来到达布面前，达布给了他们每人一把生米。

下午，达布又主持了安葬仪式。下山时，天已经黑了。

这天晚上，达布说，几位毕摩今晚休息，明天祭龙神、祭山神。

第二天，达布完成了他要做的事。不过，他对商荣还不放心。

杜铁来帐篷里看达布的时候说："达布毕摩，这次劳累你了。我们选好了盖房子的地点，明天你再帮我们看。"

达布说："看看可以，可惜我当毕摩不看风水。杜铁村长，现在看来，你们这个被埋掉的村子是有些问题的！村背后是一个陡坡，陡坡上树木很少，土层只有一公尺那么厚，土下边是一块大大的石板，这样的陡坡迟早会发生灾难！我不晓得坡上那些树是哪年砍光的！有些树砍不得啊！我为哪样祭龙神、祭山神？这还不是因为我们所做的事惹得暴雨来了，山体也滑坡了！现在有好多人不信这些东西，吃了大亏才心痛，我作为毕摩，想起这些就来气。"

杜铁说："这次有点对不住你们几位了，也没什么答谢的。等我们全村都搬进了新居，我再请你们几位来村里做客。"

商荣来找达布，达布对他说："商荣侄儿呀，房子倒了，自己不能倒！亲人走了，自己的灵魂不能走！过几天你和你姐夫他们去山上找木料，把木料备好，等秋收完了以后，种了小春，侄儿你就可以盖房子了。两个姐夫到时候过来帮一下忙。瓦和水泥呢，我听说由乡政府来解决。等到新房子盖好了，搬新家那天我一定来，我来给你的新房作毕，让你干干净净喜气洋洋住进新房子。"

商荣说：“谢谢达布叔叔了。我一定听你的，把房子盖起来，房子盖好那天，我杀只羊来招待你。你路过村子也来我这儿坐坐，我就心满意足了。我知道你明早就要回去，你还有好多事情要做。你不要老挂念着我，我会招呼好自己的，你放心吧。”

达布回去了。村里有些人对商荣说，这些毕摩嘛，对你讲的是道理，说的是客气话，那些疼你想你的话千万别当真。那几天，他是看着你可怜，才说要当你亲叔叔的。只要他的脚步迈出村子，他就把你忘了。商荣不信，他说，不可能的，他就是我亲叔叔。他就是把我忘了，我也不会忘了他。

达布先后来过斯古村好几次。商荣家房子盖好后他确实也来作毕了。村子里的人这才相信，达布认商荣做侄儿，确实是真认了。商荣去那涛村，也要去看他这个叔叔。

者都通过这次跟着达布作毕，深知要当上一个称职的毕摩，仅靠自学是不够的。他想跟达布学，又怕被拒绝了面子放不下。他想起，达布认了商荣做侄儿，以后就让商荣牵线，让达布收他为徒。

一年后，商荣带着者都来到达布家，说明了来意。达布高兴地说：“看来你这个侄儿真没认错，我想收徒弟找不着，你倒给我带上门来了！你看看，你现在真让我高兴死了！”达布说完便哈哈大笑。

“达布叔叔，您永远是我的亲叔叔！现在您不想当也不行了！”商荣说完，也是哈哈大笑。

他们笑得那么自在，仿佛商荣的一切悲伤都烟消云散了。

笑声过后，达布说："者都要学毕摩，我是答应了，但还得有拜师仪式。这个仪式得在者都家举行。"

达布说完，手指在掐算着，嘴里念念有词。过了一会，他说："者都，就定在十月十六吧，到时候我来你家，我还得请一个毕摩来主持仪式，那一天你得打起精神，拿出点样子来。"

者都说："那太好了！找到了师父，就多了一个指路人！我一定杀鸡宰羊，把仪式搞得热热闹闹的。"

达布说："师父领进门，修行靠个人。仪式过后，我会认真教你，可你也要上心，不要背了我的名，却做不成事情。"

者都这回放心了。他曾听说过，达布大叔想把毕摩职位传给儿子布扎，可布扎不愿学。达布每每说起"祖传巫师职业不得失传是古训"这句话，总是很失望地感叹一阵。

布扎去乡街子上卖摩托车。他说他不相信这些装神弄鬼的事情。有一次，布扎还说他爸是"狗咬摩托，不懂科学"，气得达布差点揍他。达布想：牛不吃水强按头，我这是何苦呢？

达布想去想来，也只有对外收徒了。

拜师仪式那天，达布请了范德村的绍迪毕摩来主持仪式。

绍迪毕摩来到者都家，指挥着人们在者都家设了神坛。达布在火塘边，同者都父母聊天。者都请了村里人来帮忙，杀鸡宰羊。他要请村里人来吃晚饭，也是向村里人宣告：从这天起，他终于是有师承的毕摩了。

绍迪毕摩请达布毕摩和者都毕摩立于神坛前。他向毕摩之祖阿者苏纳祷告：今日有新人者都欲入毕摩门中，祈请阿者苏纳保佑。然后，绍迪和他俩一起，下跪，磕头行礼。礼毕，绍迪叫人抬了个凳子进来，请达布就座。之后，绍迪叫者都向达布敬酒，叩头，行拜师礼。拜师礼完后，绍迪给者都讲了毕摩的戒律，又让达布向者都提出要求。

达布说："者都，你已经跟我学毕摩，就要时时处处拿出毕摩的样子来，为人处事，要有毕摩的气度。平时要多读经书，我作毕的时候，要跟随我学习，边学边做，早一天学会，早一天出师。"

绍迪补充说："要做一个小毕摩容易，要做一个大毕摩不容易。达布老表现在是老黑山的大毕摩，你能当他的徒弟，说明你很有福分。我学了这么多年，也只算个小毕摩，不及达布的零头。以后你要好好学，把达布的传承延续下去。"

仪式完毕后，人们在者都家院子里，摆上了筵席，人们喝酒吃饭，很晚才散去。

山　珍

好东西藏在山里，即使藏得再深，也会被人找出来。

曾经一段时间里，人们以为海鲜最好，于是想方设法弄来吃。后来，有的海域有污染，人们开始担心，不像过去那般追捧。再后来，人工养殖也可以搞出些海鲜品种，海鲜价格降下来了，好多人都吃得起。但是，一些不法养殖者，挖空心思提高产量，那些海鲜又出现了激素过多、重金属超标的问题，人们冷淡了。

山上那些自然生长的东西反倒越来越金贵。

老黑山的山珍，最多的是野生菌。农历三月第一场透雨过后，山中倒伏腐朽的锥栎树上长出香菌，山上便开始有菌子了。野生菌的大量生长，是在暑期。天气炎热，雨量充沛，让许多菌子春笋般冒了出来。伞状的如松茸、牛肝菌、奶浆菌，喇叭状的喇叭菌，虎掌样的虎掌菌，刷子样的刷把菌。各种菌子陆续出现，一直到农历九月，山地里也常有鸡地菌出现。

城里人喜爱吃菌子，老黑山的菌子价格上涨。最贵的是松茸，主要是出口日本，价格高时每公斤卖到 1000 多块。干巴菌也能卖到这个价，但干巴菌产量不大，也不容易采到。

前几年，老黑山的彝胞们不喜欢松茸菌，因有一股怪味，称之为“臭鸡㙡”。这下子，松茸让老黑山热闹了起来。

起先，有人在乡街子上收购，老黑山的人上山采了菌子，拿到乡街子上去卖。后来价格上涨，有人跑进村里来收购了。

到了采收菌子的季节，总有那么几个人骑着摩托到村里来。他们把摩托停放在土司府老房子门口，然后蹲在那里抽烟。有村民来，就问有没有菌子。村民们当然有了就拿来卖。

山林是四五年前才分到户的。村民采菌子没有明确地界，一进山林，哪里有菌子哪里去，采来卖了就是自己的收入，卖不了的就拿回去自己食用。

松茸的价格上涨，有人就出来说话了。先是有人说某某到他家的山上采了松茸，说那松茸是他家的，别人不该采。

知纳背了一篮子松茸来，准备卖给松茸贩子。刚刚过了称，卖得 1500 元。很明显，今天知纳上山，收获很大。

松茸贩子刚要付钱，卡色冒了出来，说：“老板，莫忙给钱，这松茸是我家的，你要给就给我吧！”

知纳一下愣住了，过了一会才回过神来，说：“卡色老表，这山上长出来的东西，谁捡到就是谁的。”

卡色说：“这山不是公山，是集体分给我家管护的，菌子当然就是我家的了。”

知纳说："你怎么说这松茸是你家山上的，难道上边写着字，有记号？"

卡色说："我也上山找菌子，你先进了你家的山林，你没有找到菌子，就进了我家山林，捡到了这些松茸。要不是你在先，这些松茸该由我采回来了。"

知纳说："那我采也采了，你说咋办呢？"

卡色说："我也不会把菌子要回来了，这样吧，你把钱分给我一半。"

知纳说："一半太多了。你没有采到松茸，算我误了你的工，给你两百吧。"

卡色说："说是平分，一厘也不能少。"

知纳说："这捡菌子的人多了，没有见过像你这种白来要钱的。"

卡色说："是的，捡菌子的人多了，没有见过像你这种捡法的。跑到别人家的山林里捡菌子卖，这算什么道理？"

知纳说："我一分不给你怎样？"

卡色说："那我就叫你卖不成。我全部拿走。"

松茸贩子说："老表，这个说好了卖给我了，已经讲了价，过了称。你俩怎么分你俩商量。要不，你俩找个人来评评理，该怎么分就怎么分。"

卡色打电话叫达布。达布问有什么事。卡色说："达布大叔，你来土司府老房子这儿一下，我们有事找你。"

土司府老房子离达布家不远。达布出了门，来到他们面前。

达布说：“卡色，有什么事呀，请我出来抽烟摆白话？”

知纳把事儿说了。达布就说：“这事儿嘛，我看，卡色说的有道理呢。你呢，就给人家一半嘛。”

知纳说：“我可以给他一点，但他是不劳而获。他没出什么劳动力就来分钱，恐怕不对。”

达布说：“卡色如果是不劳而获，你就是巧取豪夺啊，你到人家的山林里捡了松茸卖，不分钱给人家恐怕说不过去。”

知纳说：“山上长的菌子，谁见谁采，谁采归谁。”

达布说：“话是这样说，但不能这样做。在老黑山，你在人家的山林、庄稼地里采了菌子自己吃，不会有人说你。要是你做人大方点，分一点给人家，人家会很高兴。你一点不给人家，人家也不会说你一句坏话。现在，你是把人家山林里的菌子当钱找，那就要给人家一点了。再退一步说，他家出林地，你出劳动力，你俩平分这笔钱，是合道理的嘛。你再不清楚，我给你打个比方，比如说，你要外出，你跟我借摩托用，你只是骑去办事，我不会说什么。你骑去拉人赚钱，我当然要跟你分成。明白了吧？！”

知纳说：“达布大叔，我是明白了。可这那涛村没有人像他这样来村口要钱的。”

知纳说完，示意松茸贩子给卡色钱。卡色说：“给我五百就行了，我是争这口气。我要在山林里跟你干起来，就没这点钱了。”

达布说：“唉，不扯钱，什么事都好说。一扯钱，好多事就说不清了。这松茸，以前不值钱，五六公斤摆在街上，一大堆只要一块钱，守半天都没人问。”

卡色说：“达布大叔，你怎么不上山去采松茸呢，再过上几天，菌期过了，松茸衰败，价钱下跌，可惜了。”

达布说：“布扎说了，他这几天回来采，我就不去了。”

卡色邀达布去喝酒。达布说，不去了，这段时间身体不怎么好，喝不成酒。

当晚，布扎果然回来了。他带来了四个小伙伴，分别唤作小春、半夏、中秋、老冬的，他们叫布扎为黑年。达布知道，这些称呼是他们自己取的，他们是技校时的同学。他们将面包车开到了他家门口。

老冬说：“毕摩大叔，我们早就听布扎说起过老黑山，还有土司府，还有您毕摩大叔。这里有土鸡、山羊、猪火腿，还有好吃的野菜，现在又是采菌子的季节，我们约着就来了。”

达布说：“欢迎啊，欢迎欢迎，山高路远的，难得难得。”

达布招呼他们到堂屋坐好，去叫沙妮砍了腊肉煮着，又忙着去杀鸡。两口子张罗了一桌子菜，让这群在堂屋里玩斗地主的年轻人很高兴。

几个年轻人边吃边聊。中秋有些醉了，敬了达布一口酒，说：“毕摩伯伯，听说你会算命，你帮我算算，我这辈子好不好。”

达布说：“我不帮人家算命，不过，我会卜卦。”

小春提醒中秋说：“还不赶快搛鸡头给伯伯，不然伯伯不给你看卦。”

达布说：“莫急莫急，你们真懂老黑山彝族的礼性，这儿我辈分最高，年纪最大，看不看卦，鸡头都归我。”

达布喝了口酒，开始剥起鸡头来。他先将鸡冠撕吃了，又剥了鸡皮吃，不一会儿，一整套鸡头骨置放在了饭桌上。

小春赞叹道：“噫，我头一回看到这么完整的鸡头骨。小小鸡头名堂多啊！”

达布对中秋说：“帅哥，说说看，你想卜个什么。”

几人对达布喊“帅哥”感到惊奇，他们以为这大山里的老大爹，称呼晚辈大概只会说些“他老表、侄儿子”之类。看来，布扎的毕摩老爸还是跟得上时代的步伐呢。他们一进门，没见他穿着羊皮褂，戴着法帽，披着黑披风，只见他头发有些卷曲，身穿发白的夹克衫，跟城郊那些农民没有什么区别。他们觉得眼前这个毕摩比较平和，说话也就胆大起来。

半夏对达布说：“伯伯，你叫他‘衰哥’得啦，他喝酒不行，什么都不行。”

中秋说：“毕摩伯伯，你帮我瞧瞧，好好指点指点，我什么时候谈得上朋友？”

达布说：“那就是说媳妇的事了。”

中秋说：“是了。”

达布拿起那根像叉子的软骨，细细地看了又看。然后放下，端起酒，说：“来，衰哥，喝一口吧！”

两人喝了一口酒，放下酒碗。达布说：“你正在谈着一个，冬月里应该成得了，明年开春结婚。准不准，你以后对照看看。”

小春说：“伯伯是大毕摩，哪会不准呢！”

小春说完，把头转向中秋，说：“听好了，以后，不可乱五乱六三心二意的了！‘双十一’好好请我们撮一顿，热烈庆祝自己脱单！”

中秋说：“只要脱了单，一切都好办！莫说‘双十一’，‘双十二’都可以！”

老冬说：“这回我们有盼头了，十一月十一日一次，十二月十二日再整一次！我们揩嘴等待！”

布扎又招呼他们吃喝，聊了好一阵。达布坐不住，先去睡了。

第二天一大早，达布去地里转了一圈，看地边那些南瓜结得怎么样，又看那些豆子长得怎么样了。他在地里拾得一些鸡纵。

几个年轻人起来，看见他提了一串鸡纵菌进大门来，有些惊叹地说，伯伯真不简单啊，出门一趟就有收获了。他把鸡纵菌交给布扎，说：“你去打整一下，交给你阿妈，等会炒了吃。”

布扎跟他妈说：“午饭吃早一点，我们要上山去捡菌子。”

沙妮说：“你们在家里玩着吧，要吃菌子让你阿爸去找。”

布扎说：“阿妈你不懂，我这些同学，找菌子是图玩，不在乎找得到找不到，不在乎找得到多少。”

沙妮说："那就去早一点吧，找得到多少找多少。"

沙妮忙着热饭菜，又将鸡纵菌炒了。

中秋提出要跟达布合张影留念。达布笑笑，没什么好留念的，我形象不是很好啊。

中秋说："伯伯，我要您作毕时的那一身装扮。我在城里头那些活动上见过毕摩，但觉得很不正宗。现在我们在毕摩伯伯家照，身边就是原汁原味、货真价实的毕摩，不是那种传说中的毕摩！"

达布说："哦，那我去换吧，不一会儿就好了！"

当达布一身作毕时的装扮出现在院子里时，几个年轻人都惊呆了！

法帽下两条红色的流苏飘飞着，吊在耳旁的两只鹰爪放着寒光。

小春说："噢，战神！战神！"

老冬说："不，不，是天神，天神，传说中的大黑天神！"

半夏说："不，不，是大师，大师，是真正的驱魔大师！"

中秋说："不，不，是毕摩，是老黑山的大毕摩！"

达布一站定，中秋就靠了过去，嘴里唤着："黑年，黑年，快点给我来上一张，我要上春晚！"边唤边摆出个"V"字形手指姿势。

布扎说："合影就合影，上什么春晚？头上长角，脑子发岔了！"

他们与达布一一合了影。

合完影后，小春突然说："伯伯，您这身装扮让我穿上照个相吧！"

达布说："这个不行的，这法衣、法帽，除了我，别人是不能穿戴的。还有我这法铃、法扇、法签筒、法刀，我徒弟可以帮我拿，别人拿不得。"

小春有些内疚地说："对不起，伯伯。我不懂这些规矩。"

老冬说："城里有些景点，什么装扮都有。真是搞不懂，假得滥大街了。"

达布说："我在电视上看过，有些景点呢，租什么龙袍，还有什么皇妃娘娘的衣服照相。这些衣服当然是假的了。这事说起来道理是一样的，假使皇帝、皇妃还在着，谁敢穿他们的衣服照相？恐怕是要掉脑袋的。我们的法衣、法帽，自然也不能给别人穿了。一来，不成个体统，二来我们毕摩自己身上有护法神，穿着作毕有神力。不是毕摩，你去穿了，会招来鬼神上身，对自己不利。"

半夏说："小春，你还小，不要胡思乱想啊。今天上山，不要东张西望的，当心被狐狸精抓走了，到时还要毕摩伯伯给你作毕才回得来。更不要乱吃山上东西，小心中了蛊毒。"

达布说："老黑山没有什么狐狸精。我们老黑山的彝胞不兴放什么蛊毒。你说的这些都不是老黑山的，也不是我们彝胞的。"

半夏说："伯伯，我只是吓唬吓唬他，免得他瞎胆大，吃了亏认不得。"

达布说："你们这些年轻人，在外面在惯了，想法多，问问不奇怪。"

达布说完，去换了衣服。沙妮已经摆上了饭菜。

几人又围坐在一起吃饭。达布给他们斟酒，只有老冬说他还想喝点。

达布对布扎说："布扎，你记住啊，这久松茸已经上市了，价钱也贵得很。你们到我家的山林里采摘，什么菌子都可以拿回来。要是去了别家的山林里，不要采摘菌子，免得扯起来麻烦。"

布扎说："这个我知道的。"

喝了几口酒，老冬又向达布提问了。

"伯伯，你作毕时见过鬼吗？"

达布喝了口酒，反问道："什么是鬼？长成什么样子？"

老冬没想到达布会这样反问。

小春说："怎么样？老冬，难倒了吧！"

老冬说："我想的鬼可能就跟鬼片里那些一样。"

达布说："那我告诉你，我作毕时没看见过，看电视时在电视里见过鬼的样子。"

半夏说："这样说来，伯伯也没见过鬼。"

达布吃了口菜，说："我们毕摩不跟人说这些鬼事。见过没见过都不会说的。在老黑山，有些苏尼会说，她见过的鬼怎么样怎么样，她们多与鬼打交道，我们毕摩多与神打交道。"

中秋说："那就是说，这是伯伯你们的行业禁忌了。"

达布说："样样都有禁忌嘛。你们来山区，看得见好多男人都穿着旧军装、旧警服，但都没有领章。如果谁穿了有领章的衣服，那肯定是犯法的，假冒军人，假冒警察，国家不允许的。"

半夏说："伯伯，我们一下子明白了毕摩的好些事情了，以后不会出洋相了。"

达布说："这个没什么的，你们有什么可以问我，我说的不一定对，但我会给一个说法。"

几个年轻人吃完饭，上山采菌子去了。

达布去煮了只羊腿，是前不久去作毕，主人家给他的。

太阳快要落山的时候，年轻人们回来了。

几人很高兴的样子，又是松茸，又是青头菌，又是铜绿菌，还有干巴菌。年轻人们在院子里忙着清洁菌子。

达布说："这些菌子，你们带回去尝吧，我们在老黑山，想吃的话，上山去找就行了。"

老冬说："伯伯，这些，刚够我们好好吃一顿。干巴菌有好几块呢，捡三分之一出来就够了。我们出来玩，图个新鲜，先吃一顿再说。"

达布说："也行，也行。"

清洁干巴菌很费时间，要把它撕成小条小条的，顺便要把上面的腐殖土和干松毛去掉。

晚餐做成了，有羊肉、鸡肉、腊猪肉，还有四季豆、南瓜、小白菜、干香椿、鲜松茸片、炒青头菌、炒铜绿菌、炒干巴菌。

达布打电话，邀自多来喝酒。自多说："有什么事吗？酒就免了吧！"

达布说："没什么事，布扎他们回来了。我们一起喝酒吧！"

自多说："那好，一会我就来。"

饭菜摆好不一会儿，自多来了。达布叫年轻人们坐下，说喝酒吃饭了。

达布斟了酒，然后端起酒说，你们这群帅哥有口福啊，弄了干巴菌回来，今晚是菌子开会了，占了半个桌子。来来来，喝酒喝酒！

喝了酒，几人品尝菌子。自多和达布聊些农事，几位年轻人也聊着他们的话题。

不知不觉中已经过了半个多小时。知纳找上门来了。

达布忙招呼他："来来来，坐下来，喝口酒。"

知纳板着脸，不肯坐下，说："达布大叔，我不是来喝酒的。"

自多说："知纳，有什么事，不要急，坐下来慢慢说。"

知纳坐下来，指着桌子上的干巴菌说："我家林地里的干巴菌，跑到你家饭桌上来了。"

自多说："这就好了嘛，拿起筷子吃现成。"

知纳并不理会他，对着达布说："是这样子，布扎他们到我家林地里采了干巴菌。他们在山上说的我也听见了，他们用弹簧秤称了，说有 1 斤 2 两呢。我还想追着下来，可又怕扫了他们的兴。再说，我家的林地里有好多松茸，我还得守一守，也就这会才来。”

达布说：“他们没在你家的山林里采到松茸吧！”

知纳说：“这个我倒不冤枉他们，他们没在我家的林地里采松茸。”

布扎说：“知纳老表，你把我弄头晕了，我们没有去过你家的林地里呀。”

达布说：“布扎，你说说看，你们是在哪里捡到这些干巴菌的。”

布扎说：“水冬瓜林上边那一片。”

达布说：“哎呀，真是知纳家的林地。这片林地，你出去读书后调给他家了。”

达布对知纳说：“知纳呀，不好意思了，我忘了告诉布扎了。”

知纳说：“达布叔啊，我要告诉你，干巴菌不多，现在不算杂菌了，价格比松茸贵多了！今天的收购价是一千五百块一公斤！按照昨天你那种说法，这干巴菌分一半给我，我立马就走。”

自多说：“昨天你们有什么说法了？”

知纳把事情经过说了。布扎说：“没那么贵吧？”

知纳说：“我没骗你们，收菌子的人在土司府老房子门口等着。”布扎把手机掏出来，问了乡街子上的朋友，朋友说：“干巴菌价格疯长，乡街子上到了一千六，县城卖到了一千八，州城卖到了两千，省城卖到了两千六了。”

知纳说：“怎么样，达布大叔，这个要按松茸的道理来算了。”

达布起身，去厨房里把那些剩下的干巴菌提过来，让布扎去拿了弹簧秤，当着知纳的面一称，还有九两重。

达布把那袋干巴菌递给知纳，说：“你拿去吧，等会收菌子的人走了。”

知纳说：“你们留下三两，我才能拿走。”

达布说：“你拿走吧，桌上这一盘呢，也就有三两吧。”说罢，顺手从胸口夹克衫的内衣包里掏了三百块出来，塞进了装着干巴菌的袋子里。

知纳把钱拿出来，递给达布。

达布站起来，生气地说：“你还不走？是不是要我去把干巴菌卖了你才走？”

知纳狼狈地站起来，提着干巴菌灰溜溜地走了。

老冬说：“伯伯，都是我们不好，要不我们出去，揍他一顿。”

达布说：“唉，现在的年轻人呐，急匆匆地忙着发财，不懂谦让了，一分钱都不肯放过。我昨天才给他们调解呢，他心里有气，今天就找上门来了。我们年纪大点的都知道，别人家家里有客人，或者是正办红白喜事，是不能上门去讨债的，更不能去给主人家添麻烦。有什么事，要等人家客人走了，事办完了，再去商量。”

中秋说："伯伯，你消消气，莫放在心上。"

达布说："这种事情，不算什么大事，以后可能会越来越多。"

自多说："达布大叔，要不我们也商量一下，以后这菌子怎么个采法？这样下去麻烦会更多的。有的人不仅进了别人家的林地，还进了别村的林地。范德村的人进了萨珠村的林地，引起了斗殴，惊动了乡上，派了好些干部来解决。这菌子一涨了价，好多问题就来了。"

达布说："我倒有个想法，过去我阿爸为村里嫁接了好多核桃树，包产到户的时候，有人就说要分到一家一户。可是那样分，一家也只分得到一两棵。阿爸当时不同意分，说是归村集体管着，有了收入，拿来办公益，还有节余就分给各家各户；要是核桃不值钱，村里组织人采摘，分给各家各户用。这些年来，这些核桃也起了些作用。"

自多说："那我们再想一想，这怎么个整法。"

第二天一大早，布扎他们走了。过了几天，达布想出了办法。

那涛村把各户的林地在菌子采摘期内收归集体，统一管理，统一采集，统一销售，统一分配。他们还请县林业局的人来进行技术指导，掌握了采育技术，做到小茸不采、老茸不采、低等级的不采，保证了松茸供出质量。还有其他菌子，也安排专人采集，到年底再进行分配。入冬时，村里结算，那涛村人均分得三千五百元。而那些采菌期守山、采菌的，每天也有一百元的补贴，几个月下来，也是一笔不小的收入。

那涛村实行封山育菌，统一管理，在菌子生长期派人上山搭棚驻守，防止有人盗采，同时对幼茸精心护理。有人守护后，外地人很少有人进入抢采，减少了矛盾纠纷。那涛村的办法引起了乡政府的重视，后来在老黑山得到推广。

老黑山的菌种得到保护，产量也增加了。

诺召苏尼

洒老村的格树找上门来，说要叫达布去看看，他母亲诺召病了，病得不轻。

达布看格树着急的样子，说：“老表，以后碰上这种事，打个电话来就行了。你也莫着急，我这就跟你去看看。”

格树说：“阿妈说了，你是大毕摩，要登门来请才合礼数。”

达布笑笑说：“现在讲究礼数的人真不多了。我倒没那么多礼数。”

说罢收拾东西，跨上摩托跟着格树去了。

诺召是个苏尼，会驱鬼治病，招魂引魄。

达布读过《祭请地神经》，里面记载，最早的苏尼起源于上界史穆玛哈，是一个叫斯乌的人发明了羊皮鼓并进行了跳神仪式。父亲吉达告诉他，在远古的时候，昊天之上一片混乱，到处妖魔横行，鬼怪猖獗，当时总管宇宙的万能之神昊天古兹为了天上的安宁，特派遣一个叫斯惹嘎诺的神祇专门司职驱魔赶鬼的任务，并传授了咒鬼的咒语和驱鬼的羊皮鼓。斯惹嘎诺是个张口可以吞下一头牛的巨人，妖魔鬼怪看见他就心惊胆战，于是纷纷逃往人间。就这样，人间的妖魔鬼怪越来越多了，人们天天祈求上天，但收效甚微。有一次，一个叫穆乌斯吉的兹莫带领一群人到一个叫尼木俄觉的大山上去狩猎，不巧受到妖魔鬼怪的突然袭击。穆乌斯吉的手下全被妖魔鬼怪吞食，他只好逃进森林中，爬上一棵大树躲藏。后来大树又被妖魔鬼怪包围，鬼怪们上树搜寻，他只能往上爬。当他爬到树梢时，发现树杈上挂着一面羊皮鼓。他拿起一根树杖猛击羊皮鼓，想不到妖魔鬼怪纷纷逃窜而去。穆乌斯吉知道妖魔鬼怪害怕羊皮鼓后，便经常用它来吓唬妖魔鬼怪。后来有一次，天上的神祇听到自己的神鼓在人间敲响，便来到人间视察，这时他才发现这些妖魔鬼怪是他从天上赶下来的，于是他把驱魔赶鬼的法术传给了穆乌斯吉，从此人间便有了苏尼。

老黑山历史上有与毕摩共祖阿者苏纳齐名的苏尼阿洪兹果，据传此人作尼水平已达到神的境界。

达布清清楚楚地记得，也是在二十多年前的一天傍晚，诺召的丈夫确格来到他家，说他媳妇诺召中午突然倒地，抽起了羊癫疯，过了半个多小时后，醒了起来坐着，此后就魂不守舍，乱说乱讲，有时又唱又跳的，恐怕是魂魄被鬼迷住了。

吉达不慌不忙地说：“据我所知，诺召家的奶奶曾经是苏尼，可能是她奶奶的神灵变成了阿萨。现在阿萨来附体了，说不准诺召也要变成苏尼了。苏尼的护法神叫作阿萨，每个苏尼都有自己的阿萨，它们大多是死去的先辈、亲人和主子、好友等的灵魂变成的。阿萨前来给苏尼护法时，又多化身为雕、鹰、虎、熊等凶禽猛兽，有疾风暴雨、雷鸣电闪等现象。当阿萨应召前来附体时，苏尼便会进入痴迷、癫狂状态，这样就能跳神做法事了。”

“唉，变苏尼就苏尼吧！免得她一天到晚乱说乱唱，跑出跳进的！变成苏尼也还能做点事，能帮人撵撵鬼也好啊！”确格无奈地说，两眼乞求地望着吉达。

吉达喊了达布：“达布，走，去看看诺召婶婶得的什么病，恐怕得作毕呢！”

达布跟着他俩去了洒老村确格家。这段时间，他正跟父亲学习作毕的实际操作。

吉达进了确格家，径直去了火塘边。他没说什么，揭开一个个锅盖看了看，弄得确格家的人不明就里。吉达问确格，这几天你家吃些什么？确格答了。

吉达说：“我以为你家吃了见手青菌呢。这见手青呐，吃了会中毒。中毒的人会看见天空中飘浮中小人，飞来飞去，有的会觉得有人在眼前跳来跳去的。如果是这样，必定是食菌子中毒了，我得赶紧配药，否则命都难保。”

确格说：“我家这半月来都没吃过菌子。”

吉达说：“那就得另想办法了。”

达布和父亲吉达在火塘边坐了下来，他看见只有火塘里的火放着光。确格在火塘里加了些柴，屋里变得亮堂起来。达布看清了坐在火塘边的诺召。诺召正盯着火塘里的火，不一会儿抬起头看着他们，嘴里说："门外边大路就是一条街道，有好多人在赶集呢。有汉人，有彝人，有活着的，有死去的。热闹得很呢。"

吉达问了句："这屋子里有没有死去的人？"

诺召说："哎哟，太多了，他们的灵魂像苍蝇绕圈一样飞来飞去的。"

吉达叫了达布和确格一起到院子里，对确格说："你去村里把属贤毕摩叫来，我需要帮忙，光我们父子俩做不了这个毕。我看了，这是阿萨作祟，无法禳解，要进行祭祀阿萨仪式。这个仪式成了，诺召也就成了苏尼，可以去做她想做的事情。"

确格说："那你们稍等一下，我这就去请属贤毕摩。"

吉达在院子里，借着马灯的亮光，做起除秽神座和神器来。达布在一旁看着。他抬头看见星空里星星闪烁，夜静得没有声息。吉达说："达布呀，别东张西望的了，看着我在做什么，做成了什么样子。下次跟着我出来作毕，这些东西就由你来做了，做什么事都要上心，当毕摩更要上心。"

属贤毕摩来了后，确格按吉达吩咐抓了头小猪来。吉达要属贤举行除秽仪式。属贤毕摩抓着小猪在院内转圈，边走边念着经。后又围着除秽神座和神器绕了三匝，围着他们父子绕了三匝，念了好大一会经，做完了除秽仪式。

属贤毕摩离开了，达布和吉达将神器搬到屋内行法。

吉达在火塘上侧的阿萨神座间，放了一神器。接着吉达放了烟火，烫净石，诵经，绕匝，用手捏小猪。小猪挣扎了一会，死了。吉达将小猪平放在神座前。

吉达退后几步，开始击鼓并诵苏尼源流语录，呼请天神地祇先辈亡灵，一同阅诵《苏尼源流经》。诵着诵着，坐在火塘旁的诺召突然站起来，伸手一把夺过吉达手中的羊皮鼓，转身大步跨到神座前，一下子用嘴将小猪叼起，甩在肩头和后背，蹦跳着上楼去了。

要不是吉达事先有过一些交代，达布此时肯定会吓出一身汗。吉达在家里不止一次地向他讲过作毕时会出现的种种情况，还告诉了他应对的方法。有了心理上的预演，达布作为徒弟和助手才有几分定力，遇事不慌张。

达布知道，诺召上了楼，会揭开屋瓦，爬上屋顶，继续蹦跳着到邻居家屋顶，再揭开屋瓦，蹦跳着下楼来。

父子俩到了邻居家。邻居家的人见了从屋顶下来的诺召，吃了一惊，却并不慌乱。因为他们已经知道了诺召的反常，更主要的是他们看到了来到院中的吉达毕摩。

诺召在邻居家堂屋里蹦跳着。吉达叫男主人捉一只鸡来，吉达念了一通咒语，把鸡递过去，大声喝道："诺召表妹，该入尼了，把鸡抱起，把嘴巴腾出来吧！"

诺召双手接了鸡，吉达顺手接过羊皮鼓。待吉达的手搭上了小猪，诺召终于松了口，开始唱了起来，唱腔悲凄感人。吉达把小猪递给了确格，示意他把小猪带回去。

吉达出去，捡了两个拳头大的石头回来，放进火塘里烧着。诺召从里到外，边唱边跳。又从外到里，跳遍了院子，跳完了每间房屋，回到了堂屋里。

吉达又念了一会经，诺召慢慢静了下来。等她站定了，吉达过去，把鸡要过来，接过鸡就把鸡杀了。他把鸡交给那家主人，说："你们把它打整干净，砍了煮着吧！"说罢，又从火塘里夹出那两个石头，用冷水浇了，水汽一下子飘了起来。

吉达对那家人说，你们把石头拿出去丢掉，丢在大门外的下方。现在家里面的鬼跑了，秽气也除掉了。诺召已经入尼了，这是她第一次作尼，灵验得很呢！

达布想，时间过得真快啊，转眼间诺召苏尼都成老人了。

当达布到达诺召家时，诺召已经被移至火塘边。诺召躺在地铺上，身上盖了条红毯子。听见有人来的动静，诺召将头偏向他们。她喘着气，吃力地说："达布毕摩来了。"

达布移了凳子，坐在了地铺的一侧，问："诺召表婶，病好些了吧！"

"头像有什么在咬一样地疼，一阵接一阵。全身上下酸疼，没有力气，吃不下东西，恐怕没有多长日子了。"诺召深陷入眼眶的眼睛，有些无助地望着他。

达布要她把手伸出来，看了看手掌和手背，又让她伸出舌头看了看，问她："你能坐起来吗？"

"还能勉强坐一会，有时候睡长了，想起来，就让他们扶我坐起来。"

“那你能站起来吗？能走路吗？”

“站得起来，可是站不稳了，得扶着墙啊！走不了了！”

达布眼中浮现着她当年作尼的样子。她作尼时，很有力地踏起左脚，同时抬起右脚，再放下右脚，无限反复地蹦跳。右手握皮鼓和鼓槌不停地往身体左前至右后摆动，好像有使不完的劲。有时候还做些高难度的动作，比如用作牺牲的绵羊或牛犊之尸被她用嘴咬着脖子叼起，带着牲尸跳跃或转圈；比如赤足踩在烧红的木柴或烧红的铧口上。在老黑山，她驱鬼治病的威力是人所共知的。她作尼时，头戴展翅欲飞的荷叶帽，上身穿着饰有各种花纹的青色布料上装，下身穿色彩耀眼的百褶裙，蹦跳中摇击羊皮鼓和带动系于鼓上的神铃发出声响，让人感到有几分紧张和神秘。人们觉得神已经附了她的体，她有使不完的劲。

达布安慰她说：“表婶，没事的，调理一下就好了。”

诺召有些泄气地说：“老了，神嫌弃了，鬼喜欢了，成了个病壳壳。”

确格要达布卜个鸡卦，给诺召看看吉凶。达布应允。格树出去抱了一只公鸡进来。达布用双手把鸡捧起，在火塘上空绕了三匝，然后坐下来，把鸡放在自己面前地上。他含了口酒，向鸡喷洒，随后开始念了《献酒经》。诵经完毕，用酒洗了鸡嘴和鸡头，又吩咐格树把鸡杀了煮着，等会要看鸡头卦。

鸡肉在锅里煮着，不一会儿就冒出了热气。诺召对达布说：“达布毕摩，我不想当苏尼了，实在是做不动了。”

达布说："唉，汉人有话说'请神容易送神难'，你当了苏尼，阿萨神已经附在你身上，要送他走，也是难啊。以后嘛，少做几场尼吧，岁数大了，神神鬼鬼附在你身上，你背不动了，当然就要发病。生病时间一长，身体就垮了。神鬼也是喜强嫌弱的。你身体好，作尼能成；身体不好，作尼也不灵。你少做几场尼，慢慢地，你把这些神神鬼鬼冷淡了，它们自然也就不会再来纠缠你了。"

诺召说："达布毕摩，当年是你爸吉达毕摩为我作毕，我才成了苏尼的。现在也只有靠你，我才会好起来一点。真的，我不想再当苏尼了。"

达布说："我尽力而为吧！"

格树把饭菜弄好了。他抬了一张小方桌来，让他们靠近火塘吃饭。

鸡头已经搛在碗里，放在达布面前。

达布和确格喝了几口酒，说了一些话。看着鸡头有些凉了，达布开始剥起鸡头来。

达布剥鸡头非常娴熟。他将鸡冠、鸡皮撕在自己的饭碗里，然后将鸡头骨一件一件地取下，放置在饭桌上。随后再一一拿起鸡骨仔细看了看。

全部看完了，他有些遗憾地说："事情有些不好，我记得阿爸说，诺召婶婶家奶奶的神灵变成了阿萨神，附在诺召身上，让诺召成了苏尼。现在看来，诺召婶婶舅公的亡魂跟着来了，不是个好兆头。当然了，这个舅公是年轻早死的，没有得到后家人的供祀，现在出来讨口了。”

确格说：“达布毕摩，你得给我家想想办法。诺召这样病着真不好啊！”

达布说：“按我们老黑山的规矩，毕摩和苏尼都是和神灵打交道的人，只是我们毕摩多为执祭，苏尼多为驱鬼。对付这个讨口的舅公，就可以请苏尼来做。我们毕摩，一般不做这些事。”

诺召喘着气说：“诺召老表，你就好人做到底吧，入尼是你家作毕，出尼也由你家来作毕更稳妥一些。要我家做些什么，你只管说，我们听你的。”

达布说：“不要急，听我的就按我说的办。这样子，我回去以后，给你配几服药，配好了我打电话给格树，让他来取就成。至于说驱鬼，还有出尼的事，等吃了药再说。身体好起来了，什么都好办。”

确格说：“谢谢达布毕摩，这下我们放心了。”

达布吃好了饭，准备连夜回去。

格树骑了摩托送达布回家。路上，格树对达布说：“老表，要是你真能让我妈出尼就好了。她这样神神鬼鬼的，我们担惊受怕。”

达布说：“当不当苏尼这个事情，不是我说了算。只是说，她年岁大了，这样下去，肯定是吃不消的。”

过了三天，达布配好了药，让格树来取。

半个多月后，诺召有些力气了，可以起来走动。再过几天可以喂喂鸡猪，做做饭，再后来可以到菜地里浇水施肥了。

不过，她始终还是想着不再当苏尼的事。那个舅公要是再来讨口，她还得生病。唉，自己做自己的尼是不灵的。要不然，她想为自己驱一次鬼，把这个舅公赶走，不要再来作祟。

她决定请达布来做一次毕。她让格树打电话给达布，达布答应了，说等他看一下日子再来。

达布测算了日子，觉得腊月初三作毕较为吉利。

他打电话给格树，说了日子，要他家准备好一只灰黄的公羊，另外要割一捆半干的山草备用。另外，当天还要砍七八根清香树枝备用。末了，他又打电话给者都，要他在那一天来洒老村诺召家作毕。

这一天说来就来了。达布和者都要为诺召做一次驱鬼的毕。

灰黄的山羊已经拴在了院子里，不时发出咩咩咩的叫声。来了十多人，坐在堂屋里抽烟，喝转转酒。这些人显然是来帮忙做饭的。

达布叫诺召起来，让她蹲坐在人们的中央。人们纷纷向后移了两步远。达布取了一根小的清香树枝，向上面吐了口水。者都从火塘里拿出一根木柴，将燃着的那一头着地，围着诺召画了一个圆圈。

达布拿着树枝，作扫地状，沿着圆圈，边转边吟诵：

“长在诺召身上的病痛啊，都随这扫帚枝远去吧！永远不要回来！”

“附在诺召魂魄的鬼怪啊，都让这扫帚枝赶走吧！永远不要回来！”

诺召重新回到地铺旁边坐着。达布回到墙脚，开始捆绑树枝。者都在一旁，扎了一匹草马、一大两小的三个草人。达布又叫者都将大草人绑在马上。大草人象征保护神，小草人象征鬼，也就是诺召的舅公的亡魂等鬼怪。

这些物品准备完了。达布又叫诺召来到院子里，背对着大门蹲着。者都手牵着羊，站在她与大门之间。达布站在一侧，开始念经，念了七八分钟后，他到一旁捡起两个拳头大小的石头，叫格树拿去火塘里烧着。

达布叫诺召转身，面对大门。者都牵着羊围着诺召转了三圈。达布叫诺召对着羊嘴吹了口气，然后让她回屋里去歇着。

灰黄的山羊被按倒在地上，达布朝着羊丢了几根树枝。者都在众人的帮助下杀羊，羊血流入放有毕摩法签的盆中。者都听师父说过，这法签是用来“吃掉”鬼的，法签沾上了牲礼的血时，保护神就召来了。

那只羊挣扎了一阵，死了。达布将一根树枝放在羊身上，叫者都把大的草人和草马绑在树枝上，把小的两个草人分别放在羊的前后脚。达布开始吟诵经文，十多分钟后，他用一根木棍，挑起先前做好的羊毛项圈，走出大门，把羊毛项圈丢弃。

达布进了大门，斟了酒备用。他示意人们可以打整羊子了。那些人过来，剥了羊皮，取出了羊杂，各忙各的去了。达布又过去交代，把羊肝和羊肾洗净，拿去火塘边烤着，一会用来祭拜祖先。

者都点了火把，指挥着那些帮忙的人，把羊头、羊肉、羊脚和小一点的一块羊肉放在了院里的四个角落。达布端起酒碗，喝了一口，向手中的树枝喷洒，边走边做出各种驱赶的动作，走到羊肉前又驻足四五分钟，念了经再移步，四处走完，又回到原位坐下。者都叫人点了火把，收拢分放在四处的羊肉，把羊肉送到大门外转了一圈，然后让他们拿回来煮了。

不一会儿，有人过来说，羊肝、羊肾熟了，已经切好了。

达布走进堂屋，用羊肝、羊肾祭了确格家的祖先，随后将那一大碗羊肝、羊肾端出来，对那些帮忙的人说："帮忙的老表弟兄们，歇口气，过来喝口酒，尝片羊肝吧！"人们聚拢来，喝了转转酒，尝了羊肝、羊肾，又各自干活去了。

达布叫了者都，去了火塘边。确格给他们各自倒了半碗酒。

达布喝了一口酒，吟诵起经文来。当然，达布起了头一句，者都也就知道了师父念的是哪一部经。师徒两人的声音悠扬地传遍了诺召家的各个角落。这一会，人们不会打扰他们。他们念诵起来，往往持续一两个小时。

诺召在那里静静地听着，听得流下了眼泪。她们苏尼，做这样的事情，一般都是在蹦跳，让人兴奋，甚至恐慌。但是达布毕摩的吟诵，却让她安静下来，好像疼痛已经远去了，恐惧已经消失了。

天擦黑了，达布停了下来。他喝了口酒，对确格说："该是送鬼魂上路的时候了。”说罢起身，来到了院子里。

达布开始吟诵经文。者都叫人拿来了一块熟羊肉。他们把羊皮拉开，将草人放在羊皮中。者都又从一旁找来块石头，放入羊皮中。达布用火炭在石头上画了一个鬼。诺召被叫到大门前坐着，他们便举着火把，拎着羊皮绕着她转圈。达布叫诺召回屋里去，自己同点火把的、拎羊肉的走了一段路，吩咐那几个人到了有岔路的地方，把里面的草人丢掉，把羊皮拿回来。达布清楚，那羊皮按规矩是主人家给毕摩的。

达布回到院子里，有人已经拉上了电灯。达布叫格树把火塘里烧着的石头铲出来，举行一下除秽仪式。达布用火钳夹了石头，在杀羊的地方，向石头上洒了冷水。石头发出嗞嗞嗞的声响，并冒出一大股白烟。院子中四个角落都做完了，他对确格说，这下家里清洁了，可以在院子里摆饭招待乡亲们了，我和者都再进去念一会经，给诺召婶婶招一下魂。

达布和者都再次来到火塘边坐下。他们念了一会经。当他们停下来喝一口酒的时候，诺召拿出一个盒子，放在达布旁边的一个小筛子里。确格也取出一个红包，放在了筛子里。达布知道，那个盒子里放着一枚鸡蛋、一撮盐和一根针。那个红包是主人家给他师徒俩的报酬。

者都起身，用火钳夹了一块还冒着烟的木炭，放置在门槛上，火烟直直地向上升着。

达布摇了摇铜铃，唤着：“回来吧，来吃肉了，来吃好东西了，奶奶来叫也不要去，舅公来喊更去不得。丈夫喊你回来，天黑了，莫留在外边；儿女喊你回来，饭熟了，莫要饿着；毕摩要你回来，莫要着鬼牵了，回来做人才好。”

门槛上的木炭冒出的烟子飘进了屋里。达布对诺召说：“表婶，你打开盒子看看吧！”

诺召打开盒子，惊喜地说：“针是对着我的，回来了，回来了！”

确格拿起红包，递给达布，要他收下，说：“达布毕摩，这个不必看了！你做成了！谢谢你啊！”

达布起身，说：“走，我们去院子里同乡亲们吃饭喝酒吧！”

姑娘房

范德村的古舒找上门来了。他抱着一只鸡，背着一壶酒和一条烟。他进了大门，就对正在院子里翻晒药材的达布说：“达布大哥，我要来麻烦你了！”

达布把他领进堂屋里。古舒把鸡交给他，说：“这鸡是我家养的，拿过来你养着瞧！说罢将鸡递给他。”

达布说：“有什么事直说就行了，怎么这么客气呢。”

说归说，一般人家求毕摩办事，不能少了这些礼数的。

达布把鸡拿到院子里，用一个篮子把鸡罩着。其实他也有难处，不收人家的东西，反会被误认为不愿意帮人家做事。人家找上门来，只要能帮的忙，都尽力帮。

古舒见达布出去，忙把那壶酒和那条烟放在了桌子上。

达布进来，两人坐在沙发上。达布给他倒了半碗酒。

古舒说：“达布大哥呀，这事儿说起来丢人现眼的，只能靠您帮我们收拾收拾了。”

达布说："莫着急，你慢慢说，到底是什么事。"

古舒说："我家舒彻跟萨珠村的念托相好，把村里的姑娘房整脏了。"

达布说："是不是那个念托，酒喝多了去姑娘房吐了一地？"

古舒说："她们在姑娘房做那种事，她怀上了，前几天才去县医院刮掉的。这回惨了，村里的人说，这姑娘房要不成了，以后年轻人谈恋爱没有去处了。这些话的意思，是要我家为村里的年轻人重新盖姑娘房。我不想重新盖，想请你去给姑娘房做一次毕，除一次秽。"

达布说："我去作毕，只是为你在乡亲面前表示你已经做了你该做的事。现在的年轻人呐，谁敢保证他们在那间姑娘房谈情说爱时清清白白的。电视上三天两头都有这些内容，结婚证都还没领，娃儿就怀上了。这姑娘房啊，看来是要走样了。"

古舒说："我们人变了不怪房子，我家破费一点，谁叫是我家姑娘开了头。"

达布问；"你家姑娘在家吗？"

古舒说："她和那男的，领了结婚证就走了，那男的也没来提亲和订婚，连婚礼也没办，两人就走了，说是要出去打工，几年后才回来。唉，我也没想到这事，让我丢尽老脸了。"

达布说："这个在外边不算什么，在老黑山算是有点新鲜。在外边人家还有闪婚，就是我们小时候看电影看到的那种闪电战一样的婚姻，见个面，双方看上了，马上去民政局扯证，立即就搬在一起做夫妻过日子了。”

老黑山彝村，村村建有姑娘房。这姑娘房是村里为年轻人谈情说爱而建的。姑娘房建在距离村一二公里处，里面设有木床、凳子和桌子。女儿长大，举行过成年礼后，可以带上被褥，去姑娘房住，一直住到出嫁。平时，姑娘们在姑娘房里一起做针线活、聊天，邀约外村或本村的小伙子来串房游玩。选定意中人后，姑娘会托人通知意中人来姑娘房会面。

小伙子来到姑娘房后，姑娘会安顿他暂且休息，这时已经夜深人静。姑娘们各自回家烹肉煮饭，为伙子们准备夜餐，但避免让父母和兄弟知晓。夜饭做好后分成两份：一份是夜餐，一份是早餐。早餐捏成饭团，内包肉、糖等。饭团用一块特制的布囊裹好，交给意中人，嘱咐第二天回家路上吃。这个布囊是未婚女青年的专用物，正方形状，两个对角无系带，对折后打结，把东西裹住，另两对角有系带，系带相互连接后可挎于肩。这是爱情的信物。

在姑娘房里，开场白的话语先由姑娘们发起，尔后才开始对话、唱情歌。他们的思想交流有男女集体对答和两人说悄悄话这样两种方式，也就是由不熟悉到熟悉的过程。夜间大家双双睡在一起，是在细声细语的谈情说爱中度过的。黎明前小伙子们带上饭团离开，留下一点钱物给姑娘，有意者还会约定下次会面的日期和地点。约好的日期，男女必须践约赴会，不得毁约。再次相见后，小伙子把前次带走的裹包还与女友，并夹带一点钱，女友则买两盒烟给伙子。如果两个情投意合，则继续往来，倘若彼此没有好感，便表明态度，各自另寻情侣。串姑娘房认识异性后，如果双方有意继续保持交往的，习惯上互相赠送圆镜、小剪刀、小链条、小手帕等一类较实用的礼物，作纪念品或定情物。礼物不得转送其他人，如果不能成为眷属，礼物必须归还原主。恋爱期间，保持纯真、不轻浮、不做越轨事，即使在姑娘房同宿，也得保持贞操。

达布想起，自己当年串姑娘房，和沙妮好上了，提亲却碰上了麻烦，沙妮的父母不同意这门婚事。去提亲那天，吉达说，你一定要娶沙妮的话，要想些办法的。吉达按老黑山彝族的规矩，请了条件合适、能说会道的媒人带达布去提亲和订婚，礼物是一壶酒和几包烟。礼物必须由媒人亲手交给女友的母亲，同意婚事的话，女方母亲会收下，不同意则不接受礼物，连碰都不能碰。那晚，达布和媒人去了沙妮家。要吃饭了，沙妮的母亲正在给他们盛饭。媒人走到她身后，将酒壶悄悄放置在桌子角的边缘上。沙泥的母亲一转身，手就碰到酒壶，条件反射地扶了酒壶并向里边移动了一下。媒人见状，说，酒壶过手，好事常有，这门亲事就这样订下来吧。沙妮的母亲一时无话可说，后来只好表示同意这门婚事。

当然了，当年他还是留有一手的，如果沙妮的父母不同意这门婚事，他也会把沙妮领回家，造成事实婚姻。在老黑山，父母对女儿的婚事只是走个程序而已，没有多少决定权。男女情侣执意要成一家，双方父母也不会反对到底的。

在达布他们那个年代，恋爱期间是不能发生性关系的，若发生性关系就会被同伴们耻笑，在老黑山的乡亲面前抬不起头。现在不同了，有人在恋爱期间就发生性关系，甚至怀孕，有的还多次怀孕流产。这样的事情，达布还是听说了一些。

达布对古舒说："哎，兄弟，去姑娘房的作毕，我以前也没遇见过，这次做一回，这种毕是最后一次了。看起来，不做这个毕，你没法向村里人交代，于心不安。那就做吧！我做个除秽的毕。你家里也做一次毕吧，就是解邪的毕，这样做一个，对自家也有一个交代。这样下来，你家的开支花费又整大掉了。"

古舒说："谁叫我家娃儿破了姑娘房的规矩，弄脏了姑娘房？我杀头牛来向神灵和村里人求宽恕。"

达布说："牛就莫杀了，做一次毕，欠一屁股的债，不好。你就杀上三四只羊，也就三四千块钱，一头牛，万把块钱，够你苦好几年的。"

古舒说："那你顺带也帮我看看日子，定了哪一天，我好准备。"

达布说："我看了再告诉你，到时候我和者都一起来。"

过了两天，他看好了日子，是十月初六。他把日子告诉了古舒，还打电话告诉了者都。

者都说："要不请范德村的绍迪毕摩跟您一起去吧！我不想去了。"

达布感到奇怪，就说："绍迪毕摩的门牙掉了一颗，嘴不牢靠了，做起毕来说话不算数了，神灵不会听他念的经了，他做不了这个毕。”

者都说：“师父，我不想去姑娘房作毕，范德村的我更不想做。”

达布说：“我也没有做过这种毕，不过，也就是除秽，不复杂。”

者都说：“师父，我不想去，你放过我这一次。”

达布不解，今天者都到底怎么了，一开口就不想去，是不是不想跟着我学习了？可这种毕，他还没做过啊，应该去学才对啊。于是说：“你是碰上什么事了？怎么这样不爽快？”

者都说：“师父，电话里一时说不清楚，我晚上再过来说。”

达布说：“那你干脆来早一点，来吃晚饭。”

者都说：“好的，好的，我把手头的事忙完了就来。”

挂了电话，达布觉得这者都可能心里藏着什么秘密，不想让人知道。

快要到了吃晚饭的时候，者都来了。

者都一上桌，就说：“师父，其实范德村姑娘房的事不复杂，可我就是不想去。”

达布说：“那你说来听听吧，为什么？”

者都说：“说来也是害羞，我在范德村姑娘房待过，谈过三个姑娘，三个都没处成，搞得我太没面子了。”

达布说：“恋爱自由，人家看不上你，跟你吹了，一点都不奇怪嘛！”

者都说："师父，你知道的，感情这东西，真是复杂。我太喜欢第三个了，她叫则姿，也喜欢我，可是她父母反对，她又不敢私奔，就这样，我就失去了她。她不私奔，说明我不值得她那么做，我感觉我在范德村有些抬不起头来。"

达布说："现在你已经不是有媳妇有娃娃了嘛，好几年过去了，还在死死地揪住那一根马尾巴不放，你太不够汉子了。"

者都说："可毕竟是那个姑娘房，想起它我就伤心，所以我就不想去。"

达布说："我还以为是多大的事呢。你呀，心里头还是放不下那点感情的事。你年纪也不小了，也该放得下这些事了，莫要再想它了。再说，你学了毕摩，看事情要像雄鹰一样长远，做事情要像老虎一样得力。你看我，再过几年就老了，做不了毕了，到时候你还得承头啊！"

者都说："这么说，我还得去？"

达布说："当然得去，你这小点磨炼都怕，还想把毕摩做出样子来，难啊！"

者都说："那我就硬着头皮去。"

达布说："不是什么硬着头皮去，是要你坦坦荡荡去。你在那里谈过姑娘，又没有滥干，当年堂堂正正谈姑娘，现在堂堂正正去作毕，没什么好忧虑的。"

达布又说："我跟你讲，要是这三个姑娘家的娃儿，以后跟你的娃儿好上了，你难道也要回避？世界上好多事情，躲是躲不过的，碰上了，就按规矩应对它，没什么大不了的。万一你真的曾经做过什么见不得人的事，认错就行，改了就好嘛。我看你呀，得把心思清理干净一些，不要被那些多余又无用的想法占据了。”

者都说：“师父，听你这么一说，我明白了。到那天我直接去范德村，也跟你学一学姑娘房除秽。”

达布说：“我是让你去跟我温习一下《除秽经》。在姑娘房里，我不希望老黑山彝村再发生范德村这种事情了，姑娘房是用来谈恋爱的，不是用来过夫妻生活的。这是我第一次，也是最后一次做这种毕了。”

者都说：“那我也就只陪师父做这种毕一次了，以后我也不接这种活。”

达布又喝了几口酒，吃了碗饭。者都说他还要回去，达布让他走了。

十月初六这天上午，他俩到了古舒家，照例是者都去做神案。

羊杀好了。古舒带着他俩来到了姑娘房。

则姿的父亲承则站在姑娘房门口，双手抱在胸前。他身上穿着绿风衣，头上戴着顶绿军帽，嘴上叼着一支烟，却并未点火，两眼盯着他们。

古舒笑着说：“大哥，你去我家里喝酒吧，达布毕摩要作毕了。”

承则没好气地说：“我就是来看看，这个者都做什么毕！”

达布说：“大哥，要看也可以，你在外边看看就行，我们要作毕。”

承则说：“达布毕摩，你这个徒弟，嘴巴不牢靠，带他作毕不灵！”

达布说：“者都怎么了？”

承则说：“他当年在这里待过的，和我家姑娘谈过，我家姑娘没看中他，他硬说是我们反对他和我家姑娘则姿好。这个人这张嘴，占了我们两代人的便宜。这种人当毕摩，只怕念歪经害人！”

者都说：“大叔，这些事都过去好多年了，你还记着？而且事情也不是你说的那样，事情传怪了。”

承则说：“不管怎么说，今天你没资格去里面作毕念经，你自己嘴巴不干净，只会把姑娘房整脏了。”

达布不理会他，进去了。古舒在外面，劝承则走。古舒说：“今天我代女儿向全村人谢罪，请你不要扯那些事了。你去我家喝酒吧。”

达布也在里边说：“就算者都做错了什么，等会他边念经边认错边忏悔，不就一切都好了嘛，你让者都进来，你也去歇着吧！”

承则说：“这倒还差不多，晓得错了就行了。我承则也不是那种揪着马尾巴不让马儿跑的人。好好整啊，达布毕摩！这姑娘房啊，名声要紧呢！”

达布含了酒，在姑娘房里喷洒一周后，找了个凳子坐下来，摇起铜铃，念诵起了《除秽经》。

两个多小时后，经文念诵完了。他们回到古舒家堂屋里，念起了《解邪经》。天黑的时候，两场毕也就做完了。

者都提出要走，他不想在这里吃晚饭，以免再发生口角。

古舒给他羊腿和钱，他没要，说给师父就行了。说罢，他出了门骑上摩托就走了。

毕做完了，天也黑了。达布坐了下来，并入范德村的村民中。他喝了一些酒，也不急着回家。绍迪毕摩也来了，同达布一起喝酒。

绍迪毕摩感叹，年岁不饶人呀，老了，我做不成毕摩了。还有，现在世道变得太快，有些事也弄不明白，即使年轻，当着毕摩也吃力了。

达布也有些隐忧，这一去，他也可能会感到吃力的。现在的年轻人们，好多已经不相信他们这一套了。像今天古舒家这桩事，要是在年轻人那里，就不叫事，何必又要杀羊宴请全村人？但是在老一辈那里，他古舒不这样做，就没法向村里人交代。要是再有人在姑娘房弄出什么事来，还得怪罪他家呢。

达布做了这次毕，大家都心安了，他也觉得自己尽了毕摩的责任。

晚上，他在古舒家睡了一个近半年来难得的好觉。

看来，姑娘房这一毕，他是做出成效了。

布期的婚事

布期会喜欢上施咪村的那个道召，是达布做梦也想不到的。他爹都道是老黑山有名的草达，也就是汉人说的那种滥人。虽然儿子并不一定都跟老子一个样，但达布觉得这桩事有点不靠谱。

他内心不愿，却又不好干涉。有几次，他和布期说话，打些擦边球的暗示，表明自己并不喜欢道召，可布期却未作任何反应，装作没听懂一样。这样一来，他没办法了。他想，这布期呀，以后嫁了这个不靠谱的人，是自找苦吃了。

道召家来提亲了，他们是天黑时分进家的。当然，这之前道召家托人向他家捎过话，说今晚要来。达布家备了晚饭等着。

道召家请的媒人年纪和达布不相上下，头戴一顶绿色的遮阳帽，身穿一件蓝色的涤卡衣服，下穿一条黄色灯芯绒裤子，上身外披一件羊皮褂，脚蹬一双黑色松紧鞋。他叫哈啼，能说会道，常受邀当人家的媒人。

这下子，老黑山的五大名人差不多都聚集在达布家了。老黑山有句顺口溜：达布的毕术，惹伙的鬼，哈嗁的铁嘴，都道的腿，老黑山的马缨花真正美。达布作毕，已经是大毕摩的水平；惹伙当苏尼，在老黑山同行里数一数二；哈嗁做媒人，成功率遥遥领先；都道当年倒山羊卖，这村到那村，山里到山外，跑得够勤，现在已经不做这事，只是有个名声了；布期算得上老黑山上的一朵马缨花，虽然这几年没搞过选美，但大家都知道，哪一个村哪一家有个漂亮的姑娘。布期也是大家公认的美人。五大名人有四个与今晚的事儿沾上了边，达布家里今晚是老黑山的群英会。

道召和哈嗁是八月十六晚上来达布家的。十五的月亮十六圆，外边寂静，屋里却是热闹的，达布家一家三口和两位客人坐在堂屋里吃饭。刚才进来时，哈嗁就将礼物一壶酒和一条烟交给沙妮。可沙妮却笑着说“我去揩一下手”，出去了。

沙妮刚才洗碗，手上的水确实没干。她盛了菜端进堂屋里，哈嗁就在她放下菜的时候将礼物交过去，想来个旗开得胜。只要沙妮接了他带来的那壶酒，就表示答应了这门亲事，哈嗁的任务也就算完成了。

哈嗁只好作罢，天南地北地聊些话题。布期吃了几嘴饭，拣了些菜在碗上，就退出去了。她知道，她必须有一个姑娘的羞涩，不能傻乎乎地听几个大人谈论自己的婚嫁。

道召也只能当哑巴，没他说话的份。他只好默默地吃饭，他必须保持谦卑的样子。你到人家家里说媳妇，想娶走人家辛辛苦苦养大的女儿，还想大声说话，反客为主，岂不是自讨没趣，显得毫无教养。

哈啼将酒碗里的酒喝完了，将带来的酒壶拿起，做出要给达布斟酒的动作。他和达布是面对面坐着的。达布面对着门，他面朝着供桌。沙妮和布期坐在他的右边，沙妮靠近他，布期靠近达布，道召坐在他的左手边。

他斟酒的目的是假的，他想让沙妮来制止他，出现手碰酒壶的动作。

他提着酒壶站了起来，沙妮却纹丝不动。达布在对面，伸出手，示意他坐下，边比着动作边说："哈啼老表，坐着坐着，莫急莫急，酒有的是，我给你斟。"说罢就从自己身旁提起了酒壶，站起来，给哈啼斟了大半碗酒。

哈啼喝了一口酒，说："今天日子真好，在老表家喝酒，我想唱上两调。"

沙妮说："老表你就唱嘛，我们也好久没听人唱调子了。"

哈啼说："那我就唱上一调《美上加美》。"

哈啼喝了口酒，润了嗓子，唱了起来：

酒瓶的脖颈就像仙鹤的脖子那样又细又长，

倒酒溅起的酒花就像上下翻飞的小白蛾，玲珑剔透。

一年中最好的日子就是这一个月，
这一个月最好的日子就在今天，
今天喝酒是最高兴最美好的啰！

我们村里有小山，可惜没有树来栽，
你们村里有小树，可惜没有山来栽，
把你们的小树拿来栽在我们的山上，
那就好上加好啰！

我们村里有池塘，可惜没有小鱼来养，
你们村里有小鱼，可惜没有池塘来养，
把你们的小鱼拿来养在我们的池塘里，
那就好上加好啰！

我们村里有伙子，可惜没有姑娘来配，
你们村里有姑娘，可惜没有小伙子来配，
把你们的姑娘拿来配我们的小伙子，
那就美上加美啰！

哈啼唱完，端起酒碗，约达布喝酒，达布喝了一口。

哈啼放下酒碗，说：“达布老表，你也来上一调嘛！”

达布说：“我是毕摩，只念诵经文，不唱调子。”

哈啼又望着沙妮说：“表嫂，你来上一调吧！”

沙妮迟疑了一下，随后说："我好几年没唱调子了，看来这回是不唱不行了。"沙妮唱一首《站在山脚不好说》：

站在山脚哎不好说，山头名堂多。
山头青松排对排，山脚一片草蓖蓖！

月亮今晚最圆，日头明天才好。
明天一早太阳出，山头暖和和。
站在山脚哎不好说，身上还冷着！

我们的桃树苗哟，刚刚才破土。
经不起风雨，根也怕动着。
端午节还不来，移不得也栽不活！

我们的小水池，鱼儿太小游不远。
你们的大坝塘，大鱼星星一样多。
小鱼送进大坝塘，水深池大不好说！

山头的伙子哟，周围马樱花千万朵。
山脚的姑娘，眼里青松一大片。
问她看见哪一棵，真的不好说！

沙妮唱完，笑着说："哈啼老表，唱得不好，你莫笑我。"

这分明是拒绝的意思了。哈啼不甘心。达布端起酒碗，说：“来来来，哈啼老表，喝一口，喝一口。”

哈啼喝了口酒，说：“表嫂，我学着唱上一调《想想说说就成了》。”

沙妮微笑着望着他，他又唱开了：

人世间的事情，星星那样数不尽，
我们想一想，说一说，也就清楚了。

一年再长，不过是十二个月。
一个月再长，也只是三十来天。
我们想一想，说一说，也就过去了。

我们村没有桃树，想一想，
你们村的树苗没长大，说一说，
两三个月过去，移栽就成活了。

我们村的池塘没有鱼，想一想，
你们村的鱼儿游不远，说一说，
半年十月过去，水深池大合适了。

我们村里的伙子，想一想，
你们村里的姑娘，说一说，

想在一处，说在一起，一家人就成了。

哈啼唱完，说了声“见笑了”，又约达布喝酒。

沙妮待他俩喝了酒，说：“哈啼老表真会唱啊，我再学上一调《没奈何》。”她唱道：

天上星星多，天空亮堂堂。
摘颗星星放在堂屋里多好啊，
想归想来说归说，没奈何！

山里天天有花开，月月有果熟。
地里的庄稼要这样多好啊，
想归想来说归说，没奈何！

苞谷粒呀，比豌豆米大一点点。
要是有土豆一样大多好啊，
想归想来说归说，没奈何！

小伙子呀，要上山去找小蜜蜂。
小姑娘下河去洗衣裳，
要是能一路走多好啊！
想归想来说归说，没奈何！

听着沙妮的歌声，哈啼暗暗叫苦：不好了，这回是老公鸡啄铁核桃——硬对硬了，他这张铁嘴在沙妮家变成了稀泥巴。

达布约他喝酒。他只能聊些别的话题。好不容易熬过两个多小时，觉得时间差不多了，便起身告辞。达布家也不挽留，他俩连夜回村。

过后的几天里，布期和他们在地里劳动和在家里生活，没有什么反常的举动，说明她是听父母的话的，父母拒绝了这门婚事，她没什么反应。

转眼间一个多月又过去了。十月初六那天晚上，哈啼和道召又上门来提亲了，依然是一壶酒、一条烟。

达布家照样摆了饭菜招待他们。婚事成不成，也照样是乡邻。好酒好菜少不了，客气话少不了，礼节更是省不得。

哈啼待大家都落了座，就话中有话地说："表嫂，这次得喝我们带来的酒了，这酒啊，地地道道的苦荞酒，相信老表也爱喝的。"

沙妮不愠不火地说："苦荞酒嘛，家里有的，前年你老表一次打了五十斤，倒进土坛里窖着，味儿也香了，还回甜呢，喝我们的吧！"

哈啼将酒壶提起来，说："表嫂，你倒点尝尝，这酒味儿正道着呢。"说罢将酒壶递过去。

沙妮早已警觉了，将手放在腿上，不接酒壶。说："哈啼老表，你真会开玩笑呢，下回我们去你那里，背着酒肉和大米算了，免得讨嫌。"

哈啼收回酒壶，口里说："不好意思了，我不懂礼数。"

达布说："没什么，没什么，来了就好，来了就好。"

沙妮转过身，从供桌里提出一个酒壶来，递给达布，说："你看，差不多忘记斟酒了，还让客人提醒。"

达布接过酒壶，给哈啼斟了酒，也给自己斟了酒，然后约哈啼喝了一口。

达布放下酒碗，对沙妮说："菜还有一样没上齐，你去上一下吧！"

沙妮去了厨房，不一会儿端了一个大碗来，里面放着几个鸡蛋。

哈啼看见鸡蛋，暗自叫苦："这下完了，今晚白跑了。这个信号一放，一切都是白搭。"

哈啼只好转移话题，说布扎的事。他说："布扎侄儿懂手艺，会做生意，以后达布老表的日子更红火了。"

达布笑笑，说："布扎读的是技校，是学了点手艺的，开个摩托店也就是找碗饭吃。"

哈啼说："要是他能回来，跟你学当毕摩，那就好了。作毕又行医，不愁生活啊！"

达布说："话说回来，合适当毕摩的年轻人难找了，愿意当毕摩的年轻人也不多了。布扎他不愿学，我也不勉强。这事儿呐，也就是说说玩玩。"

两人又聊了些话题。哈啼也只好继续喝酒。他得喝够，喝到微醉，喝到让达布家人认为他没把今晚再次被拒绝的事情放在心上。乡里乡邻的，到了人家家里，总不能事情不成站起来就走，不给人家留点面子。要是他那么办，会被人认为他没礼数，更多的人会认为是达布家没教养，事情不成就撵人家走。一家有女百家求，哪怕说亲的多得把门槛都踏烂了，你也得笑着脸迎来送往的。

哈嗬他们走了。达布和沙妮坐在堂屋里，好一阵没说话。布期在厨房里，一直没过来。

达布说："这道召家左一次右一次的，看来是不甘心啊！"

沙妮说："我家布期就是不给他家。"

达布说："为哪样？"

沙妮说："我想起他爹当年那种鬼样子，就恶心。"

达布说："人会变的嘛，后来人家也变好了。"

沙妮说："你是看上他家有钱，他家在老黑山第一家盖了洋楼。"

达布说："他家有钱当然很好。主要看道召，道召好就成。"

沙妮说："他妈是个汉族，汉族人当婆婆，做儿媳难做的。"

达布说："人家嫁来老黑山二十多年了，已经跟彝族妇女没什么两样。你呀，电视瞧多了，认为里面的汉族婆婆，都是让儿媳妇难堪的。"

沙妮说："我就是不想让沙妮嫁给他家。她不听我的，以后会吃亏的。"

达布说："要是她只看上道召呢？待我好好问问她。"

沙妮说："她还小，懵懵懂懂的，这些大事还得听父母的。"

达布说："你别忘了，一代更比一代强，当年你也不一样，父母和一家人都反对，你照样嫁给我了。"

沙妮嗔怪起来："也怪我懵懂，稀里糊涂嫁了你！"

达布说："怎么了？这几年就明白起来了？唉，收拾碗筷休息吧！"

过后的几天里，达布一直在找机会问布期。这一天，沙妮出去割猪草了，达布和布期坐在火塘边。达布想探明布期的态度，问："布期，道召家来说了两次亲，我们没答应，你就莫要跟他好了，成不成？"

布期抬起头，两眼发直地看了达布一眼，然后低头，用一根柴棍子刨了刨火塘里的炭，火一下旺了起来，火光把她的脸照得通红。

"我不嫁人了，我不想跟任何伙子好了。"布期的语气很坚决。

达布明白了她的意思，说："那你可要看准了，以后跟人家过日子，是好是丑得自己扛着，不要埋怨我们。"

"我怨你们干啥？要是苦了，就认命吧！"布期依然不改口。

达布说："那我们就依了你，我们也不想让你憋屈。"

布期一下子来了精神，站了起来，说："阿爸，你在家做饭吧！我帮阿妈背猪草去。”一转身出去了。

达布望着女儿的背影，笑着自言自语：“背时姑娘！真跟当年你妈一个样！”

沙妮过了几天也想通了，答应了这门亲事。也不知是布期向道召通风报信，还是道召不死心，哈啼和道召又来了。

这一次，沙妮二话没说就接了人家的酒壶。饭桌上，哈啼当然也就尽说些吉利话，这回算是美上加美了。

腊月初七，哈啼带着道召等三个人来达布家定亲。

他们背了一块猪肉、一桶白酒、两升大米、两袋茶叶、两扇红糖、两条烟和一盒饭来。达布家邀请了亲戚，杀鸡宰羊的，摆了七桌饭。

道召家带来的盒饭是熟米饭，米饭上面有熟的猪肝片和猪心片。达布在供桌上上了香，斟了酒，把盒饭置放在供桌上，念诵了几句，向祖宗献了酒菜。

晚宴过后，老人们在堂屋里喝着酒，唱着古歌。达布、布期的舅舅沙由和哈啼移步到耳房里的火塘旁，商定彩礼和婚礼上道召家承担的物品。

沙由提出来新娘子的彩礼要这几样：“银围腰链子、银手镯、银耳环、银戒指、手表，还有两套衣服。新娘子家这边的礼物呢，半头猪，三丈六尺布，三十六斤酒，三百六十块奶水钱。”

沙由说完，哈啼说：“老表说的好多是依了老辈的规矩。只是这戒指，还有手表，好像不兴吧！”

哈啼表面上是质疑，实际上是为道召家减少负担。

沙由说：“姑娘最终都是要嫁出去的，给了她的东西，也要随她去的。”

哈啼说：“不要紧的，说说而已，这些我们去准备就是，到时候我们送过来。”

沙由说：“那个手表，可不能乱打发啊，可得去县城，好好挑一块，不要用三五块钱那种娃娃戴的电子表，打发我们家布期啊！”

哈啼说：“这个好办，好马自然要配好鞍了。”

婚礼的日子商定了，就在正月十八日。翻过年过了春节，很快就到了。

正月十六那晚，道召家的人背着彩礼来过了礼。

布期从昨晚就一直在厢房里，由几个伙伴陪着。正月十六日这一晚，达布和客人们在堂屋里喝着酒，厢房里已经传来了布期伙伴们唱《哭嫁调》的歌声。以前，达布去别人家做客，很不在意。这一次，每一句唱词他都听得清清楚楚。

这《哭嫁调》先是唱父母养育女儿的辛苦，从怀胎唱到二十岁，每年一种苦，每种苦都是那么刻骨铭心，让达布心里好沉重，感叹年华就那么易逝。随后又唱出对姑娘出嫁的种种担忧，担忧姑娘不会干农活，担忧姑娘不会做家务，担忧姑娘侍奉不好公婆，担忧姑娘招呼不好姑爷，担忧姑娘处不好亲友邻居，担忧姑娘抚育不好儿女。这些又像是点出了达布的心思。是啊，二十年了，说过去就过去了，女儿就要出嫁了，他也担忧布期适应不了新的生活。在这边，她是女儿，是阿爸阿妈的心头肉；去那边，她是媳妇，是什么还是个未知数。布期的女伴们唱唱哭哭，哭哭唱唱，既唱给布期听，也唱给她们自己听，还唱给她们家人听。

《哭嫁调》再次唱起的时候，已经是深夜了。难以入睡的达布听见了她们唱些什么，她们分明通过歌声在教布期以后怎样做。达布想，这老祖宗传下的《哭嫁调》，虽是悲伤了些，却也赞颂了父母，表达了女儿的依依不舍之情。

正月十七日傍晚，邀请的客人都来了。

院子里栽了青松树，帮忙的人们用碗口粗的木头从围墙头上平搭过来，上面盖上锥栎树枝，地面撒上了青松毛。这样就建成青棚了。这一次他是事主，作毕的事，全权委托给洒老村的属贤毕摩。他也不做具体的事情，婚礼的总管一会问这样，一会找那样的，再加上要跟来的客人打招呼，他没空闲想什么事。

外边响起了炮仗声，有人喊："娶亲的来了！"

姑娘们准备了水。娶亲的人才到大门前，她们把一盆盆水泼向了娶亲的人。娶亲的人躲闪着进了院子，奔跑着将身上背着的礼品送到堂屋里。他们在堂屋里坐着休息了一会，然后退出来，到院子里吃饭。

道召的表哥在娶亲队伍里，明天路上他要背新娘子的。姑娘们早已经瞧准了他。一个姑娘装作给他添饭，他转身去接，一双手忽然从他双肩后伸出来，给他抹了花脸。抹的是黑锅灰，掺有煤油。他的脸全黑了，只有眼睛和牙齿还是原来的模样。

有人在旁边说：“真是花脸獐子！”看热闹的小娃儿望着他哈哈大笑。这张抹黑了的脸，要等明天将布期娶到了道召家，他才能洗掉。

他们到来时，那匹他们用来驮新娘子的马已经被牵进马厩里，马鞍子也被拿到了堂屋门外侧。在他们吃饭的时候，在道召的表哥被抹花脸的时候，马鞍子已经被姑娘们拿去藏起来了。

天黑了，老人们在堂屋里唱起了古歌。这些古歌，有说农事的，有讲家族来历的，也有摆男婚女嫁道理的。他们唱一会，歇口气，喝口酒，又接着唱，好似有唱不完的歌、喝不完的酒。他们唱到了天亮才停下。年轻的人们则到外面场坝上打跳，到了大半夜才歇去。

中午吃过午饭，有人为布期换了衣服。达布家给的嫁妆和礼物也一一放在院子里一张收拾干净的桌子上。男方家的人过来，一一收了礼，准备出发。达布叫沙由家儿子由格到厢房去背了布期出来，让她坐在堂屋里的红地毯上。姑娘们围着布期，唱起了《哭嫁调》，歌声一落，布期和姑娘们呜呜呜地哭了起来。

达布叫了由格，一起进来，对布期说：“布期，时辰到了，你就走吧！”由格背着布期出了堂屋门，穿过院子，出了大门。

门外，马已经备好，可惜马鞍不在。有姑娘就对娶亲的人说，娶亲拉马不带鞍，难道娘家人当马鞍？

娶亲的人知道是姑娘们拿去藏着了，就说，鞍子带来了，现在找不着？不知哪个小妹能找着？

姑娘说，马儿跑得快，只怕鞍子离得远，一时找不着。

娶亲的人又说，再远也得找，没有马鞍去不了。

姑娘说，我帮你找，你给我两块，我要买水喝，一路找着口怪渴。娶亲的人只得给了两块钱。

另一个姑娘说，她找不着，你给我五块，我要买饭吃，找鞍肯定肚子饿。娶亲的人又给了五块。

又一个姑娘说，她找不着，马鞍锁在屋子里，钥匙找不着，你给我二十，请个师傅好开锁。

这样，七八个姑娘都说完了，姑娘们才拿出马鞍来，布期上了马。

此时，达布在堂屋里交代沙由："女儿出嫁，舅舅为大，你去送亲，要懂礼数。他们来了五人，我们去十人，明天午饭过后，你们就回家，今天你们去，天擦黑了才能进他家。这两天少喝几口，免得误了事情。"

布期他们走了，亲友们大部分告过别，走了。

只有少数辈分比达布高的，被他留了下来，说等到沙由他们回来再走。

第二天下午，沙由他们回来了，布期和道召也一同回来了。

晚上，吃饭的时候，达布突然想起一桩事来，对沙由说："对了，舅子，我们今年不过来拜年了。儿女一成家，我们就是老人了，要由儿女来拜年了。”

沙由喝了口酒，说：“他姑爹，你也别说了，阿爸阿妈过世后，也难得你们还年年过来拜年，喝上一碗酒，吃上一顿饭，摆上一晚的白话。这以后，你们不来，也是祖上的礼数。”然后他又转向布期和道召，对他们说：“布期、道召，你们要记得，每年正月里，回来拜个年，和老人待上几天，老人把你们养长大，不容易啊！”

那边，有人唱起了《留客调》，想挽留要走的客人：

亲人啊，你莫走！
家里肥羊多多有。
今天宰了一小头，
明天又有九十九。

朋友啊，你莫走！
家里美酒多多有。
今晚喝了一小坛，
明天又有九十九！

客人要回去，达布也留不住。

第二天中午，道召和布期也回去了。布期的婚事总算办完，达布了结了一桩大事。

神　判

范德村的博纳德古打来电话，要达布去做神判。

达布问："有什么麻烦事了，非得走到这一步？"

博纳德古说："是我们村的图南家起了纠纷。图南出去打工好几年了，他想与媳妇支景离婚，支景不肯，两人吵吵闹闹。前几天支景喝农药死了，她的后家来了一大群人，他们说支景是图南逼死的。而图南家的人不认，说是支景自己想不开，吃农药死的。双方不愿报警处理，请了我们去调解。他们两边人一致要求做端犁铧口神判。"

德古是老黑山彝语音译，原意是治恶。彝族把人间非正义行为视为一种病态，德古就是打理这种病态的。后来，德古就慢慢演变为专指彝族民间的职业仲裁者。民间这样说："汉区长官为大，彝区德古为大。"彝族民间有很完整的习惯法，德古就用这些习惯法审理各类案件。他们都深谙彝族习惯法和历史典故，看问题尖锐、准确，足智多谋，能仗义执言，以理服人。

这样，民间发生纠纷和冲突都请他们调解，慢慢地在彝区有了威望，自然就成了大家公认的仲裁者。

博纳的父亲是一位德古，在老黑山很有威望。博纳小时候跟着父亲，经历各种调解场合，慢慢地自己也敢独自调解一些纠纷，三十多岁时大家承认了他的德古地位。在老黑山彝区，如果父亲是德古而儿子成不了德古，往往会受到大家的嘲讽和歧视。但是，成为一名德古不靠世袭，靠的是自然被民间认可，所以也有很大难度。近十多年来，德古又在老黑山彝区活跃起来。这一方面是由于打官司麻烦、要花钱，另外政府司法处理的结果也不完全契合彝族的伦理习惯，当事人不一定满意。眼下，有时连彝族干部间的纠纷也要请德古调解。

“做个打鸡咒不就行了嘛！”达布说。

“可是双方不愿意啊！图南说了，他愿意做端犁铧口神判。他说了，若是神判他败，他就承认下来，到派出所自首去，然后由政府再作惩罚也心甘情愿。”

达布想过，做打鸡咒，他这个毕摩就不用参加了。莫说是毕摩，稍微有些声望的德古也不愿做打鸡咒的。

二十多年前的一个下午，吉达要达布去洒老村看人家打鸡咒，并叮嘱他：“你看看就行了，不要多话。你现在学毕摩，还仅仅是入门，没有资格说三道四，也没有能力解决纠纷。”

那场打鸡咒让他一生难忘。

罗树家的羊在夜里被偷了两只，罗树怀疑是村里的发那家偷的。罗树约了亲戚三十多人，请了德古到发那家调解山羊被窃一案。经过一天的调解说理，发那不承认偷了羊。罗树提出，他们可以向德古提出撤销对发那偷羊的起诉，请发那家把他们当作客人，以待客之道，杀一只骟羊，办两顿酒席招待他们。发那家不肯接受。德古提出，发那家不承认偷了羊，如果发那敢打鸡自白，就表明他真的没偷，罗树家的人立便撤走；反之，则证明发那做贼心虚。如果罗树家不愿听发那打鸡自白，继续纠缠下去，那就证明罗树家以势压人，勒索财物。发那和罗树双方都同意打鸡自白。

当天下午做出的打鸡决定，发那拖延到夜里十时才抓鸡来打。他自知他确实偷了羊，怕打鸡后神灵惩罚他，因而不愿打鸡。因为在老黑山彝民的观念里，偷窃的行为是可耻的，窃贼是最下贱的。他不敢背负难以见人的贼名声，而且他已经抵赖下来。他暗存侥幸心理，硬着头皮要在晚上打鸡，希望晚上神灵不察其罪。发那身披白披毡，包着白头帕，头帕上插了二十七根剥了皮的冬青树枝，右手执一把尖刀，左手拿着白鸡和一根桃树枝。他来到约定的地点，把鸡交给德古察验。德古用手电筒照着鸡耳朵，看里面有没有塞火草团。如果塞了火草团，打鸡就不灵验。

双方的人各自站在一边，等着倾听发那念打鸡的咒词。如果念错了，会发生械斗。好在德古已经请了十多名年轻力壮的人来。他们站在中间，维持秩序，以防不测。

德古大吼一声，说：“这个仪式是为了结两家的纠纷举行的，现在，由我们来监督。此仪式完毕后，双方不准翻案。”

发那执鸡握刀，念咒语道："我发那家如果偷了罗树家的两只羊，就像这只鸡一样死去；如果没有偷，便万事如意，长命百岁，像白雪一样白。"他念完，便侧身向维持秩序者问咒语是否念得正确，被问者点了头。发那便用刀和桃树枝打鸡头，鸡打死后，把死鸡头向北方放在地上，鸡身上放桃枝，把刀子放在鸡侧，他本人便向后退走。退步时，把打鸡时垫在脚后跟的石头用右脚尖蹬向前；再退一步，把头上的神枝取下，把神枝分为九组插在他面前的地上，即每组二枝交叉插于地，对应插二排，在树枝交汇点由外向里斜搭一枝；之后，分别把此枝自两外侧斜穿向里，即左右换掉，同样，搭于交叉的树枝上。此表示"锁门"，意即以此置法门，断绝罪恶之路。德古此时即叫众人全部退走。

罗树家人也就撤走了。

罗树家人在一亲戚家，请毕摩作法，祭他们的祖灵，用白鸡在头上转三圈，念咒语后将鸡打死，烧了鸡肉吃，便各自返归家里，各自在家里做祭祖仪式，念咒语，想让神灵祖灵保佑他们，反咒偷羊的人，让祖灵去惩治窃贼。

发那在打鸡后的第二天患病，七天后病死了。他的一个五岁的儿子，在打鸡三个月以后也病死了。他的一个叔父，一个月后也死去了。而作为原告罗树家，一年内没有什么灾祸。为此，老黑山的彝民们议论，发那用三条人命换两只羊，太不值得了。

这个打鸡咒给达布留下了很深的印象。后来，吉达不止一次告诫过他："自己的德行不够，毕力不强，威望不高，最好少去做那些解冤化怨的事。不然，只会引火烧身。搞不好，引得人神共怒，那就不好了。"

达布对博纳说："图南请毕摩祭祖了么？"

博纳把图南请本村拓北毕摩祭祖的事说了。

半个月前的一天，图南请了拓北毕摩，请他做了祭祖的毕。他身穿白衣服，带上白干粮，抱着白公鸡，住在山上，每天请拓北毕摩为他祭天地日月星辰众神灵。在毕摩念经时，他抓住白鸡向天上扬几下，嘴里不停地喊："我图南没有逼支景喝农药，她家后家人硬说是我逼的，日月天地神，祖灵神灵，快来公正地作证！天外的父神灵，地外的母神灵，太阳外的公证神灵，快来为我做证吧！"他每天在三个山头上烧三堆火，冒出三堆火烟，他喊三次冤，叫冤声让人忍不住心生同情，那些放羊的、砍柴的听了，也都流了眼泪，跟着痛哭。

达布听了，说："那就叫拓北毕摩接着作毕不就成了嘛！"

博纳说："我跟拓北毕摩说过了。他说不行，他做不了这种神判。达布老表，你是老黑山彝胞们公认的大毕摩，你来主持这个端犁铧口神判，他们认为你才能保证公正。"

达布有些不愿去。他知道，做这种神判，要读诵《解冤经》，神判非常灵验。如果当事人中有谁作弊，谁家必死二人。但是，因为法事灵验，有人也怕端犁铧口使自己恶行暴露，因而会有暗杀毕摩的极端想法和行为。好多毕摩都不愿做类似的毕。

博纳德古此时已经猜想到了达布毕摩的顾虑。他说，他请了村主任支义和村民小组长奔塔来做担保和见证人，你只管放心来就是，一定会保证你的安全的。

端犁铧口神判仪式要做三天。场地选在范德村背后的一个荒坡上。达布进了范德村，将摩托车停在了村里的篮球场上。他问了路，村民们看他一身装扮，知道他是来作毕的，给他指了路。

走了十多分钟，他看到了神判场。

进了场，他坐下与博纳德古抽了支烟。不一会儿，从期格诺村来的拖普铁匠也赶到了。和图南和支景后家的人讲着话的支义和奔塔走了过来，博纳对达布说："人都到齐了，可以开始了啊。"

博纳朝着双方的人喊："人都来齐了，要开始了，你们把赌金交来啊！"

图南家的代表过来，向博纳交了八百元钱。接着，支景后家的人也上来，交给了博纳八百元钱。博纳点了钱，把钱交给了支义和奔塔保管。

博纳又叫图南家抱了三只鸡上来。博纳接过鸡，认真察看了鸡耳朵。他分别与达布毕摩、拖普铁匠和支景家人打鸡赌咒发誓，宣誓秉公主持仪式。发誓说，谁在仪式中作弊使假，谁就如同被打的鸡一样死去。发过誓后，达布他们才放心地进行后边的仪式。支义和奔塔组织了三十多人来维持秩序。这些人站在他们身后，而原告被告两方的人，各坐在一方。

支景后家的人有三十多人，他们拿着砍柴刀、锄头，坐在场地右侧。他们面前插着一面黑色的旗子。图南家的人有二十多人，他们也是拿着砍柴刀、锄头，坐在场地左侧。他们面前插着一面白色的旗子。过去是一家人，现在有了纠纷，就成了冤家对头。

拖普铁匠在中间位置挖了个坑，差不多比火塘大一点，然后找了木柴，烧着了火，围上了木炭。木柴烧尽了，木炭红了一半。这时候，他再加了木炭，支上了铁三脚，然后把犁铧平放在铁三脚上。拖普开始用羊皮鼓风机嚯嚯嚯地吹起火来。不一会儿，红红的火苗舔上了犁铧。

达布在火前插了一片冬青树枝，设置了道场神案。达布身穿灰法衣，背着神签桶，头戴法帽，左手持经书，右手拿神扇，坐在神案前念诵经文。博纳德古、支义、奔塔和那些维持秩序的人坐在他身后。这时候，场地上只听见达布的诵经声，原告、被告双方似乎都屏住气，警惕地盯着对方的举动，一有反常就可能引起双方械斗。

达布诵完经，站起来祷告了几句，摇了法铃，然后退后几步坐下。

博纳德古向前移步，站在神案前，高声命令被告图南去端犁铧口。图南紧张地来到火边站定。博纳在他双手掌中放了八颗苞谷粒大的水晶石，再放上四根笔杆般粗细的神树枝，上面放了一块白布。博纳告诫众人不许站起来看，必须就地静坐。

他宣布端犁铧口开始。拖普铁匠用大铁钳把烧红的犁铧夹起来，放在图南手中的白布上。图南端着烧红的犁铧，在博纳的引导下，按规定，分别向东西南北方向点了一下头，走了九步路，到道场前，把犁铧口扔进冬青树神枝丛中。犁铧口落地时，地面的枯草一下子就着火了，而图南的双手以及手中的白布没有被烧坏。图南双手高举，那块白布在他手里飘扬。他嘴里高喊“白了！白了”，奔向穿白衣服的人群中。他家的人挥舞着白旗，欢呼胜利，用大碗传递着酒，号叫狂欢，在场的人也加入他们的欢庆中。

按规矩，端犁铧口的人当晚不能回家，也不能寄宿在别人家里。达布、博纳、拖普他们就只能住进一个山洞里。图南从支义那里拿回了赢得的一千六百块钱，请人去买了一头猪、几只鸡，买了十多公斤酒，当晚在山上办宴席庆贺。

达布他们在山洞里，喝着酒，吃着肉，谈着这样那样的事情。达布有些想不清楚：这个支景也是，为什么要喝农药去死呢？离了也可以重新开始生活啊！这个图南也是，支景的死，真的跟你没有半点关系吗？你出去打工几年，回来就要闹离婚，这让人受得了吗，现在罪名洗掉了，一切责任就没有了吗？就值得这样庆贺高兴了？他坐了一会，移到洞壁旁，迷迷糊糊靠着休息。

第二天中午，吃过饭后，图南向他支付了两百元的报酬。他没说什么，收了钱，同他们一一道别。图南向他说：“要不，做好了支景的超度毕事再走？”达布说：“图南小侄啊，这事儿，你们村的拓北毕摩就可以做了。以后呀，少惊动我为好。我没事做，说明你们就好好的嘛。要是我太忙，总不是什么好事。毕摩发了财，说明坏事经常来，这世界就糟糕了！”

献　经

这一天，达布和者都在萨珠村为人作毕。作毕结束后，在饭桌上，达布对者都说："者都，我要你记的十三部毕摩经都记得了吧？"

者都说："依照吩咐，我已经全部记得了，还抄写了一遍，现在我大多能够背诵了。过几天，我想把你给我记的经书送还。"

达布说："你的经文水平已经差不多了，只是要多多领会里面的意思。还有，你也跟着我作毕五年了，大小毕事都会做了，以后可以出师了，不需要跟着我。"

者都说："达布师父，我还是跟着你再学一段时间吧！"

达布说："不想离开父母的娃儿，永远长不大；不想独立作毕的徒弟，永远成不了真正的毕摩。我已经放手了，以后的路你要学着走，不懂可以问我，但不要老是跟在我后面了。你自己做做看，如果可以，我就搞个传位仪式，把我的位子传给你。”

者都说：“达布师父，只要你承认我是你的徒弟就行，传位是不行的。我也知道，师父家是世袭毕摩，只是布扎老表一时不想学而已，要是以后他学了，再传位给他也不迟。”

达布说：“看来我只能等着孙子，看他学不学。如果不学，那就得向外传位了，祖上的遗训我可能守不住了。在我活着的时候，我保证祖上的毕摩职业不失传，但我不能保证不外传了。者都啊，明天你把我抄的经书还我，后天你随我去州城硕博一趟，陪我去办点事。”

晚上回到家里，达布把自己想去州城硕博的想法与妻子沙妮说了。沙妮说：“你们要去州城硕博逛逛，我不反对。可是要把经书拿去交了，我倒要劝一劝。这些经书，是我们家的宝贝，留着以后也许会有大的用场，何况家里也不缺钱。还有那本《老黑山药谱》，更是祖上留下的珍宝。要是子孙学得好，以后还可以当作一门手艺，足以养家糊口的。我听说这药谱上记的药材，在老黑山上都能采到。这就是药谱的好处了，采药时你不用求别人，行医时病人求你。这样子的事情，我看还是要好好考虑。”

达布说：“那几年，阿爸叫我背经书的时候，我已经抄了一套摆着。我给了者都学习，他也抄了一套。祖上传下来的那一套，有些破损了。我想了，这经书我们保管着，技术不过关，迟早会朽成碎片，不如交给政府，人家有技术保存下去。至于说那本药谱，我自己也想过，布扎不想学，者都不是学医的料子，以后我年岁大了，采不了药材了。这药谱留在我手里也没用，不如交给政府。如果他们看上了其中的几个药方子，交给药厂，生产出几种药来，治得了人们的病，也算是我达布家积下一点阴德。还有就是，这些方子，我们使用的话，口服的药，只能叫人家用药罐子来煨，既费时间，火候还难掌握。我在城里的药店看到，人家的药，造成了丸子，用温开水送服很方便。我们家这本药谱，好多方子都可以做成药丸，这样也就让好多人都可以治好病。”

沙妮有些忧伤地说：“这些经书，这本药谱，说交就交，恐怕不妥吧。我听说这是上辈人用命保下来的。我们倒不是卖这些经书，可政府也应该多少给些钱才是，毕竟我们家付出了心血。”

达布说：“经书和药谱交了，我想政府多少会给些补偿。我想起我刚回来那几年，跟阿爸年纪差不多的施咪村的思弥毕摩，交了二十多部经书，被破格录用为国家干部，直接安排到州里工作。阿爸当时心中有顾虑，不敢交，因为我家是土司家的专职毕摩，那些年一直被当作端公、神汉和剥削阶级的帮凶，受到批斗，后来平反了也不敢声张，再后来形势好转才敢公开作毕，带我学技艺。可惜思弥毕摩得了肝癌去世了。现在我们把经书交给政府，给不给钱都无所谓了。当然，与药谱相伴的还有一个药方，叫‘尼莫诺期’，专治胸口痛的，这一方子没写进药谱，只是熟悉了《老黑山药谱》后，才口传的。祖上有训，

‘尼莫诺期’打死也不能外传，是真正的传家宝。我得把这个宝贝留着，以后说不定还有用处。”

沙妮说：“你说了半天，就‘尼莫诺期’这方子的做法有些谱气，其他不靠谱。”

达布起身，上楼去把那些经书用个篮子背了下来，一一地理了一遍。

整理这些经书，他像对待女儿出嫁的嫁妆一样仔细。他抖落了经书上的灰尘，将有褶皱处一一按平整了，然后装进一个纸箱里。

《指路经》《祭祖经》《祈福经》《作祭献药供牲经》《祭献水神经》《祭献山神经》《祭献五谷神灵经》《百解经》《驱除病魔经》《结盟发誓经》《占病经》《神判明鉴经》，一部部摆进纸箱。再加上《老黑山药谱》，已经装了一小纸箱。他在想，传说祖上有九十九部经的，传到现在只剩这十三部了。也难怪这几代毕摩的道行，越来越赶不上祖先了。现在有些毕摩，随便学一两部经，就敢作毕了，也难怪不灵，人家也不大相信。脑子里的东西太少，毕力不会强到哪里去。

者都早早地来了。他是骑着摩托来的。达布要去州府，他作为徒弟，想给达布师父做个伴。达布原先不想让者都陪着去，他认为自己只是一个五十出头的人，还没有老到需要人照顾的地步，自己也算见过些世面，不需要有人照应的。只是自己出去，交那么一箱经书，与毕摩的身份有关，他又想徒儿参与这事。

毕摩经重要不重要，这回可以让徒弟感受了。

者都背了一个背篓进来，像是从山上或地里回来的样子。他进了院子，见达布在院子里收拾着，就喊：“师父，我来了，手抄本的毕摩经我也带来了。”说罢，他把背篓放了下来。

“放到堂屋里去吧！”达布停下手中的活，同他一起走进堂屋。

者都将背篓靠在供桌一侧的墙脚。他从背篓里拿出一个猪前腿来，放在供桌上。看得出来，那是年前腌制的，现在已经风干了。

达布说：“者都，你来就是了，这火腿就别带来了。”

者都说：“师父，这是我腌制的，带来给你们尝尝，盐不怎么咸。”

者都在堂屋里坐了几分钟。达布抬了那箱经书出来，想把经书绑在摩托车的后架上。

者都从堂屋里出来，说：“师父，就骑我的摩托吧！”说罢，他从达布手里接过纸箱，将它绑在了自己的摩托车上。

摩托在山路上跑着。他们得先到乡上，再从乡上坐客车到县城，再从县城转车去州城。

过了一个多小时，他俩来到了乡街子上。者都把摩托停在了布扎的摩托销售店门口，他们想把摩托寄存在这里。

看得出来，布扎的店才开门。他们停好摩托刚站定，只见布扎口里叼着牙刷，手里端着一口缸水，低着头从里面走出来，刚起床的样子。

这个时候的乡街子，除了卖早点和副食的，大多数的店铺主人都在做洗漱的事情。

者都唤了声："布扎老表！"

布扎抬起头，取出牙刷，嘴角上沾着鸟屎样的牙膏，有些惊奇地问道："哟，阿爸，者都老表，这一大清早，又要去哪里作毕去了？"

达布说："这太阳都照到房顶上了，还早？我们要去州城办点事。"

布扎有些疑惑地说："哦，作毕作到州城去，名气搞大了啊！"

达布说："毕摩一进城，啥事都不灵。我这个毕摩，只在老黑山有点整场，州城是城，我作了也是白作。"

布扎边说边领他们到里屋坐下。达布坐下来，看了看自己坐着的沙发，沙发巾有些旧了，油腻腻的样子，散发着一股浓烈的汽油味。

布扎给他们倒了杯水，说："你们怎么不打个电话给我，现在去县城没车了，下午才有，你们吃过饭再走吧，我打个电话让司机给你们留着位子。"

布扎出去收拾了一阵子。他要把后院里的摩托推到街面上，从他们面前经过，者都站起来去帮忙。这样摆放了十多辆，布扎说可以了。

布扎揩了揩手，坐了下来。达布看他的样子，说："还是比在家里种地强一点啊，风不吹日不晒的。"

者都说："我家没有垫本，不然我也出来做生意了！"

布扎说："干哪行都难呐，我卖得掉摩托，是因为会修摩托，要是只卖不修，谁来买？现在是什么时代了，还在面朝黄土背朝天地种那一亩三分地，有什么盼头啊！老祖宗们祖祖辈辈种了多少代，没有种出真金白银来，苞谷还是那株苞谷，土豆还是那个土豆，星星还是那颗星星，月亮还是那颗月亮，还是那堵篱笆墙，还是那条狗。"

达布说："看来这时代真的变了，变得我有些不懂，人们的想法跟过去不一样了。"

布扎说："阿爸，不是我说你，你们搞的毕摩这一行当也该变一变了。传说中的先祖阿者苏纳能呼风唤雨，他那种本事后人慢慢就没有了，阿爸你也没有他一点半点的神通。就说日行千里吧，你们也没必要想着自己作毕久了就有那个本事。你们要去北京，从省城坐飞机去，也就三个多小时，半天都不用。还有什么顺风耳，你们拿着的手机就是。千里眼吧，手机拿出来视频一下不就成了。过去传说中的那些本事，已经变得稀松平常。"

达布喝了一口茶，放下茶杯说："你说的有道理。不过，你这科学的摩托店开张也还是请我掐算的日子嘛！"

布扎说："也就是图个吉利嘛，没有别的意思。那天我就放了两串炮仗，请了两桌客。生意人嘛，都兴这样，我也就跟别人搞成一样了。"

达布说："你们说起来是很简单的事。我学这个，也是费了好几年的工夫的。我读《百解经》，才懂一点天文历法，才会看一些复杂的怪病，才会搞点预测，也会择算吉日。当毕摩，也不是那么容易，也并不完全过时。”

布扎说：“阿爸，我们不谈毕摩的事，反正我又不学毕摩了，你那点东西，就教给者都老表，我没意见。”

达布说：“那就好，那就好。你卖你的科学摩托，我做我的过时毕摩。”

这时候，有人来修摩托了。布扎出去忙着，达布和者都到街上走了走。

乡街子不长，两支烟的工夫就走完了，两人又回到了布扎那儿。

布扎忙了一会，进来对他俩说，走，该去吃午饭了。

布扎领他们进了一家羊肉馆。店老板是本地人，五十多岁，认得达布，见他一进来，就笑眯眯地迎过来，打招呼说：“达布毕摩，是什么好事把你带来了？快请坐，快请坐。”

达布说：“出息了，生意好啊！”

店老板说：“耗子舔米汤，刚刚糊得上口。”

他们坐了下来，布扎点了菜。酒菜一上桌，三人便吃喝起来。

达布没喝酒，他说：“毕摩出远门，酒进不得嘴，否则张嘴就是祸，闭嘴亦讨嫌。”

布扎只好劝者都喝，喝了半碗后，布扎开始语无伦次起来。不一会儿话题又集中到者都上来。他一会说，者都学毕摩，学不出啥名堂来了。一会又说，者都当了他爸的徒弟后，就出起坏主意了。比如说，这些经书，摆在家里会咋啦？你偏偏要我爸把它交上去，你也落个好名声。政府不缺咱家这几本经书，为啥要去交呢？莫要浪费精神了。

达布有些不耐烦起来，说："布扎，你喝酒就为说这几句话，那你这酒也喝得太不值钱了！交经书是我做的决定，跟者都没半毛钱的关系。他跟我学毕摩，我要他跟着我去交毕摩经，是想让他见证一下这桩事。"

布扎没好气地说："那就好了，我巴望着是这样子。者都老表，你跟我爸学毕摩，我没意见，但我要提醒你，你千万不要打我家的主意，更不要打我爸的主意！"

者都说："老表放心，我只是学技艺，其他事不该做的我绝不做。"

这顿饭吃得有些不愉快。吃过之后，他们就上了去县城的车。

交书很顺利。他们去硕博州彝文古籍办公室交了经书，古籍办的人还建议他们把《老黑山药谱》交给硕博州彝医药研究所，说送去那儿更合适，作用更大。古籍办的人招待他们吃住，并给了他们经书的收条。

当他们回到乡街子上，去骑摩托时，布扎问："回来了？"

达布说："交了，当然也该回来了。"

布扎说："他们没给你们什么？"

达布把收条给他看了看。布扎失望地说："现在什么人都时兴打白条，白条子打到毕摩身上来了，也不怕背过失？阿爸，这些经书，虽不是金山银山，但你们也花了心血，总得给几文辛苦费啊！”

达布说：“也给了点，就是这几天的误工费，还有来回的车费钱。”

布扎说：“这叫什么钱？你按《老黑山药谱》随便给外地人开个方子都不止这个钱。哎，经书不值钱，不如一筐萝卜。毕摩不值钱，不如收废纸的人。”

达布说：“这经书啊，交给政府保管更把稳些。以后，我就不惦念这祖宗留下来的东西了。”

弃 毕

2013 年春天的一个晚上，萨珠村的惹伙来到达布家。

达布将惹伙引到火塘边坐下，给他倒了半碗酒，又给他递了烟。

达布点燃了烟，抽了起来，随后端起酒碗，邀约惹伙喝酒。

惹伙好像有些为难，端起酒碗，却没有喝的意思，说道："达布老表，我已经两年没有喝酒了，身体不允许。"

达布说："没什么，身体不允许，不喝也好，有些病是喝不得酒的。"

惹伙说："老表，我真是羡慕你啊，身体好，毕摩照当，还收了徒弟。我就不行了，当不成毕摩了。"

达布说："没有人说你当不成毕摩嘛，你当着就是！"

惹伙说："我家祖上也是毕摩世家，可是到了我阿爸，他不愿学，就断了代，后来我想学，只能拜师学艺，好不容易学出了点名堂，去年想把这个传给娃儿，娃儿又不愿学了。我娃儿伙则小着你家布扎两岁，初中毕业就出去打工了，不肯回家来。他不信这个东西，要他学毕摩，如同要把老水牛的角扳直，难了。这么一说起来，我们也是违了祖训了，毕摩这一行当再到下一代就失传了。”

达布说：“你也招个徒弟吧，把这手艺传下去。”

惹伙说：“现在是师父好找，徒弟难寻。再说，我这个毕摩当得不顺当，作毕总是不利，谁敢当我的徒弟？我也不好意思再当下去了。”

达布说：“唉，毕摩这一职业，传下去是有些难了。我家布扎不仅不愿学，有时候还嘲笑我呢，说我装神弄鬼，骗酒肉吃。他以为他卖摩托，就懂科学，我做毕摩，就反科学。他不晓得毕摩也是要有好的德行才能当的。我收了者都为徒，但愿他能把毕摩职业传下去。”

惹伙说：“我也想过，按祖上的规矩，三代无人学毕，才可以弃毕的。可是我身体也差了，家庭也不安宁，不能作毕了。还是请达布老表给我看一看，哪一天合适，请上几位毕摩，一起到我家做一回毕彻，帮我弃毕。”

达布没有答应，沉默了好一会。他为自己的同伴弃毕而感到难过。

他想，老黑山一些人会认为，萨珠村的惹伙弃了毕，他达布的收入就会增加了。他们毕摩的毕几制度是这样规定的：一位毕摩到另一位毕摩的地盘上作毕，他的报酬的一部分要给那位毕摩。如果这位毕摩长期在那位毕摩的地盘上作毕，取代了那位毕摩成为毕主，那么仪式的主人和这位毕摩要给那位毕摩补偿金，那位毕摩放弃毕主地位。

想到这里，达布有些忧伤地说："惹伙老表，我去萨珠村做过毕，并没有取代你的意思，也没有做过不尊重你的事，去作毕，也是主人再三请求，不然的话，你我都是毕摩，绝没有想过要去你的地盘上作毕。"

惹伙说："老表，你莫多心，我没有过这种念头，只是我家连年不顺，看来是我的灵魂出了问题，与毕摩神、护法神、经书、法器的灵魂不和，作毕已经不能给仪式主人带来吉祥平安，我自己问心有愧，实在不能再做下去了。我也很少作毕了，因此想早一点弃毕。"

达布说："你这种情况，弃毕是可以的。以后你的儿孙，想入毕也可以，也莫要太着急，等我看好日子，我打电话告诉你。我来试试吧！我和我的徒弟一起来。"

"那太好了，那太好了。"惹伙脸上露出了满意的笑容。

惹伙起身告辞，在夜色中消失了。

夜里，达布在床上翻来覆去，一直睡不着。

他的脑子被"弃毕"这个词占据着。他没有做过弃毕这种毕彻仪式，只是他父亲给他讲过早年做过的一场毕彻仪式，也就顺带教了他怎么做。吉达曾对他说，一个毕摩要弃毕，实在是万不得已的事。一个毕摩，要与自己相伴的神灵告别了，那是什么一种滋味，只有弃毕者才清楚。毕摩，一旦弃了毕，就与毕祖阿者苏纳割断了关系，护法神也走了，经书和法器不再有灵性了。过去，法铃一摇，神灵就过来助阵，弃毕后，那法铃就如同牛羊戴着的铃铛，没有什么稀奇的了。过去，念经时，法扇一扇，护法神就会来帮助压鬼。弃毕后，那个扇子只会起风了。过去，戴上法帽，日月都能看见毕摩，妖魔鬼怪一律远避。弃毕后，挡住的是日月，拦不了世间的鬼怪。弃毕了，就不再与神鬼打交道，却免不了被鬼怪侵扰。没有了与神灵沟通的灵气和能力，只能与凡夫一样，鬼怪来了，毫无知觉，也束手无策。达布想，我们这个世家，迟早也得弃毕。现在布扎不学，以后布扎的孩子肯定生活在山外，不可能回来学毕摩了。至少在布扎的孙子这一代，弃毕的命是注定的了。

半夜鸡叫过后，他睡着了，做了一个梦。

在梦里，他梦见父亲吉达拉着他的手，朝着祖地洛尼山跑。他跟不上父亲，两小腿生疼，气喘不过来。父亲一直在催他："说快跑，快跑呀，大洪水就要来了，被洪水冲走，就去不了洛尼山了！"他跑呀跑，就是跟不上父亲。他急得喊"阿爸，阿爸"，可是喉咙被什么塞住一样，喊不出声来。

沙妮推了他的肩膀，将他弄醒，问："你是怎么啦？"

达布说："做梦呢。"

沙妮说："哼得急的，我以为是病了。"

达布说："没事，梦见布扎他爷爷了，看来得祭他们一下，免得又投梦来。"

他又想起毕祖阿者苏纳来了。传说中的阿者苏纳，创造了彝族文字，毕力无边。他带着四个小徒弟念经作毕，四个小徒弟后来又收下了众多的徒弟。阿者苏纳念起经来，能把树叶念落又飞回粘起，能把石头念裂开又合拢，把大山岩子念垮掉，把七个月亮念掉下来六个，把七个太阳念掉下来六个。古时候，鬼很多，十分贪吃，对人的要求非常苛刻。如供献祭品必须垫一层厚厚的松毛，祭献一头牛也能吃个精光。这些鬼难以侍候，但人们又不敢怠慢。阿者苏纳想消灭群鬼，为民除害。他研究了鬼的爱好和弱点。这些鬼喜欢群聚跳舞，他们一边跳舞，一边向后移动，他们不会计算数目。阿者苏纳在鬼经常跳舞的场地旁边修了一口深井，烧了一堆熊熊烈火，还准备了一堆巨石。当群鬼歌舞正酣时，阿者苏纳实施灭鬼计划，把某些鬼推进井里淹死，把某些鬼拉进烈火烧死，把某些鬼用巨石砸死。最后剩母子三个，阿者苏纳觉得可怜，便放他们一条生路，但告诫他们：不要对人们百般刁难，要保佑他们。这三个鬼就是今天的土主神、山神和财神。在后来的祭祀活动中，毕摩必须削制一枝三叉形松牌插在祭坛上，代表这三尊神的神位。在作毕时，要对着这个神位告诫亡魂：只能变成善鬼，保佑后裔；不能变作恶鬼，加害于人。

想起这些，他不禁感慨：现在的毕摩，毕力越来越小了；认识彝族文字的人也越来越少，念的经文也越来越少，也难怪有人要弃毕了啊！

早上起来，他洗过脸，卜了一卦，算好了惹伙弃毕的日子。

他给惹伙打了电话，要他准备好物件。他又给者都打了电话，要他过来帮忙，也让他学学弃毕的仪式。他想，在老黑山，以后入毕的可能很少，弃毕的说不准会多起来。当然了，主要是毕摩的人数少了。

达布如约到了惹伙家里。伙则正在院里和几个人打着扑克牌，见达布进来，忙放下扑克，迎了过来。

“达布大伯，你终于来了！一路累了啊！”

“毕摩骑摩托，出门靠科学，不累不累。”达布笑着说。

伙则将他带进了堂屋。惹伙站起来，给他递了烟。达布说：“你把伙则也喊回来了？”

惹伙说：“达布老表，你的日子看得真好呀，你看伙则也回来了，是他自己回来的，说是积攒了一年的假，这回跟老板请了假，回来好好待上几天。”

达布说：“这样也好，好让他知道你弃毕了。以后他想学的话，你还得教教他。”

伙则说：“达布大伯，昨晚我跟阿爸商量过，我爸弃毕，是想做短弃，想着以后我们再来重操毕摩职业。我呢，是想就着这一回弃毕，做成长弃，我们家子子孙孙永远放弃做毕摩的资格和权力。”

达布坐在沙发上，静静地吸了几口烟。惹伙家父子俩疑惑地望着他，想早一点得到答案。

“你们的意思我清楚，你家子孙后代再也不做毕摩了。我想还是审慎一点好，先做个短弃。因为一旦做了长弃，神灵走了，再也不可能请回，以后要是想入毕，就难了。这叫作说了永别难再见。我把你们做了长弃，以后你们想要重新从毕，那就很难了。我也做不了这样的从毕仪式。”

惹伙看了看伙则，想让他软下来，答应做短弃。可是伙则像是铁了心，没有半点让步的意思。

伙则说：“达布大伯，我在外边打工，主要是在车间里开机器，机器烂了，老板会找人来修。我们病了，就上医院去。我每天在机器上干十几个小时，没有什么空闲来背诵经文。那些地方，毕摩没用处。”

“不着急啊，以后回来了，想学毕摩就学吧！你家也是毕摩世家呢！我还是想，你家做个短弃就行了，不一定非得把决心下得那么早。”达布说。

惹伙说：“算了吧，到了我的孙子辈，他们彝话都不说了，变成外地人了，我要教他们念毕摩经也难了，也无能为力了。”说完，他轻轻地叹了口气。

三人沉默了一会儿，只听见达布和惹伙啵啵啵的吸烟声。烟雾轻轻地飘起来，在堂屋里弥漫着。

者都来了。他进了堂屋，见了三人，说：“师父来得早啊！”

达布站起来，说：“我们做活去吧！”

他们来到了院子里。达布吩咐伙则给者都砍刀和镰刀，要者都去砍冬青树枝，割茅草。

他吩咐者都："你动作要快点，主人家做弃毕仪式，要做成长弃，我们要多费一些工夫。"

达布在院子里做起咒板来。他叫伙则去做自己的事，准备好献牲就行：三只鸡和一只羊。本来他想让惹伙家献上一头牛的，可是惹伙家家底也不怎么样，用一头牛确实有些为难。伙则在外面打工也苦不到几文钱，回来一趟也要花掉好些。他已经感觉到他家不想把场合搞大的气息了。但长弃也算是大事，他家世世代代的毕摩传承，今天就要宣布永久放弃了。惹伙昨晚给他通过电话，说，要不就用三只鸡和一头猪。猪大概也就是八九十斤的样子。达布知道，这是惹伙想节省。一只羊，要一千多块钱，而那头猪，也就七八百块钱。要是用一头牛呢，至少也要七八千块呢。他说，你惹伙这回是大事，用猪怕是不行的，少说也得用羊呢。惹伙说，那也行，用羊就用羊吧！

达布埋头用火炭在咒板上画着。不一会儿，伙则又过来他跟前，对他说："达布大伯，阿爸变卦了！"

"咋就变卦了？"

"阿爸说，昨晚想的是短弃，今天定的是长弃，羊就不用了，用牛！"

"那你的意思呢？"

"用牛就用牛吧！把毕摩神送走也好，跟这些神灵彻底拜拜，免得我阿爸一天到晚神神鬼鬼的！"

"那你去准备吧！"

看得出来，伙则也是不愿宰牛的，他是想让他爹早日弃毕。

者都回来了，达布吩咐他扎草偶，自己去插神枝，布置神案。

达布和者都的仪式开始了。他俩念诵了《敬酒经》《献牲经》和《祭天颂祖经》。

三部经诵完，已经是吃晚饭的时候。惹伙家院子里已经摆了十多桌饭菜。他家请的客人陆续到来，院子里开始有了嘈杂的声音。人们开始入席，准备喝酒吃饭。

这种客可请可不请，全凭主人的心愿。不过，这几年老黑山的彝民已经是请客成风了，不管做点什么事，只要是惊动了外人的事情，少则请上三五桌，多的三五十桌的也有。有的人是借请客把事情告诉大家。有的人是借机回款，把自己做客送出去的钱弄回来。有的呢，纯粹就是摆场合，装样子。来做客的都心知肚明，可不会有人明说出来。

达布对者都说："晚上你就歇着吧，我要诵《祭祖经》，其他的事明早再做。他家做长弃，只能增加一天时间了，本来嘛，我是想今天夜里就整结束的。"

者都说："师父，我还是同你念经吧！"

达布说："晚上念的这部经，是念给我们的毕组阿者苏纳的。惹伙弃毕，我为他好好念诵一下。你没有学过这部经，没法跟我一块念，以后你到我家那儿抄一下这部经，记熟了就可以和我一起念了。"

者都有些不解，说："师父，难道你家里又有新的经书了？

以前你没有跟我说过这部经啊！”

达布说：“没有说未必就没有，师父叫你念哪几部，自然有师父的道理。我叫你念那几部，经常用得到。像今晚我说的这部，我没想到会在作毕时用到。当然了，没事时我也常常念这部经的，人啊，总不能忘记自己的祖先。我们毕摩，作毕就要牢记毕祖。”

者都说：“那好，师父你晚上念，我以后学了再和你念。”

达布说：“去吧，你跟年轻人们坐一桌，我跟老人们坐一起，天黑了我就再到堂屋诵经。”

者都听从师父的安排，来到院子里跟几个年轻人坐在一起。

几个年轻人你劝我一口，我敬你一口，喝得可高兴了。者都想着晚上没事，也放开了喝。喝着喝着，几人的话题就转向了者都。

伙则对者都说：“者都老表，下次我们就喝你的酒了。”

者都说：“没问题，欢迎你们来我家，美酒有的，腊肉有的，鸡也有的，管够。”

伙则有些醉了，说：“者都老表，你把我的意思搞错了。我是说，下次轮到你弃毕了，我们来你家喝酒。”

者都说：“伙则老表，你这话是什么意思？我弃毕？你听哪个说？我家平安顺当得很，你诅咒我啊！”

伙则说：“我是说，你迟早要弃毕，毕摩这条路你走不长的。要说诅咒，你才会，我不会。你想想，布扎老表没有学毕，你一个门外汉学什么毕？”

者都实在气不过了，自己分明已经是毕摩了，这回还是跟着师父来为他家作毕的，他还说我是个门外汉，这明摆着是太欺人了。

他说：“伙则老表，要是我作毕不成，你可以对我师父说，我可以马上走。你说话可不能这样欺负人啊！”

伙则还是不肯住嘴，说：“者都老表，我是说，现在是什么时代了，你搞的这一套不灵了！你要是不用手机，我在自家堂屋里对着灯泡和你说话，你听得见吗？要是你不骑摩托，你能从你家里腾云驾雾，眨眨眼睛就来到我家？年轻人越来越不相信你们搞的那些东西。这毕摩的传承，有时就像孙悟空头上那个紧箍咒。我阿爸这次弃了毕，高兴的是我，我终于不用担心戴上这个紧箍咒了。”

有人劝伙则说：“老表啊，嘴上留点德，大叔今天弃毕，你可不能对毕摩说三道四的。”

伙则又高声说了几句，讽刺毕摩无用。者都也毫不留情，驳斥起来。

者都的声音让达布听到了。他悄无声息地走到不远处听了一会，知道了他们说些什么。达布去端了酒碗，来到这几个年轻人身边。他对他们说：“来来来，几位伙子，我敬你们一口酒。”

几个年轻人端起酒碗，喝了一口。

达布说：“年轻人嘛，酒可以喝，不要烂醉。话可以谈，不要过头。者都，你就不要再多喝了。自古毕摩有规矩，不可喝到管不住自己。一旦管不了自己，那张嘴说出来的是脏话、坏话，挑起纠纷，那就神灵都不保佑了。毕摩要像毕摩的样子，明天你就休息吧，我一个人作毕好了。还有伙则，今天是你家弃毕，你也说了些不好听的话。要是在过去，这个是不允许的，侮辱毕摩、伤害毕摩的事，历来都是做不得的。这事要是出在新中国成立前，我可以通知老黑山的毕摩来作毕，一起来诅咒你，把你咒死为止。现在好了，我们不会做这些了，但也不是说就可以忍受欺侮的。这回说了就过了，以后不要再这样了。”

伙则知道自己错了，说：“对不起啊，达布大伯，以后我不会了。”

达布说：“都是为你们好啊，你说我们这样那样我不会计较，你们凭着这种思想在外边处人做事，迟早会吃大亏。自己不懂的事莫乱说，伤人心的话更说不得。没事，你们继续吃你们的吧！”

达布回到饭桌的时候，惹伙也知道儿子说了些怪话。他过去，一把抓住伙则的衣领，甩手就给了他一耳光。

伙则愣愣地看着他爸。惹伙气冲冲地说：“出去坐过几天火车，吃过几袋方便面，听过几天机器响，闻过几天机油味，就了不得了！你这张大粪嘴！”

几人把惹伙拉走了。几个人转移话题，继续喝酒吃饭，气氛淡了下来。

晚上，一切按达布的程序走。

第二天，达布一个人诵了《作祭经》《送神经》《解罪经》。晚上，他又念了《开路经》，叫人把神案上的神枝、惹伙用过的经书和法器送上山，丢进荒野。

就这样，他为惹伙送走了那些神灵，也解除了惹伙与他们的关系。

夜里，达布又为惹伙家诵了《祈福经》。他想，惹伙弃了毕，也一样得过日子，也一样要过上好日子。

达布大半夜才睡。他一直在想：以后还有没有弃毕的？弃了一个毕，他就少了一个朋友。毕摩一少，好多怪事就会多起来，老黑山还会像往日一样安宁吗？

尼莫诺期

达布认为，他把经书交了，再把者都带出师，他当这一生的毕摩，大部分事情就做完了，以后渐渐老去，适当的时候就可以弃毕不干了。

他不会为自己做预测的。他也没想到他的事会多了起来。他相信，人是有命管着的，有些人一生会碰着好多大事。他感觉自己碰上大事了。

那一天中午，三四辆小车在他家门口停下，车上的人下了车，就往他家里走。

他们把他家堂屋坐满了。一个秃了顶的男人，五十多岁的样子，胖胖的，个子不高。李乡长向达布介绍："这位是州委常委、州委统战部的杨部长，州领导呢，来了解一些情况。"

杨部长向达布敬了支烟，说："毕摩大哥，我们这一次来呐，主要是想请你帮一个忙。"

达布说："杨部长，你说吧！能帮的我尽量帮。"

杨部长说："是这样，前不久老黑山安土司的后代安向东给我们写了封信，他想回老黑山看一看。安向东现在是美国著名、世界知名的生物化学专家，研究开发出的新药曾经获得过联合国的表彰。我们硕博州想要有大发展，正想方设法到处找投资、找人才。现在这个安教授想回来看看，是桩大好事。我听说达布大哥家祖上是安土司家的专职毕摩，我们比较下来，您跟他好说话一点。我们也想诚意邀请他回来看看，说不定他对我们老黑山甚至是我们硕博州的发展会有大的帮助。"

达布说："安土司家在老黑山没有后人了。你们说的这个安向东，年纪差不多比我大几岁吧？他爷爷安武福死得早，当时他父亲安庆文年幼，他奶奶安李云秀继承了土司职位。他父亲与他奶奶不合，负气出走，我们一直没有安庆文的消息，没想到他去了美国。他奶奶一直活到六十多岁，孤身一人，是村里人给她养老送终的。他回来看看也好，我们老黑山的彝民，对他奶奶很好的。"

达布停下来喝了口水，继续说开了。

或许是时代变化，该来的迟早会来。安李云秀是安家第三十四任土司安武福的小妾，也是第三十五任土司。

这个安李云秀，说来也是个苦命人。

安李云秀的父亲李正山，是安土司家的司马，在土司府中可以说是一个重要人物。不过，他与安家门不当户不对，主子就是主子，仆人就是仆人，等级的篱笆不是谁想破就破得了的。

家族的衰落往往是从内部的错乱开始。安武福这个人，偏偏喜欢吃喝玩乐。省城里好吃好玩的东西当然多了，他长期待在省城，偶尔才回老黑山来。

他已经娶了五个老婆，但还是不满足。也不知道是什么原因，这么多老婆居然没有为他生下一个儿子，这让他多少有些沮丧。后来，他看到了李正山有一个女儿，长得很漂亮，他就打了人家的主意。这个李云秀就成了他的第六房小老婆。

十四岁的李云秀嫁到安家，改从夫姓，就叫安李云秀。十七岁那年，她为安家生下了一个女儿。一年后，她又怀上了一个儿子，可惜儿子未生，安武福就死了。

安庆文生下来就是土司了。可是，他年幼，哪管得了什么事情。本来，土司也可以由安武福的那几位老婆来承袭的。但是，她们知道，她们没有儿子，土司位置迟早还是要转到安庆文那儿，因此也就不参与争夺。

安李云秀也没工夫处理土司府内的事儿，儿子的抚育要耗费她许多精力，她只好把土司府内的事交给另一位司马代管。后来，司马死了。这时，安庆文也才八岁，没能力理政。经索纳县知事批准，暂由山那边的土舍安之能入主老黑山安氏土司府代办一切事务。安庆文十四岁那年，被批准接袭土司一职。

可是刚刚承袭土司一职的安庆文离家出走了。这让安李云秀一时不知所措。她刚想好好扶助儿子，让他长大后能够做一些事情。想起这些，她的眼泪就止不住地流下来。这十多年来，孤儿寡母的，尝尽了百般孤独。

安武福一死，安李云秀年纪轻轻就守了空房，没有什么欢娱，唯一可以安慰自己的是安庆文这个儿子在一天天长大。她想过，只要儿子长大了，就什么事也不愁了。

最要命的还是土司府那一些事情，这么多年来，虽说有司马和代办在打理着，但安家的这一切，如果没有她来撑着，那一切就完了。

现在，她只有派人去找。人们去县城找过，去省城找过，就是没有踪影，这让她觉得心里空虚，整日里精神恍惚，却又不得不打起精神。她有时候甚至担心这儿子会有什么意外。不过，她想过，她家这几年没有与人家结过什么冤仇。她又认为，这儿子年轻气盛，一时想出去走走，过不了几天会回来的。

她失眠了。她觉得自己是一只孤独的燕子，在灰蒙蒙的天空里飞着，叫声没有回应，眼看着空阔的大地却没有落脚之处。

半年之后，安庆文来信了。他说他考取了天津南开中学，要在那儿读书。她把信看了一遍又一遍，眼泪打湿了信纸。她自言自语地说，傻儿子，你要读书只管说，娘让你读便是，这样不辞而别，让我提心吊胆的，放不下心来。

她给他回了信，要她好好读书，毕业了就赶快回来，家中还有好多事等着他来做，生活费她会按期带去，叮嘱他一个人在外面要小心，要学会照顾好自己。

儿子有了下落，她也就有了精神。她请她的哥哥李云富、李云飞来帮忙处理外事，请她的妹妹来帮忙料理家务。一年多下来，一切都有了大的改观。她等着儿子回来，想把这样一个场面交给儿子。这是她给他打的基础，有了这个基础，儿子一定会干出名堂来。

安庆文在天津那边不单是学文化，还接受了一些进步思想。他知道，老家那些田产应该为老黑山的百姓所共有，真正实现耕者有其田。那种土司制度迟早是要废除的。

三年转眼过去，他回到了老黑山。

母亲要他稍事休息几天后就履行土司职责。她说，你这次回来，一定堂堂正正当土司，再也不能让我去顶你的岗。这是规矩，为了我们安家，你一定要好好干。

安庆文满脸不屑。他说，娘，这土司一职我不当了，当土司也不是什么好差事。

安李云秀听他这么一说，觉得这儿子可能是书读多了，脑子进了水。她开导说，儿啊，官职是祖上留下来的，田产也是祖上留下来的，你不继承谁继承?

安庆文说，阿妈，现在都进入民国时代了，你还在想那些老祖宗的事情干什么呢?这些田产，你还是把它分还给人家吧，土司这顶帽子我是不想戴了。以后我要出去谋生，自食其力，你跟我走吧，我会让你过上好日子的。

安李云秀听他这么一说，一下子气得咬牙切齿。她说，我把你辛辛苦苦养这么大，可你就是不肯听我一句话。你是不是要把我气死才行!

安庆文说，那我也就不说什么了。你抚养我的恩情我会永远记在心里的。说完，母子俩一个不理一个，各自回房生闷气。

安庆文现在也觉得孤独透了。他的想法，连亲生母亲也不愿意接受，看来在老黑山，要改变什么是不可能的了。他想到了出走。他找出了纸和笔，写下了一副对联：

这土司不过草莽之臣，享祖先现成福耳；
真丈夫当存鸿鹄之志，为人民谋幸福也！

第二天一大早，他在土司府大堂两边的柱子上贴了对联，然后头也不回地走了。过了一年，有人听说他当了金沙江江防队长，不久后就没了消息，没有人知道他去了哪里。

安庆文走了，可那安李云秀还在老黑山待着。她孤独着，但她心里想着的是如何维系好安家的那些财产。时代已经发生了根本性的变化，她不能适应时代，当然也就只能独自承受那份孤独了。民国二十三年（1934）夏，索纳县派人到老黑山清丈土地，作为重新计征田赋的依据。安李云秀邀约了其他四家安姓土司，借此机会，又宣布辖区内的土地所有权全归土司所有，并要增收官租。安李云秀的这一举动，激起了农民的反抗。他们联名向上控告，要求归还土地，免除官租。安李云秀得到消息后，赶到县上和省城走动，四处贿赂官员。这样，农民的控告就没有结果。

安李云秀以为这下可以安心地过她的好日子。可第二年 5 月，红军长征经过老黑山，打开了她家的仓库，把粮食和衣物分给了农民，还在大照壁上写了“打富济贫，杀官安民”的大幅标语。红军走后不久，老黑山数百农民冲进了她的家，要回了土地执照，一把火把它烧了。安李云秀这才意识到，时代真的已经变了，这些农民，再也不会像过去那样，温顺地给她干活，向她交租。看来前几年儿子的说法是有根据的。

之后的几个月里，陆续传来有农民攻打其他土司府的消息，有一两个土司已经被杀。她得知有农民要攻打安家，只能连夜逃往县城。在县城，她见到了几位和她一样跑出来的大小土司。她把他们邀约了，一起到县府和省府告状。省府调来了官兵，他们也组织了家丁参加镇压。农民起义虽然被平息了，但农民们拒绝向她家交租。她家也不敢再向农民派劳役了。

农民们说不定何时会冲进土司府来，她不敢待在家里，只好到外面躲着，有时候在县城，有时候在省城。在省城旅馆里，她叹息，也想自己的儿子，可儿子现在不知去了哪里。她甚至后悔不听儿子的话，不然她现在很可能跟儿子在一起。旅馆外一片喧嚷，让她更觉寂寞难挡。

这样躲躲藏藏地在外面住了几年，转眼间就到了 1950 年，老黑山和平解放了。有人找到她，说可以回老黑山去居住，但是那些田地、房屋已经没收，是集体的了。她回到了老黑山，只是此时她再也不是什么土司，倒成了一个需要乡亲们照顾生活的老妇人。1975 年，她病了一场，带着她的孤独离开了人世。

杨部长说：“我们这次来，就想请你讲讲他家的事，然后我们也录个音拍个片子寄过去，让他有点印象，欢迎他回老黑山来看看，这里也是他的家呀！”

随后，达布带他们去了村里的公房，说那就是安土司家的府衙和住宅。还带他们去拍了土主庙，也上安土司家的坟山拍了他家的祖坟，还拍了老黑山的风景。

杨部长带着那些人风一样地离开了。这安土司的后代回来，老黑山有了不少议论声，有的说是来扫墓，有的说是来捐钱，有的说是有出息了回来显摆显摆。

这些议论，不久后就渐渐平息了。

达布交了部药谱的事让报纸登出来后，外边一些药厂盯上了他。

先是外省一家药厂来了两个人，他们来到达布家，问那本《老黑山药谱》，说要看看。

达布说："《老黑山药谱》已经交给硕博州彝族医药研究所了。"

那人说："家里还有手抄本吧！"

达布说："家里是有，不过是记些草根树皮的事情，没多少用处的。"

那人说："肯定有用处的，这本药谱是你家祖上传下来的，我们想看一看。要是我们对其中一两个方子感兴趣，你可以转让给我们，我们跟你签转让合同，价钱好商量。"

达布想，不妨给他们看一看自己那本手抄本，免得他们纠缠，让他烦心。随后，他去楼上取了本子给他们。

那两人把本子从头到尾翻了一遍，说药谱上记得太简略了，是不是可以详细地说一说。

达布说："你们是药厂的，这个你们懂的。我家的药谱也是这样的，只是记每方药的主要材料和主要用法，并不会太详细。比如，我的一服药的主要材料记的是一种植物的根，但我们不会写明用嫩根还是老根，用鲜根还是干根。这些详细的东西主要靠口传，并不在纸上做记录。还有，这些草药的熬制也有火候的把握。弄不好，是医治不了病，还害人的，没有医生交代，自己不懂是乱来不得的。”

那两人说：“要不这样。你把这药谱上的药各配一副给我们，我们带回去学习，我们愿意出价三十万。如果还有其他方子，也可以转让给我们。”

达布说：“算了吧，我的药谱已经给了州里，不能再给你们了。如果这样做，就是你们汉人说的‘一女二嫁’。‘一女二嫁’这种事情，在我们老黑山是做不得的，赔十倍的彩礼钱不算，人家可以来把你家里的牛、猪、鸡、羊全部杀吃完，落得倾家荡产的下场。我把药谱给你们看一看也就可以了，你们来得远，不然我也不想给你们看。你们看了，回去也好交代，就说这些方子很普通，没什么价值。”

那两人说：“即便是很普通的方子，只要不缺原材料，我们也可以把他转化为药品，也一样可以赚钱。要不这样，我们再认真看一看，你就给我们一两个方子，我们带回去研究一下。如果可以投产，自然要给你钱的，一次性转让给我们也行，或者你就以方子入这个药品的股也行。你给方子，给你百分之四十的股份，只要这个方子一投产，你就一直可以分红。你给人家的只是药谱，不是药方，不存在‘一女二嫁’的问题。

如果你真有诚意，我们今天可以到乡信用社，打五万的定金到你卡上。药谱里面的方子，你至少给我们两个，价钱另外商量。”

达布说：“你们说的我明白了。不过，这药方我不转让。要说是秘方，我家倒真有一个的，叫‘尼莫诺期’，汉话大概就叫心痛方。这个方子是不外传也不转让的。老黑山的人都知道，我家这服药灵得很。当然了，《老黑山药谱》上那些方子，在我手上也是灵得很，在别人手上就不那么灵了。”

那两人说：“这肯定跟老黑山的水土有关。中草药药材的药效，跟水土有很大的关系。”

达布笑着说：“这只是一方面。另一方面，你们外面的人不知道的，我是毕摩，你们认为就是懂点巫术什么的，其实我们毕摩医病，历来是神药两解。什么是神？在我们毕摩看来，这世间到处都有鬼怪神灵，与世间万物有对应关系，与我们随时发生着联系。我们身边发生的种种不正常的事情，都是鬼怪神灵在作祟，人生病就是最明显的一种。人生病了，我们用药，只是医治他的身体，而我们毕摩作毕，是治他的魂。魂不治好，病就不能算治好了。魂受干扰，人不病才怪。你们见过精神病人吧，那些人的身体难道不强壮？可是他们的魂出了问题，你能说他不是病人么？你们外边说科学，说是心理治疗，也说得通。”

那两人说：“也不急啊，你慢慢考虑，觉得合适了，你打电话给我们，我们再谈合作的事情，价钱好商量。”

达布说：“前几天我在手机上看见一则短信，说与人相处，不要动不动就谈钱，谈钱伤感情。真难为你们俩了，那么远跑来老黑山跟我谈钱的事情。”

送走了这两人，他定定地坐在火塘边，自个儿喝了口酒。他想州上杨部长说安向东是生物化学专家，发明过药品呢，不如把“尼莫诺期”交给他研究，如果他能够搞出方便服用的方子，那就可以造福好多好多人了。

第二天中午时分，他要下地干活，在路上走着，迎面来了一辆丰田越野车。他让到路边，越野车在他身旁停了下来。

“阿爸！”布扎的声音从车里面传出来。

“来客人了？你带回去吧！我去地里一会就回来。”达布说。

达布想，以前布扎经常带一些小伙伴回来，说是带他们回来吃农家饭。什么山猪火腿，什么土鸡，什么生态蔬菜，说些话把那些伙伴哄得高高兴兴的，那些伙伴们酒足饭饱后揩揩嘴也就走了。好在他去作毕，人家也常给些火腿、腊肉、鸡和几盒烟、几斤白酒，他家也消耗得起。现在是出工的时候，做晚饭还早，他想去地里侍弄一下那些瓜苗，于是接着往前走。

“阿爸，省上来人了，有要紧事找你呢！”布扎喊。

“那你们朝前走，我跟着就来。”达布转回身，跟在车后面走着。他心里嘀咕：一会是州上的，一会是外省的，一会又是省上的，搞不好过两天还有县上的、乡上的和村上的，这都是冲着他的药方子来的吧！

唉，这个“尼莫诺期”，搞得我有些头疼了。他真的心疼起他这个方子来了。弄不好，这个方子卖了出去，让一些人发了大财，却起不到真正的作用。

达布走进院子里，把锄头搁好。

进了堂屋，他一坐下，布扎就向他介绍，三位是省城南天制药厂来的。这一位是张副厂长，这一位是技术研发部的方部长，这一位是开车的赵师傅。

张副厂长站起来，向他递了一支烟，客气地说："大哥，我们这一来，要耽搁您的时间了，您看看，又误了您的事。"

达布点了烟，说："莫客气，地里那点事，今天做明天做都一样的，喝水啊。"

张副厂长说："大哥，我们听说您交了药谱，这是很了不起的一件大事。我们去了硕博州彝族医药研究所，看了药谱，又听说您还有更好的方子，就想来谈谈。到了者都乡，问了好多人，终于找到了布扎。现在好了，见到了您。我们想谈谈尼莫诺期方子的事情。"

达布说："这方子是家传秘方，不外传，不转让的。斯古村的者都跟我学毕摩，我也不会把方子给他。以后布扎要是有心学医了，我就传给他。"

布扎在一旁说："阿爸，我不学医了。再过几年，你老了，也看不了病了，这方子不如早点交给人家药厂，整出成品药来多好。"

张副厂长说："这药方子肯定金贵得很。要是您答应给我们，我们可以把你儿子、儿媳、女儿、女婿招为药厂正式工，可以给两套房子，或者是我们一次付给您一百二十万，反正好商量。”

达布说：“你们也就别费心思了，这方子我不卖。”

布扎搞不懂他父亲是怎么想的，他这是端着金饭碗讨饭。

见没有商量的余地，南天制药厂的人悻悻地走了。

布扎一脸的不高兴，上了他们的车，没有了来时的兴奋。

达布想，这些人一走，不会再有人来谈药方的事了吧。

达布干脆扛上锄头，去了地里，到了傍晚才收工。

村委会支义主任跑上门来报喜。他才进大门，就冲着达布喊：“达布大叔，有好事了！”

达布刚从地里回来，坐在沙发上吸烟。他想歇一会。这时候，天已傍晚，太阳的余光斜斜地照地院子里，偏向堂屋那边，堂屋显得更亮。

“哎哟，我说支义，是不是你给那涛村要了个大项目？”达布站了起来。

支义走进堂屋，说：“达布大叔，不是我们给那涛村要了大项目，是我们老黑山沾了你的光了！”

达布笑笑，说：“我黑黢黢的老毕摩一个，哪来的光？”

支义说：“说了你不信，州政府要奖励你呢，通知来了，要你去州城开表彰会，领奖去呢。上边说，叫你带上你的银行卡去，说有奖金呢。”

达布说：“我一不是致富能手，二不是劳动模范，三不是五好家庭，怎么会奖励我呢，你就莫逗我了。”

支义说："你是长辈，又是毕摩，我怎敢逗你？我听说是，你那些经书交上去后，上边认为很有价值，那本药谱更有价值，所以政府要奖励你。上边说了，像您这种无偿地把经书交给国家的人不多了，要重奖呢。具体奖多少，人家没说，人家只是说是有点多呢！"

达布说："我只求政府把经书保管起来就行，将来要是有用场，拿出来用就是。摆在我这里，以后坏了就可惜了。我已经学了几十年，你老表布扎又不想当毕摩，那些经书留在我家没用处了。"

支义把去开会的日期说了，让他早些准备。达布也感到吃惊，这经书才送出去半年多，政府就有了反应。奖不奖励他倒不在乎，他在乎的是政府的态度。这下说明，这些经书是有价值的，他把经书交出去的做法是正确的。

达布留支义吃晚饭。支义喝了些酒，说："达布大叔，你当过村主任，是个老村干部，以后这老黑山要怎么发展，可要多多出些主意。"

达布喝了口酒，叹了口气，说："那些年那些事就别提了，年岁不饶人啊，一转眼三十年就过去了。汉人说，三十年河东，三十年河西，我呢，有些跟不上形势了，出不了什么主意的。"

支义说："不管怎么说，你是老黑山的大毕摩。有些年轻人不懂事，很不把你放在眼里，这不奇怪。他们出去念了几年的书，思想有些杂乱，他们看到的是外面世界变化太快的一面，却没有看到老黑山和我们彝村始终不变的一面。或许，这不变的才是我们最珍贵的东西。我一时也说不清楚。”

支义乘着夜色走了。达布躺在床上，翻来覆去睡不着。他也感觉到了，老黑山有好些不变的东西是珍贵的，只不过让他用一两句话一下子说出来，他还是说不上。他想，对这老黑山，也有一些人跟他的想法是一致的，有一些却并不一样。这个支义，那次建水厂的事，想的就跟他达布不一样。人呐，上了一百，形形色色。

过了几天，他一个人去了州城，州里奖了他二十万，全部打进了他的银行卡里。回到乡街子上，他去布扎那里推摩托，准备回家。

走进里屋，布扎对他说：“阿爸，回来啦！上边是不是又用一个红本本打发您了！现在上边最喜欢搞这种事，动不动就一本奖状，钱半分都没有。你看我这里，一年有税务局的，一年有工商局的，一年有卫生局的，一年又有商务局的，一年又有交通局的，都通知去县城开会，住一个晚上，听头头脑脑们讲半天话，然后把这红本本发给我，就算先进了。这几年，我就不去开了，那本本他们通过乡政府的人转过来给我，我请他们吃顿饭还得倒贴两三百块。”

达布漫不经心地说：“是有个奖状，也有几块钱，算是个奖励吧！”

好在布扎也没有问钱的数目。达布估计，布扎可能想，也就是奖几百块钱的事情。达布起身：“我要回去了，地里的事还多呢。”

布扎去后院把摩托推到铺子前，对他说：“阿爸，骑慢点啊，这路有些滑的。”

达布跨上摩托，说了声：“我走了。”说罢，发动摩托，一溜烟离开了。

达布回到家三四天后，他得了奖金二十万的消息就传遍了老黑山。沙妮埋怨达布，说达布这张老漏嘴，“二十万”这三个字都关不住。达布说，我没有对人说过奖金的数额。他们哪里知道，这消息是州上的报纸和电视台播出来的，没多久就传开了。不光是老黑山的人知道，乡上、县上、州上也有好多人知道了。二十万奖金，不是小数目，奖几百块没人会关心，奖几十万就不好说了。

先是有这个村的那个村的来借钱。有人说，盖房子差点材料费，有人说娃娃读书学费不够，也有人说儿子说媳妇要吃订婚酒，礼钱不够。还有就是乡上敬老院院长，跑来说，十冬腊月的，敬老院的老人也该加被子、毯子了，宽裕的话就给上万把块，不行的话五千也行。达布说，老黑山的彝村可没有上敬老院啊！院长说，这个我知道，老黑山的彝胞，历来都敬老养老，即使是没有儿女的老独人，村民们都会照顾的。老黑山不会出叫花子，就是这个原因，我们要向您们学习！

达布还没想过要用这笔钱来做什么，却被这些人弄烦了。他干脆来个快刀斩乱麻，一个也不答应。他说，你们看看，我这个老房子，歪歪倒倒的，也该掀翻了重盖。我借不出来了，钱早就被我存成定期了，三年。有人又说，那就担保我去信用社贷款吧！达布说，我当不成担保人，你们另想办法吧！

拜 年

达布正在村子里和人聊着天。布扎过来，打断了他们话，说：“阿爸，阿姐他们回来了。”

达布有些奇怪地说：“太阳从西边出了？都五六年了，连年也不回来拜，今年怎么回来了？”

有人说，达布老表，快回去看看吧，你家姑娘布期回来孝敬你老人家呢。

达布起身，说：“那我还是回去吧，不管怎么说，正月里头，大过年的，来的都是客，更别说是我家姑娘了。”

达布走着，心时一直在琢磨。这布期呀，嫁出去都快十年了，只是头两年回来拜过年，后来就没有回来过。祖上的规矩是，嫁出去的姑娘，每年正月里都得带上丈夫和娃娃回娘家拜年，得在娘家待上三五天。拜年，当然得带上孝敬老人的东西，如肉、酒、烟、糖、糕点等。如果娘家里有孩子，还得为他们也捎带上一份礼品。必不可少的一盒饭，里面得装熟米饭、熟猪肉，带到娘家后，摆上供桌打开，上香，算是孝敬列祖列宗。达布起初以为是布期不懂这些，还教育她莫忘记这些礼数，老祖宗立这个规矩是为了让后代人记得孝敬父母。可是布期嫁去的那个施咪村，这几年成年人都出去打工了。他们回来过春节也就两三天，谁还会想得起岳父岳母？但是前些年，布期家两口子没出去打工，同样也没来拜年啊！

这事要怪还得怪他的亲家都道，因为他有督促的责任。

都道这个人，他是有些了解的。

读初中的时候，他和都道是一届的。都道有些吊儿郎当，经常违反校纪，被校长点名公开批评过。

都道读完初中二年级就回家去了。回去那几年，也没干过什么正经事，言行放荡，被人称作“草达”。“草达”用汉话说，就是“滥人”的意思。都道年纪轻轻在老黑山彝村就有了恶名。

老黑山几十年才出一个草达的。在都道前面的那个草达，那时有了老婆、娃娃，就像用山草和着稀泥做成的土墼，变得规矩多了。

都道回到村子里，手板心嫩脸皮厚，手上活计干不来，一天到晚东游西逛，漂汤油样自以为水平高得很！先是乱五乱六跟村子里的姑娘裹搅，乱了几个也不成，还唱什么：“天上星星乱月亮，地上小郎乱姑娘，乱五乱六乱不着，乱得人心慌！”过了不久，说是出去找事做，去了大半年才回来。

都道回来时那一身打扮怪戳眼睛的：穿套大西装，里面是件花衬衫，男儿像姑娘！脖子上扎根红领带，像条狗舌头！皮鞋擦得亮光光，嘴咂过滤嘴香烟，又有点像前回来村委会检查指导工作的县上来的局长！人确实是变了样！不过，老黑山的人们说，这说不准是挂羊头卖狗肉，烂泥扶不上墙，一根扶不起的猪大肠！这个草达，说不准去哪儿偷哪儿抢发了点小财，还是离他远一点好。

这天傍晚，舒代吃过饭在门口吸草烟。他看见都道过来，忙低下头看烟锅嘴，把都道当成一股风，装作没看见。

“爷爷，吃饭了没有？”

“吃过了。”

都道掏出一包过滤嘴香烟，给他递上一支。

“爷爷，你家黑山羊怪成器的嘛！卖给我几只吧！现在城里头的人不嫌羊膻臭，羊肉好卖得很！”

“都道，是不是你要娶媳妇了？要是娶媳妇用得着，你看中哪只拉哪只。你要拿出去卖，我不会卖给你！”

“媳妇在哪方还不知道，娶不成呢。你家卖给我几只算了。我看你家羊圈小，三四十只羊挤在巴掌大的地方，羊子难得发展啊！”

“老黑山彝村从老古老代到现在，不兴卖羊子，哪家办大事帮哪家！卖给你整什么？你就晓得拿去换过滤嘴香烟咂，买姑娘的花衣衫穿！那几只大骟羊嘛，哪家办事给哪家，我也不要钱！”

都道并不感到厌烦，又说：“爷爷，瞧你们家也是，一年卖几斤苞谷，找点盐巴钱。过年时候娃娃买串炮仗放放也是省了又省，你晓得这羊子城里卖到多少钱一只吗？”

“臭烘烘的会值几个钱？城里头的人吃猪肉都还心烦，羊肉哪个鬼老儿吃？”

“爷爷，你相不相信，一只羊我给你两百块！”

“莫要把我当三岁娃娃哄喽，我一年到头才找得着百把块，施咪村的泥巴说死也不会变成苞谷面！”

“你不信你就卖一只给我试试，我要你相信了才算数。”

舒代有点动心了。不过他听说过这个草达过去就是这家要五块，那家借十块，从来没见他还过半分，他还是有些不放心。

“都道，你的品性我是晓得的，今天把羊卖给你，明天你就不认账了，哪个鬼老儿相信你！”

都道从衬衫里掏出两张大钱，递给他。

“爷爷，钱你拿着，明天早上我来拉羊子。”

舒代从来没有见过一百块的大票子，以为是哄他，说：“这个才二十块嘛，哪有两百块？”

“你拿回去给老表他们看看，他们认得的。这下钱在你手里头，要是少了一分，我不拉你家的羊就是了！”

舒代同意了。都道说：“我还要去别家买几只，不然连路费都找不着。”说完就走了。

舒代想，这个草达是想在我头上找钱使，搞不好我要上他的鬼当呢。都道连跑了几家，几家勉强同意卖给他一两只黑山羊。

都道这一次回村，惊动了老黑山的彝民。有人说，这回倒要看看，都道草达这只烂苍蝇到底有多少脓血，他那些钱是哪里弄来的，说不定明天公安局来抓他，事情就泡汤了！不过，这个背时儿子这回是有点人样了，钱是先垫出来的，不像是哄人吃的样子。

施咪村的人对他又信又疑。

第二天一大早，都道来拉羊子了。几只羊咩咩咩地叫着。他真的要把羊子拉到城里去卖。

他来到舒代家，进门就问：“爷爷，想好了没有？答应我就去拉。”

“你老表同意了。你去拉就是，瞧着哪只拉哪只。你把羊子卖了以后等人家杀了羊，把羊皮拿回来给我。”舒代说。

“爷爷，羊子都卖给人家了，就不能把羊皮要回来了！又不是村子里杀羊，羊皮要送回给主人做羊皮褂穿！”

“阿么么，养一回羊，连张羊皮都不得，有什么意思！”

“爷爷，人家吃羊不兴剥皮，把毛打整干净连皮吃，你去哪儿找羊皮？你要嘛，我去其他村找一张给你。像你这样要法，以后在外头莫要这样说，人家会笑话你呢。”

都道吆喝着羊子走了。施咪村的人们在惊喜中度过了几天，议论中有人后悔自家怎么不多卖几只。人们也是奇怪，都道在眼前时怀疑他，他走后又后悔。

一个星期后，都道又回来了。都道还是那种样子，不过，施咪村的人不觉得他像漂汤油了，反倒觉得他有些本事。

这一回有人主动去问他了。有人要卖三只，有人要卖五只，有人要卖十只。都道说：“这一回身上没有那么多钱，要卖羊只能先得一部分钱了。”

有人又怀疑了，都道毕竟是草达，这回露出本性来了，要小心才是，要不然羊肉吃不着惹得一身羊膻臭，才不划算呢！他们坚持给足钱才卖羊。

舒代却要卖十只，这一下他家由穷叮当的人家变成响当当的人家了！反正都道一星期就回来了，那时他家的钱最多。

都道不止说了一遍的话是：“可惜我不会整羊肉卖，那才叫卖钱呢！再过一久，我要在施咪村设收购站，省得三天两头往外跑，坐着发羊财才好呢！”

老水牛的角生来就弯溜溜的，哪个也扳不直；草达的本性滥兮兮的，谁想到会变了呢？又是一个星期后，都道真的把钱算给了施咪村的人。几个老爷爷猜想，这草达的钱怕是有几背篓了！

有人动了心肠，想这草达还真有点本事，不要瞧他过去那种滥样子，这回是有个人样了。有的人家想把姑娘嫁给他，便找人去试探都道想不想说媳妇了，如果想就帮他去说。

岂知都道手杆摆得像羊抽风，连说：“整不成，整不成，施咪村的伙子只晓得在本村说媳妇，我要来个兔子不吃窝边草，到外头说一个。”

几个人起哄说：“你是不是要去上门？”

“上门也是可以的。不过嘛，外地的姑娘怎么就做不得我的媳妇，哪有这样怪的道理！”

过了几天，都道走了。

半月后，草达都道带了个姑娘回来。几个老人猜想是他媳妇，他也不否认。瞧那姑娘也长得怪麻利的，精灵得很。听说是汉族，都道在外头做羊生意全靠这姑娘支撑着呢。

这个都道也是，老黑山彝村有那么多彝族姑娘他偏不找。有人气不过，去质问他，他只是笑笑。都道的爹娘也是一肚子火气，不过也没办法。都道现在算是见过世面的人了。老辈人们尽管心里老在嘀嘀咕咕，可买卖的事他们还扎实信任他呢，羊财还是发了不少。

达布想起女儿，就会想起都道这个亲家。想当初，他也不想把女儿许给他家的。这个草达的故事他听得耳朵里差点儿起了老茧，一想起就来气。布期这个背时姑娘也是，像是被鬼牵了，非都道的儿子道召不嫁。他只好答应了。

刚嫁出去的头两年，小两口每年都回来拜年的。可是后来，他俩就来个老将不会面，几年都不回来看他们一眼。

“唉，亲家这个草达，真是个草达，儿子想不起拜年的事，你作为老人应该想得起。亲家母是汉族，不懂彝族拜年的礼数，你都道该知道嘛！你讨个汉族媳妇不用拜年，可你跟你爹娘去给外公外婆拜过年啊！”

想着想着，达布走进了自家堂屋里。布期和道召站起来，向他打了招呼。他示意他们坐下来，然后说：“今年有空了，还想得起回来拜年？”

“今年我们想在家多待上几天。”布期说。

达布瞅了瞅靠在供桌一边的篮子，说：“回来就好，回来就好，家里什么都不缺，以后你们不要带东西回来了。”

布期笑着说：“阿爸，我们也没带什么，就一盒饭、一瓶酒，还有一条腊肉。”

这时，沙妮走了进来，手里端着一箩筛瓜子。她一进来，就把瓜子抓给她们，然后“召务、召务”地唤。

召务是她的外孙，此时正和他的舅舅布扎在院子里闹得欢。召务气喘着跑了进来，沙妮给了他一大把糖。

布扎也跟着进来了。达布说：“布扎，你和你姐夫杀两只鸡煮着，再煮一个猪肘子。我去邀请客人，晚上我们请客。我吃了人家多少年的拜年饭，这回我家也该请人家一回了。”

一家人忙了一个下午，做出了五桌饭菜。村里的亲戚来了，问长问短的，问得更多的是布期家两口子出去打工，召务这娃儿和他爷爷奶奶在一起，隔得住吗？

那涛村这些年没有人出去打工，所以他们喜欢问这个问题。有人叹息说，出去打工，可怜的还是娃儿，一年就只见得着爹妈几天，他外公外婆是几年都没见着他了。

吃过了晚饭，客人陆续走了，一家人移到火塘边坐着。

达布抽着烟，似乎在养神。

布期说：“阿爸，家里头宽裕的话，借点钱给我们。”

达布说：“你们借钱整什么？你们的鼻子好灵啊，闻见油腥气了！”

布期说：“听说州政府奖给你二十万，整个老黑山都晓得这件事了。”

达布说：“你们出去打工这么多年，还要借钱整什么？”

布期说：“我们想盖新房。手头还差点钱。”

达布说：“你们要借多少？”

布期说：“我们还差五万，阿爸，你有的话多给点，少的话就少给点。”

达布说：“这钱说直了也不是我一个人的，老祖宗留下来的东西，我交给了国家，政府给我这点奖励，一下子用掉恐怕不好。”

坐在火塘边的沙妮发话了：“娃他爸，我们这些做父母的，苦死累活还不是为了儿孙。五万就五万，莫说借，给她们就是了。”

布扎和道召一排坐在达布旁边。布扎说：“阿姐、姐夫，本来人家药厂已经找上门来了，说给两套房子，家里人全部到厂里上班，条件是把药方给他们，可阿爸他不答应。要不然，阿姐你们在省城打工也就不用租房子了，召务也可以带着去，我们也可以去城里上班，免得在老黑山这山旮旯里待着。”

达布深深地吸了口烟，慢慢吐出烟雾，然后缓缓地说：“是啊，要是我答应了那家药厂，我们也就不用为建房子发愁了。有人说我当毕摩当傻了，我笑笑，在老黑山彝村，哪能说毕摩傻了的话！我是这样考虑，我这样的毕摩，去了药厂能干什么？毕摩一进城，说话都不灵。这样吧，明天，布扎你带上你姐夫，去乡上信用社，取五万给你姐夫，就不要说借不借的事了。”

布期有些过意不去，说：“阿爸，这钱，我们出去打工，三四年后一定还给你。我嫁出去好多年了，哪里还能拿老人的钱！”

达布说：“你们真傻呀！你们听说过老黑山有哪一个毕摩穷得连日子都过不下去？我不缺钱！可我也没多少钱！我在想，你弟弟该成家了，余下那点钱，我们拿来盖一幢洋房，来个住房大变样！”

布扎说：“阿爸，我不想盖房子，媳妇我在外边谈了一个，她也愿意嫁到那涛村来。那涛村这几年日子好过，出去打工的人少，我在乡街子上做生意，租房子也不是长远的事，我在乡街子上看中一个铺面，想把它买下来。”

达布问：“你做生意做上瘾了，难怪让你跟我学做毕摩，你就是不学。买铺面要多少钱？”

布扎说：“十八万。”

达布说：“我这就把存折给你，明天取五万给你姐家后，余下的十五万就归你了，不够三万自己去想办法。想起来也真是，好人难做，毕摩难当，村里要建那涛新村，统一盖洋房，房子盖好再交钱，看来我只有拖后腿了。”

沙妮有些忧虑地说：“布扎呀，这钱是用经书和药方子换来的，这么一大笔钱你要用好掉。我说，要盖新房，把钱用在这里把稳些，铺面的事，以后也可以再想办法嘛。”

达布说：“这经书和药方子的事，我是考虑过的。为了我们自家，我可以不交出去，也可以靠这个苦几文小钱。现在村委会有了卫生室，好些病根本不需要我来医治。他们去卫生室更省事，打几针了事，或者就着开水吃几次药就行。我采的药，一副得弄几天，还得用瓦罐煨，多麻烦！再说那个‘尼莫诺期’，虽说是家传秘方，可在老黑山，两三年才碰上一个病人，但是在这人世间，有这种病的人恐怕成千上万。安土司的后人来整这个方子，整好了能方便多少病人！这才是我们家世世代代送给世人的好东西，我这是在积阴德，为我家积阴德，为老黑山积阴德！以后老黑山更好，我们的日子才会更好！”

沙妮见召务打瞌睡了，说：“召务瞌睡来了，都歇去吧！”

达布像是想起什么似的，说：“对了，明天是狗过年，要煮点米饭，煮块腊肉，供了祖宗后，让狗先吃。”

召务突然来了精神，好奇地问：“外公，狗过年？狗怎么过年？”

达布说：“在老黑山彝族村寨里，腊月三十开年门，整个正月都过年，山神过年，祖宗过年，我们人过年，和我们人一样辛苦的狗、牛、马也要过年，二月初一关年门，这年才算过完。”

召务问：“我还是不懂，狗怎么过年？”

达布说：“就是狗过年这一天，饭菜要先供祖宗，然后再起一份给狗吃，随后我们才能吃。也就是说，狗和我们吃得一样好。”

召务说：“晓得了，牛马又怎么过年呢？”

达布说：“也是一样的，先敬了祖宗。牛马不吃饭菜，就给它们吃最好的草料，随后我们人才能吃饭。它们和人一样，苦了一年，应该让它们过一次年。噢，对了，后天是娃娃过年，我明天得准备准备。召务，后天你跟外公去玩，山上好玩得很。”

达布又对布扎说：“布扎，明天记得去和自多组长说一声，让他通知各家各户，后天娃娃过年，让孩子们都来参加。”

布期伸手来拉召务，说：“召务，走，睡去了，睡晚了瞧不着狗过年，也赶不着娃娃过年的。这些，在我们施咪村见不着了。”

第二天中午，达布在院子里为召务制造武器。他把一根木棍削了，在木棍尖上插上苞谷芯，编了草穗系上。召务问：“外公，这个用来干什么？”

达布说：“明天你用它同鬼怪打仗。”

召务问：“外公，我们用这个能打赢吗？”

达布说：“有外公指挥，你们一定打得赢。打赢了还有好东西吃。”

这天晚上，召务兴奋到半夜才睡着。

待到布期喊他起来，他还没有睡够。布期说：“懒虫，快起来，你外公要走了。”

召务一骨碌翻起来，急忙跑到堂屋里，拿起那杆枪对达布说：“外公，走吧！”

达布笑着说："洗脸去吧！哪有脏兮兮的去过年的。"

召务洗过了脸，达布拎上召务的吃的，牵上他的手走了。

他们来到了村西边的一块荒地上。召务看见许多小伙伴聚在这里，有的拿着外公给他做的那样的枪，有的拿着木棍制成的刀子，真的像打仗的样子。伙伴们都穿着新衣服，很高兴的样子。大人们在一旁歇着，抽烟聊天。

见达布来了，有位家长说："达布大叔，开始得了，娃娃们等不得了。"

达布说："你们大人领娃娃们搭一间小茅屋，我扎一个鬼怪草偶。"

一切准备就绪，达布让一位家长充当鬼怪的管家。达布又选了一个孩子当代表，教了孩子几句话。孩子走向前，向管家大声喝道："你这个鬼蜮的神君，本来应该造福我们人间，可是你们却四处乱放病毒，让我们无法忍受。今天我问你：从今以后，你那些鬼怪们还敢不敢散布中风、伤寒？还敢不敢飞播天花、麻疹？还敢不敢流传感冒、咳嗽？如果还敢的话，我们人间的孩子就要誓师讨伐你们了。"

管家回答说："不敢了，再也不敢了，以前有过的那些事，不会再有了。"管家把他们的"宫殿"——那间小茅屋交给孩子们。之后，管家偷偷朝小茅屋放了一把火，慌忙逃去。

孩子们看见火起，挥舞刀枪冲上去，一起把火扑灭，算是打了胜仗。

达布拿着一只白色公鸡、一把竹扫把和一双烂草鞋，在孩子周围绕了一圈，然后将鸡杀了，取鸡头、鸡翅和鸡脚连同烂草鞋等挂在竹扫把上，把竹扫把插在朝向鬼蜮的路上，口里大声警告："可恶的鬼怪们，你们不得再来伤害孩子，否则就让你们像鸡一样不得好死！"

仪式完了，孩子们围着在一起开庆功宴，品尝各家各户带来的美食。

太阳落山，活动结束，娃娃的年算是过完了。

达布和召务走在回家的路上。召务说："外公，要是天天这样过年就好了。"

达布说："天天过年的事，你们以后会有的，祖宗保佑你们。"

召务说："那外公你天天祷告吧，让我们天天过年。"

达布说："神灵和先祖会保佑你们的。不过，神灵和先祖不会把米饭和鸡肉送到你们碗里，要过好日子，还得靠自己的脑子和双手。"

召务："哦，是这种道理，我还是有些不明白。"

两人又说了些别的话，不知不觉回到了家中。

三个灵魂

沙由的妻子可觉来到达布家，邀请达布一家第二天中午去她家吃饭。

达布一家团圆了，村里的亲戚该表示表示，尤其是像布期这样嫁出去的人回来拜年的时候。

达布问：“他舅舅哪里去了？”

可觉说：“也不知道在哪家，反正在村里喝酒呢。”

沙妮说：“我哥这个人呐，天天都在醉着。他不知道日子过到哪天了，也不知道喝酒喝到了哪家。只要有酒喝，他什么也不管！”

达布对可觉说：“不如这样吧，客就莫请了，你们娃儿也不在家，他舅舅酒醉不能做事，你一个人也忙不过来，不如并过来我们这儿一起吃了！”

沙妮也说：“请客忙一天，盖房忙三年，娶个媳妇忙十年。你也莫客气了，明早差不多你就过来吧！”

可觉说："家里也不缺什么，正好侄儿侄女也难得回来一趟，吃好吃丑到我家吃一顿吧！"

达布看她很恳切的样子，就答应了，说："明早我叫布扎他们过去帮忙。"

看着可觉离开的背影，沙妮叹了口气，说："唉，我哥这个人，天天这样醉着，也成了个草达了！"

达布说："他舅舅良心倒不坏，可是这样醉着，不管事，不干事，麻烦了。"

沙妮说："明天你好好劝他几句吧，这样下去真不成样子了！"

达布有些为难地说："这样恐怕不好吧。如果我像他那样整天醉酒不做事，布扎他们可以请沙由舅舅来教育我一通，或者是揍我一顿。我只是他们孩子的姑父，不适合去说他的。再说了，我们都是当爷爷的人了，放不下这块老脸。"

沙妮说："厚脸皮就没办法，拿刀刮都不过分。明天好好劝他几句，给他讲讲道理。"

达布说："那我只能试试看了。"

第二天中午，大家正在吃午饭，沙由起床了，脸也不洗，走过来坐下，与他们一起吃饭。

沙由的头发乱蓬蓬的，双眼半睁半闭，好像没睡够。

布扎给他倒了酒。他接过酒碗，手有些抖。

布扎说："舅舅，昨天到哪家喝酒去了，喝到鸡叫三遍才摸着回来。”

沙由抖着手，端起酒碗，喝了一口酒，手停止了抖动，说：“这正月里来过大年，这家喝到那家，一天要喝好几场，记不得在哪家了。”

布扎说：“舅舅，你以后少喝点啊，年岁不饶人，身体吃不消啊！”

沙由不以为然，说：“酒醉英雄，饭胀怂鬼。来来来，过年就是要喝酒，不喝酒不叫过年！”

达布说：“话是人说的，酒也是人喝的。他舅，你再这样喝下去，不是我吓唬你，你可能要出事的。”

沙由说：“妹夫，大过年的，莫说这些不吉利的话，我会出什么事？”

达布说：“话不说重些你不会听。你这样喝下去，你的灵魂就昏乱了，以后死了，去哪里都找不着路了，成了野鬼，后人不祭，祖宗不管，怪可怜的。”

“那我请你们毕摩来念念《指路经》不就行了嘛！”

“哪有这么便宜的事？活着的时候不清清醒醒，死后肯定是糊里糊涂的。这种人的路毕摩指不了，指了也白指。”

“那还要你们毕摩做什么？”

“各人的路各人走。你呀，在家里也算是个老人了，应该明白做人的道理。我们人有三个灵魂，死了以后，一个要去祖界那里享福；一个要去坟山里守坟地，守一百年后再转世；一个要留在家里守灵位，世代护佑后人。一个人不好好做人，没脸去见祖先，祖先也不想收留，他没有本事守坟地，更没有能力保佑后人。所以，活着的时候，就要上对得起祖先，中对得起自己，下对得起后代。人活着是什么样子，死了也还是那种样子。活着的时候醉得东南西北分不清，死了就变成一个四处游荡的野鬼，去不了祖界，认不清坟地，回不了家堂。”

“人们的祖界在哪里呀？”

“在洛尼山。”

“那里有什么好啊？”

“你想有多好就有多好，那是我们列祖列宗相聚一堂的地方。那里土地肥沃，草儿茂盛，羊多牛壮，粮食堆满仓；花椒核桃遍山岗，一年四季暖洋洋。地里栽种的苞谷，顶上结的是稻谷，腰间挂的是苞谷，根底埋的是洋芋；山地边上长着蒿枝，蒿枝上结的是花椒。山顶上有草场，一年四季绿茵茵，正好放牛羊；山崖上有蜜蜂，蜂蜜多得采不完；村子里淌着一股清泉，接到桶里就是酒。在那里生活没忧愁，自己的事情做不完，自然就会有人帮。这洛尼山就是汉人说的仙界和天堂。去不了祖界，就说不上是过了好日子。”

沙由问：“该去祖界的灵魂，去不了祖界该咋办？”

达布说：“还能咋办？去不了祖界那就变成野鬼，野鬼死后变成屎壳郎，屎壳郎死后变成蒿节，蒿节死后变成草木灰，草木灰死后变成粮食，粮食死后变成生育神灵，生育神灵变化后才变成人。”

沙由说：“这样也是要几百年啊！”

达布说："所以啊，变成野鬼惨得很呐。"

沙由说："妹夫，你说的祖界就是好。比如我提上一只桶到那依河取水，取到的就是酒。那就是说，在祖界，好酒喝不完。"

布扎说："舅舅，三句话不离酒啊，来来来，喝上一口。"

沙由喝了口酒，又说："妹夫，你说了半天，也没教我怎么做。"

达布说："说直接点，我们做事情，上要对得起老人，中要对得起媳妇和自己，下要对得起儿女，这样才成个样子。"

沙由说："这个我做到了，以后我不会变成野鬼了。"

达布说："他舅，你一点也没做到。你整天晕乎乎的，忘记了自己该做什么。你这样醉着，哪里对得起老人，对得起媳妇和自己，对得起儿女？！"

沙由说："是儿女对不起我。儿子出去打工，几年不回家一趟，把小孙子也带着去了。偶尔打个电话回来，就是说钱紧，还要我们带钱给他们。女儿嫁出去了，几年都不兴回来拜年，照面也不打一个。我辛辛苦苦养他们一场，到头来还是我欠他们。"

达布说："不是谁欠谁的问题。你想过没有？你如果清清醒醒的，儿女们会那样做吗？他们在你身边没法待了，才出去的。村里有几个人去打工了？你得改一改了，这样下去，你的身体不行了，是自己糟蹋自己，也是害儿害女呀！"

沙妮说："大哥，儿孙自有儿孙福，犯不着为娃儿的一点事就拿酒来灌自己。你清清醒醒的，儿孙也高兴，这才是为他们造福啊！以后少喝点。娃儿的事情，我们也帮你说说，我劝侄儿让他们回来，也劝侄女多回来看看你们，但你不能这样下去了。”

“今天在我家喝酒，就莫再说酒的事了，来来来，吃菜吃菜！”沙由似乎醒了一点，想转移话题。

达布想，过几天得给沙由配上几服药，嘱他服药期间忌酒，这样下去可能会好转一点。但愿他以后不再晕乎乎的了，以后他那三个灵魂，能够顺利走上归途。

搬　家

邱索家要搬家了，他家要搬到那涛新村的洋房里去。

邱索从来没有想到过，他这辈子能住上洋房。老话说搬家不容易，实际上说的是盖房子不容易。在那涛村，没有哪家能代代都盖得起新房子。

邱索家现在住的土掌房，是他父亲在二十年前盖的。那时候，邱索的父亲有的是力气，备了一些木料，请了几个人，忙了一个冬天，又接着忙了一个春季，大部分活儿就完了。当然了，那个时候盖房子也要有一点钱的，总不能让帮忙的人没吃的。邱索的父亲是个木匠，但一个人没办法，请了三个帮手。他家得付工钱给那三个帮手，每天还要供给人家一人一包烟，一天三顿好饭菜是少不了的。邱索的父亲是个有头脑的人，也才盖得起这房子。如今看着这老屋，邱索又高兴又气恼：高兴的是，他们邱家过去在村子里还算是上等人家；气恼的是，别的人家前前后后都盖了新房子，他家没盖起来。他家搞的是老房子翻新，换了些木料和泥土，内墙抹了石灰，也还算有些亮堂。不过明眼人一看就知道是马屎外面光，就那么回事。时间过得真快，邱索自己已是四十老几的人了，儿子索拉已经二十出头。

前年中秋节前夕，索拉在萨珠村谈上了对象，还带了回来。这女娃儿看着也倒顺眼，只是无意间和索拉说了句这房子看起来有些年头了的话，邱索听了心里一怔，想这女娃儿分明是嫌他家穷了。索拉后来对他说："阿爸，今年冬月我们盖新房吧！"

邱索何尝不想盖新房，只是他家的钱不够。这几年，他省吃俭用好不容易才攒下两万多块钱。这两万块钱是打算用来给儿子娶媳妇的，要是拿去盖了房子，娶媳妇的钱就没有了。邱索对索拉说："盖房子？没钱啊！以后再说吧！"

索拉说："你去信用社贷点，再跟亲戚朋友借点不就行了！"

邱索说："这样吧，我试试看。到冬月里再看，钱够了就盖。"

儿子不再说什么，可这借钱的事情就成了邱索这几个月的大事。

钱实在不好借。他走了好几家亲戚，人家也有人家的难处。有几家答应借点，可全部加起来也不到一万块！一万块钱能盖什么房子？盖土木结构的呢，老黑山上能做木料的树不准砍了，去外地也难买得到木料。盖洋房呢，钢筋、水泥、砂子、红砖也要一大笔钱，还有工钱呢？他最后死了心，不盖了，过几年再说。

春节时候，儿子又说要盖房子。这回两父子还吵了架。

邱索说：“房子盖不成，钱不够。”

儿子说：“你就不想想办法，有几家人是钱攒够了才盖房子的？”

邱索说：“你说得倒轻松，想借就借得到，想贷就贷得着？”

儿子说：“阿爸，你呀，脑子是有些跟不上了，信用社那里你不去跑跑？”

邱索说：“我跑过了，办不成，要有担保的。”

儿子说：“你要找人家的头头才行。你去那个营业室问人家工作人员，怎么可能把事办成？担保嘛，你找一家亲戚就行了。”

儿子说罢，从裤包里掏出一沓钱来，说：“阿爸，这里有五千块，你拿去做活动费，该送人家就送人家，该买好烟好酒就买，该请吃饭就请吃饭，只要有个八九万就可以了。”

邱索说：“这种事我办不来，要办你自己办去。”

索拉生气了，说：“这房子不盖就算了，以后我和女朋友结了婚，去哪里住？”

邱索也不再说什么，他低着头，把旱烟锅咂得啵啵响。

第二天一大早，儿子起身走了，他要去邻村帮忙，虽然工钱不高，可一年也能够拿五六千块钱回来，儿子是省了又省的。即使儿子和他一起在地里干活，一年下来也才有六千多块钱。这点钱也不是什么纯收入，买点米，再扣掉种子、化肥、农药钱，过过年，做上几场客，日子也是紧掐紧的，最后也只会剩五六百块钱了。现在儿子去邻村打短工，虽然自己苦了些，可儿子一年拿回来的钱是硬邦邦的。儿子打短工确实要比在家里干活强多了！

邱索没有责骂儿子。他知道给儿子盖新房讨媳妇是分内事，怨不得谁的。哪家都是这样，祖祖辈辈都是这样的。村子里有的人家的儿子有本事，自己苦钱盖房子讨媳妇，这种人家少得很。乡亲们说，这种人家有福气，娃儿成器，八成是祖坟冒烟了。

儿子一走，他也忙起活来了，他赶着毛驴去老黑山上打柴。

这天，他刚卸下驮子，自多组长和达布毕摩来了。自多笑着对他说："邱索，回来得早啊！"

"不早了，不早了。"邱索应着。

达布说："邱索，我们想找你商量个事情。"

邱索觉得有些奇怪。他心里琢磨，可能又是一家人捐什么款出个义务工什么的事情了，要不就是达布这个人有什么歪主意，拉上自多组长来帮着说话。这个达布毕摩他是知道的，当年他爹吉达为了逃避劳改跑进老黑山躲起来，他呢，当了一届村委会主任后就跟着他爹学那些装神弄鬼的事。现在村里的小年轻们都在背后说达布毕摩不是一般的狡猾，而是大大的狡猾。

他想，要是这达布毕摩来说事，他得提防着点，要不然干出那种被人家卖了还帮人家数钱的事情来就太不划算了。不过，人家毕竟找着来了，还是请到家里坐坐。

达布坐下来就对他说开了："邱索老表啊，今年还种烤烟吧！"邱索答应说种。

达布说："我有个想法，我们成立一个合作社，把全村的地都并在一起来种，搞成一片，集中管理，这样，技术有保证，也节省劳动力和资金。"

邱索一想，这种合作社的事情，以前不是搞过了么，搞了几十年，连肚子都弄不饱，这肯定是个歪主意。他说："人都散了，各家搞各家的，一下子又并拢，怕是搞不起来。"

达布说："邱索老表，你这想法不奇怪。但是，把地并拢不是收回土地，也不是要你像过去生产队时一样去干活。我们合作社一成立，你就像个工人了。你在地里干活，我们合作社是要开工资的。还有，以后我们种土豆种萝卜，不像现在你这种种法，什么都要干，我们只要你干你干得最好的那一两样。你的地交给合作社来种，年底我们扣了人工工资后，留一点公积金，其他的都要分红给你。"

"这么说，是土地又要收回去了？"邱索不解地问。

自多组长说："土地是你的，你只是以土地入社，土地由合作社组织人来种，当然你也可以参加种的。到年底土地可以分红，你参加社里的劳动，还发工时费给你的。这样一来，你工作不是像工人一样了吗？"

“我们干活是不是像生产队时候，记工分分钱？”邱索问。

达布说：“不是那样的。生产队时候，分工不细，有人磨洋工还拿高工分，我们现在种地不这样干。邱索你也知道，我们现在种土豆种萝卜，一块地收入多少我们清楚得很，到时候你来干活，你到底干了多少很好计算。干多少活拿多少钱，谁也打不了马虎眼。工钱先记好账，土豆、萝卜一卖了就兑付了。土地的分红，要等到年底，工钱全部结完，留足公积金后就分得到了。”

自多组长说：“我看邱叔你好好考虑一下，再过个把月收了小春，我们就要铺地肥，你打算入社的话，就想好了。对了，要是你入了社，你还真有些像工人了，平时挣些工钱，年底有分红。这样一来，你说不定还比你家那个出去打短工的儿子强。你入了社，只要出劳力就行，别的不用你操心。”

邱索说：“你们说得倒好，可我还是要考虑考虑再说。”

达布说：“你早点决定啊，不然社里不好铺地肥。”

两人抽了几支烟，走了。

邱索媳妇见他们两人走了，对邱索说：“娃娃他爹，这两人说得倒好听得很，他们怕是打着什么鬼主意呢！”

邱索说：“这事得琢磨琢磨，不然以后吃了大亏就来不及了。”

过了半个月，乡里派了一辆大客车来，说带他们去外县参观。邱索和村里的伙伴们一起去了。他们来到了一个村里，看到了一大片连片种下的土豆。人家也是搞合作社，听说小春也由合作社来种，也是分红。邱索跑到村里，问过一个年纪比他大一点的人，心里就明白了。看来这合作社确实好呢，收入也还可以，更好的是，活路没有以前苦了。

回到家后，邱索给儿子打电话，说要把土地拿去入社。儿子说："你们怎么办都行，实在不想种了，荒着也行。我家那几亩地，再种几代人也种不出什么名堂来。想发财，就不要在自家土地上边转了。你看我家种了那么多年，可还是连房子都盖不起来。"

邱索听了，心里有些难过。心想，这背时儿子，才出去打短工没几天，就这样瞧不起种自家地的。这回老子把土地入了社，也像他那样给社里打工，家里就让他娘多养几头猪、几只鸡，一年下来说不准比以前要强得多呢。

邱索就这样入了社。他去社里干活，社里给他的工钱够他买一家人吃的大米了，日常生活也还过得去。他认为这合作社里的零工真的好打，这比自己独家种自己的地要轻松多了。自己种自家的地，忙起来的时候常常忙到夜半三更的，早上起来腰酸腿疼无可奈何。现在用不着样样活都自己去做了，夜晚睡得够，也睡得香甜。

一转眼就到了年底，自多通知他们去社里分红，邱索分得了五千一百块钱。达布问他："老邱，你去年种地苦了多少钱？"

邱索说："五千多一点。"

达布笑着说："那你是倒贴了？"

邱索说："说不得，说不得，我赚了。你看我一不买化肥，二不贴农药，我自己种，哪个鬼老儿会开给我工钱。这五千多，听着少一点，可我只是用土地入社，就得到了，真是想都想不到的。"

过了几天，达布和自多又来了，说是要盖那涛新村，全村统一建盖洋房，两层一院，一个洗澡室。钱呢主要是自己出，实在没钱的，由合作社担保向信用社贷一点。邱索也很想盖，一打听说要十万左右，就有点犯难。他想，家里只拿得出三万多，还要六万多才够呢。达布问他想不想盖，他说："想啊，可是钱不够。"

达布问："不够多大点？"

邱索说："六万左右。"

达布说："差得不多，这事好办。合作社给你担保，信用社给你贷款就行，前提是你贷款没还清前不能出社。"

邱索说："我不会退出合作社的。"

建筑队开进村来，两个多月后，房子就盖好了。

邱索对搬家是有准备的，他早就安排他媳妇养了好几只鸡和一头肥猪，要在搬家前一天宰杀了，好在搬家那天款待亲朋好友。

邱索请达布选定了日子，打电话告诉儿子，要他到时候把女朋友也带回来。索拉不相信，说："阿爸，家里是不是有急事，你才编一个谎话来哄我，有什么事直说得了，我能回来就回来。"

邱索这下子认真起来，吼着说：“背时儿子，老子哪个时候哄过你了！到时候你回来瞧，哄着你，我反过来喊你阿爸得了！”索拉一下子被吓住了，忙说：“好吧，好吧，我到时候回来。”

索拉是不相信的。两年多一点的时间会有那么多的变化，说一百遍他都不相信。有一天休息了，他打电话问同村的伙伴。那伙伴说这是真的，他才相信了。

他想：“怎么回去呢？带上女友吧。”女友经他一劝说，也就跟他走了。

说是不回来的，现在终于回来了。索拉子进了洋房，连连叹道：“真像做梦一样，房子说有就有了！”

晚上，送走了亲朋好友，一家人坐在一起拉家常。索拉问邱索：“入了社干活能拿多少钱？”邱索说：“六七千块那个样子，够家里用了。”

索拉想了一会，说：“阿爸，我不走了，我就在村里干。这房子钱吧，我们一年能还个万把块，三五年就还清了！”

第二天一大早，索拉表现出要走的样子。邱索对索拉说：“你们有事就去吧！”

索拉说：“我们这就去办结婚登记手续，以后我们就在合作社里做工，不跑远了。我们觉得还是在家里好。”

“你们去吧！以后的事以后再说！”邱索目送他们出了门。

他媳妇在一旁自言自语：“这家搬得好啊，把儿子和儿子媳妇都从外面搬回来了！”

邱索拿了把砍刀，对媳妇说：“你收拾收拾新家吧，我去老房子那里修修鸡圈、猪圈，以后社里的活给娃儿们去干，我们养养鸡猪，也发一笔小财吧！”

他媳妇说，你随便整一下就行了，以后村里还要统一盖新式猪圈呢。

邱索笑了。他想，过不了多久，连他家的鸡猪都要搬新家了，这一两年呀，新事喜事真是多得让人想不到，连达布毕摩也来想村民们住新房子的事，这日子是越来越有奔头了。

邱索家搬了家，达布也就碰上了头疼的事了。他也想去新村那里盖新房子。可眼下呢，布扎明摆着不肯回来，钱也让他们姐妹拿去了，他去盖洋房，欠债太多。不盖吧，以后，自己在这片老房子之中，成了独门独户。

他一时没了主意。

安教授

安土司的后代安向东回老黑山来了。

支义给达布打电话，要他和自多半个多小时后去那涛村的公房那里等着。他们差不多要到了。

达布在电话里说："你们去招呼吧，我就免了。"

支义说："这是上头的意思，要你参加一下。你家过去是安土司家的专职毕摩，说不定这个安土司的孙子有问题要问你。"

达布说："那好吧，等会我们在公房那里会合。"

那涛村的公房，实际上是安土司家的旧房子。那是一座很大的房子，从正大门进去，是安土司家的府衙。院子的地板是用石头铺的，两边是厢房。正房是安土司的议事大厅。正房两边各有两道门，连通后面的院子。后院是土司家人居住的地方，是一个四合院。两层楼的瓦房，房间前有过道连通，楼板是木板。过道的护栏雕了些花鸟，上了朱红的油漆，好些年都还亮亮的。这些，达布有些印象。这些房子解放后成了生产队的公房，堆放粮食和农具，生产队有时也在这里开会。

有一次达布的爷爷索吉领他到公房里，来到后院，指着左侧一楼一间屋子说："这是我以前在安家住的地方。"达布有些不解，问："怎么要来安家住呢？"索吉说："我到安土司家当毕摩，吃住都在他家。我家给他家当毕摩，是给他家服劳役，得听他家的，一个月只能回家一两天。"

这些房子尽管很牢靠，却因年久无人修葺，后院的房子大多倒塌，只有些断墙了。前院府衙保存得还好。前几年还有人家在里面办喜事。这回安土司的后代回来，肯定是先要看看他的先辈们生活的老宅。

达布想，这个安土司的后代，不会是回来看一眼就走吧！就他知道的情况，有些远走他乡谋生安家的人，到死都不会忘记故乡的。大多数的情况是，趁着还走得动，回故乡看一次，随后就再也不回来了。

来了三辆小汽车，直接开到了公房前。一群人簇拥着一个戴着金丝眼镜的人向着公房这边走来。那人头发已经全白了，整齐地向后梳了个大背头。从走路的样子看不算老。待那人走近了，达布细细看了看：浓密的眉毛，坚挺的鼻梁，高颧骨，厚嘴唇，白皙的脸，轮廓完全是彝族人的模样。

达布、支义和自多迎了过去。有人向他们介绍说，这位就是安教授。接着又把他们介绍给安教授，介绍到达布时，安教授有些兴奋地说："那涛村还有毕摩，那就好了，应该是索吉毕摩的孙子吧。”安教授握着他的手，顿了顿才松开。

李乡长伸手向前示意，说：“安教授，到前面土司府里面看看吧。”

安教授定了定身子，抬头看了看大门，自言自语地说：“父亲离开这里已近七十年了，这房子还在，也好也好！当年父亲离开时写的对子也应该是贴在这道门上！唉，那几年，父亲念念不忘老黑山，想回来看一看，可是一直未能如愿。今天我来了他的心愿。回去的时候，我再带一抔泥土回去，放置在他的墓穴里，他也该安息了。”

大伙陪着安教授走进去，自多向他介绍着每处房屋的功用。到后院时，他望着那些断壁残垣，半晌也没说一句话。出了院子，他说他想去看看他爷爷奶奶的坟墓。自多说：“安李奶奶的坟墓好找，只是安爷爷的坟，我们也不知道在哪儿。”

李乡长问达布：“达布毕摩，你知道安土司的坟墓在哪儿吗？”

达布说：“我知道，那年我爷爷带我上山拾菌子时指给我看过。我爷爷说，土司家坟山过去是有人看守的，外人一般不得进去。爷爷说，一位土司辞世了，会造十座坟，只有一座是真坟。这十座坟，一般人是看不出来哪座是真哪座是假。况且土司们的坟大都只有碑，没有碑文。坟的前面都造了个水池，雨水天会积下一些水。这大概是为了防止坟山着火吧。我爷爷知道，是因为爷爷为安土司选的墓地。安李奶奶的坟墓大家都知道，是因为她去世时，是生产队给她料理的后事。”

安教授执意要去看看。问达布："我这就去看，有什么礼数吗？"

达布说："你这是你一次来，按我们的说法，安家这么一去七十年，这次回来，至少也得去上上香。香嘛，我家里面有。你得杀两只鸡祭祀一下，算是把香火续下来。当然了，要讲大礼数的话，就更复杂一些。"

安教授说："那就搞简单一点吧！自多组长，你去帮我买两只鸡吧！"

自多说声"好吧"，就去了村子里。过了一刻钟，他抱了两只鸡来。他对达布说："达布叔叔，你陪安教授上山，我在这里组织人煮晚饭，今晚大家就在公房里吃一顿。晚上天黑了让客人们住在村子里。"

达布说："安教授，我回去一趟就来。"达布回去取了几个碗，一把香，一瓶酒，放在一个小竹篓里背了出来。

上山路上，安教授问起达布家的情况来。说到布扎的情况时，安教授说："这娃儿啊，既不出去读大学，又不回来学毕摩，去做小生意，可惜了。"

达布说："这个娃儿呀，他有他的想法，他觉得当毕摩没出息，很划不来。我也没办法，在外招了个徒弟，遵了'祖传巫师职业不得失传'的古训，但也破了祖上'毕摩传里不传外'的规矩。好些东西要失传了，毕摩作毕没以前灵了，相信毕摩的人也渐渐少了。"

达布领着安教授走在林间。那是一段上坡路，安教授不一会儿就走热了，额头上的汗珠掉了下来，打湿了他的眼镜。他停下来，掏出纸巾擦干净，又掏出手帕擦了擦汗。

阳光从树上枝叶间投下来，在地上呈现出斑驳的影子。蝉在不远处的树上鸣叫着，声音有些刺耳。安教授大口大口地呼吸着。

达布说："安教授，这林间的山路还走得惯吧！"

安教授说："很好啊，我好久没到山林里走走了，这里的空气真新鲜啊！真是难为老黑山的彝胞们了，山林保护得这么好！"

达布又领着他继续往前走，走了一公里左右，又朝着一条岔路往右走。路平坦了，安教授轻松起来。

走着走着，他们来到一个缓坡上的松树林中。达布指着一个土堆说，这就是安李奶奶的坟墓了。

安教授一看，就只是一个土堆。上面长满了杂草。土堆前面有几个石头，像是曾经堆砌过又倒在地上的样子，石头已经发黑了。

安教授有些吃惊地说："怎么就一座孤坟？"

达布说："我听我阿爸说，安李奶奶是1973年辞世的。当时，安李奶奶被定为剥削阶级，生产队没把她葬进安家坟山去，是由于当时的形势。如果再往后七八年，生产队会把她葬到安家坟山去的。"

安教授坐了下来，沉默着，两眼呆滞地看着那座坟。他猜想，当年他父亲安庆文出走时是那么的绝情，之后的日子里，安李奶奶又是多么的孤寂。他们母子俩，现在都已作古，也该互相谅解了吧！他这个人，怎样来理解这两代人啊！

达布放下竹篓，取了三支香，点着，让安教授在坟前跪下，磕了三个头，算是向她奶奶安李云秀行了礼。虽然安教授不知道这个安李奶奶是个什么样子。

达布又倒了小半碗酒，放在香前。然后再用一个空碗，在坟前放好。

达布抱了鸡站在坟前，用彝话祈祷着。声音虽然高，但安教授听不懂。过了一会儿，他的声音停了下来。他取出了刀子，把鸡杀了，鸡血接进了那个空碗里。鸡血流尽了，鸡没了气。达布拔了几根鸡毛，在碗里蘸了一下，随后把鸡毛粘在坟旁的一棵松树干上。

达布把死鸡放进竹篓里，对安教授说："走吧，我们再去安土司那里祭祀一下。上三炷香，把鸡杀了，行了礼，也就行了。"

达布带着安教授继续往上走，约莫走了三公里，来到一片林子里。这里树木参天，树枝遮天蔽日，让人感到一阵阴凉，地面也散发着一股湿气。坟墓很多，差不多隔七八米就有一座。他们来到安武福的墓前，照样也是重复刚才的仪式。

安教授想这早逝的爷爷的坟和奶奶的坟有很大的不同。这一座，显然是费了些功夫。前面有墓碑，但墓碑上没文字，墓碑下有底座。墓碑两旁用石头砌了，差不多有他的肩膀高。正面有一米六七的样子，然后两侧用石头砌起，一直向后延伸，在两米多后渐渐合拢。

达布对站在一旁的安教授说："走吧，我们回去，把鸡肉煮熟了，带上饭菜，再上来献供。唉，这么多年了，这些祖灵也该好好供供了。"

下山不那么吃力，安教授一路无话，跟着达布默默走着。

等他们回到公房里，自多他们已经在公房里忙着了。腊肉的香味在院子里飘荡着，州、县、乡陪同来的人，围坐在一张桌子前玩着纸牌，玩"斗地主"的游戏，输了的人喝一调羹酒。有人显然是喝多了，说话声有些气急而且音量很大。他们不在乎安教授回不回到公房来。他们只知道这是安教授祖上的府衙和家宅，他们不会有安教授那种心情。还有，他们是奉命陪安教授回老黑山看一看，没有其他任务。

安教授让达布带他到后院看了看。他有些失望地说："这些房子咋就倒了只剩些断墙，我什么都看不出来了。前院的府衙，也还让人想得出当年爷爷他们办公的样子。也还好做了公房，村子里一直修修补补，勉强还用得成，不然也怕是不见了踪影。"

达布说："在外地，这样的房子，有的作为文物保护起来了。这里却被人忘记了。"安教授又同达布到村子里走了走。安教授又提出到土主庙看看。达布说："时间不够了，明早再去。我们还得上山一次，去献饭的。"

达布和安教授上了山，献了饭。然后下了山，回公房和大家一起吃了晚饭。安教授提出，要在那涛村过夜。达布说："那就到我家住去吧。”

其他的来人返回者都乡政府招待所住去了。

支义和自多随着安教授到了达布家。沙妮端了半盆炒葵花籽出来，让他们嗑。安教授问着这样那样的事。其中一桩事情还让支义来了兴趣。

安教授说的是，过去安土司管的老黑山，差不多也有百把个村子的。府衙就在那涛村，现在那涛村属哪里管？支义说：“是萨珠村委会管。安教授说，那萨珠村委会现在管多少个村子？管着差不多以前安土司管的上十三村。”安教授又问：“那下十三村呢？”支义说：“下十三村现在分属于两个村委会，他们在半山腰以下，条件比我们上边要好一些。”

安教授说：“上十三村村委会要是设在那涛村该多好。村委会设在土司府衙里，也不浪费地盘。”

支义说：“这个呀，是要由上级批准的。”

安教授说：“如果说村委会要搬回土司府衙里来，我愿意出资修复土司府衙。”

支义说：“我曾听人家说，历史上的安土司，对上十三村有过照顾，免过上十三村的地租，上十三村的彝民服些劳役就行了。这件事还与达布家的祖先有关。达布家的祖先在安土司家做专职毕摩，有一次，他随安土司上县城办事，回到对门山时，太阳火辣辣的，安土司又渴又饿。命家丁找水，可附近没有找到水。毕摩指着路边的小沟说，这小沟一会就会有水。安土司不信，说，这小沟已经干得开裂，哪些里会有什么水？毕摩说，我们就赌上一回吧！安土司说，如果小沟里有水冒出来，那上十三村就不用交地租了。毕摩问，安土司，这话可当真？安土司说，我说话算数。我给你抽一锅烟的时间。要是我抽一锅烟的工夫，要是小沟里不出水，上十三村的田租翻一倍，这一倍的田租你来交。敢不敢赌？毕摩后来赢了，上十三村就再也不用交地租了，只是在土司家需要劳动力的时候去做做活。”

安教授说：“这说明了毕摩的神通广大。我们土司和毕摩关系一向很好啊。所以我这次回来，还有好多事情要向毕摩请教呢。”

自多和支义回去了，安教授也被安排了歇着。

第二天一大早，达布领着安教授去了土主庙。土主庙不远，沿着村后山地间的小路走了二十多分钟，走到了山地与山林的交接地带，有一块平地，看见一幢瓦房，前面有围墙围着。

他俩进去，过了院子，来到正房的中间一屋。安教授看见里面供奉着大黑天神泥塑像。大黑天神两边，各有两尊配像，他不知道这些配像是什么神像。他在网上也从没见过。

达布叫他上香行礼。过后，他俩出了正屋，来到院子里。两侧有两棵快要有房子高的山茶花树。达布说，现在山茶花花期已过，要不然，这两棵山茶花开起来，扎实好看，扎实红火呢！

一阵风吹来，扬起一股灰尘。安教授打了个喷嚏。

达布说：“再过几年，我想把这里打成水泥地板。等以后有了钱，把里面的泥塑像也重新做一下。现在的泥塑像，是用泥巴、草、竹条、木棍做的，泥巴怕潮，里面的草和竹木容易腐烂。以后要换成水泥、钢筋和铁丝做的，这样就牢实了。”

安教授说：“我听说在古时候，这土主庙还是由我们土司家主持修建的。我看这座土主庙就由我来修缮好了。达布兄弟，这钱由你来出，恐怕也不对，况且你也不富裕。土主是保佑老黑山万物生灵的，我们崇拜他，供奉他，是为老黑山祈福。”

达布沉吟了一会，才大声地说：“安教授，这事缓一缓吧！你也有很多事情要办的。”

他俩边说边回到了村里。不一会儿，县里的车子来接安教授，说要他去乡政府吃饭，吃完饭乡里要开个座谈会，要安教授参加，主要是想听听他对家乡发展的意见。

安教授与达布告别，说过几天他还会再来。

论证会

乡政府来电话，要达布同自多、支义一起到乡政府集中，到县里参加论证会。

达布约了自多。达布对自多说："也不知道要论证什么呢。我一不是兹莫，二不是专家，三不是学者，跑到县上去开论证会，这事说来有些蹊跷呢。"

自多说："搞不好跟我们老黑山的事情有关。你是毕摩，是我们彝区的学者啊。我们还是去听听吧，也好知道到底是论证什么事。"

达布说："好吧，我们各自骑自己的摩托车，到布扎那儿会合。"

摩托车突突突地在乡间公路上跑着，后面冒出的烟，像是被什么东西狠狠地扭了一下，断成了弯弯曲曲的几截，飘浮在山地里那些庄稼之上。

他们是去寄存摩托车。布扎也习惯了。村里的人去县城或者从乡街子外出，都喜欢把摩托车寄存在这里。

达布刚停稳摩托，正在低头修摩托的布扎看见了他，站起来对他说：“阿爸，今天不是街子天，出来办什么事？”

“乡政府通知，要我来乡政府集中，随后去县上开会。”达布说。

“阿爸，是不是他们要你当人大代表了？”布扎问。

“没这回事，自多和支义也要去的。说是什么论证会。”达布说。

“这些人真会哄人呐，几个手捏锄头把的人去开什么论证会！论证会嘛，是那些手管大印或者耍大笔杆的人去的场合。你们仨呀，恐怕是去论证老黑山的蚊子是公的多还是母的多，莫要去出洋相了，好好地在家待着，可以多薅几分地的。”布扎对他们去开会的事，一点也不相信。

“布扎，你把我的摩托放好了，我在这里等自多。他来到我们就去乡政府。你放心，我不会上当吃亏的，一定会平安回来。”

“那你去里面坐着喝水去吧！一会自多来了你们一起去。”

达布去了里屋，自己用纸杯倒了杯水，自个儿坐着喝水。

电视里面正放着个电视节目，吵吵闹闹要离婚的画面让他心烦。他自言自语地说，这些城里的年轻人呀，也真够呛的，又是买房，又是买车的，每天上班够累了，还寻思着还那一笔笔的债，还有工夫这般折腾，真是鬼事多了！

看了一会，自多来了。他俩去了乡政府。

支义已经先到。他们同李乡长坐一辆车到了县城。

第二天上午八点半，会议按期召开。达布看了看会场，认识的也就是同他一起来的这几个人。还有安教授，只不过他坐在了主席台上。安教授他们那一排人的上方，挂着“安氏土司故居修复重建论证会”字样的条幅。

“原来如此，怪不得要叫我们来。”达布在心里默默地说。

主持人介绍了主席台上的领导：县政府黄副县长、县发改局局长、县文化局局长、县建设局局长、县城乡规划办主任、县民族宗教事务局局长，还有美国著名生物化学家、安土司后裔安向东教授。主持人说参加会议的还有来自各行业、各乡镇的代表等。

会议是早已安排好的。一个个讲了话，一个个表了态。后来安教授讲话，才把达布的心思拉回到会议上来。

安教授说：“之所以想起这件事，是想把这座土司府衙建起来，给后人一个看得见、摸得着的东西。我们安氏，在老黑山行使土司职权达三十五任，我们对老黑山是有感情的，对那涛村是有感情的。我动议修复重建的目的，是为了让后人记住历史。不是为了光宗耀祖，也不是说我们安氏的人以后回来那里养老。我的想法是要按以前的样式重新建设。后院现在只有几米断墙，前院的房子也是危房了，只能推倒重来。当然建筑材料要用新的，建议在大门外门框上镶嵌一块石板，上面刻上‘安氏土司府衙旧址’字样，用不着在门楣上去写上旧时土司府衙那些字。时代进步了，有些东西是可以抛弃的。”

支义被指定发了言。他说：“过去土司府是一级行政机构。土司府衙建好后，我建议将萨珠村委会的办公地点搬到里面去，这样，也就与历史对上号了，或者直接撤销萨珠村委会，新成立那涛村委会，还是管辖现在的上十三村。”

安教授说：“以前我也想过把村委会设在那涛村，就在土司府里办公。但现在我反对这一建议，不主张任何行使行政权的机构搬进修复后的土司府衙里去。如果真是这样，还不如不建。土司府衙建起来，几个管人的人又搬进去，这成了什么？土司制度在大黑山已经终结了五十多年，不能再有土司统治的嫌疑，这里只能搞成公共活动场所。”

李乡长说：“长远来看，土司府衙修复成原模原样更好。我们老黑山的开发已经开始。先从历史文物上立起实物的架子，接下来是农业的综合开发，民族旅游资源开发，老黑山森林资源开发，这些一搞下来就是一个大的旅游综合开发项目。以后，外边的人来老黑山旅游，看的有土司府衙和土主庙，逛的有农业庄园，探的有森林野趣，吃的有生态美味，住的有土司宅院。今天论证的这个项目，就是一个龙头，就是老黑山大开发的开始。”

自多说：“我赞成李乡长的观点，要加快老黑山的开发。我们那涛村的人是守着金山讨饭吃啊！搞了开发，外面的人来的多了，山潮水潮不如人来潮。到那时候，我们老黑山也就大有希望了！”

似乎人人都发了言，只有达布没有开腔。

主持人把目光投向了他，说："我们还是请那涛村的达布毕摩讲几句吧，他家祖上是安土司家的专职毕摩，现在他是老黑山的大毕摩。对于这个项目，我们请他讲几句。"

达布说："我在者都乡街子上的时候，我儿子就说了，论证会是掌大印耍金笔的人开的，不是我这种捏锄头把的人开得了的。不过对这个老房子的修造，我还是赞同安教授的意见，整个石头，标几个字，让人家认得这就是安土司家以前的在处就行。那涛村现在把这里当成公房，以后也就还把它当公房用。当然了，后院的房子多，搞公共活动可以接待好多人。村委会的、老黑山的活动都可以拿来这里边搞，也可以在里边搞些农业科技培训。我不赞成搞什么旅游开发，这实在没必要。我们的老黑山不是给人看的，我们的房子没必要给人看，我们彝胞也不需要人来看。要说山野美食，我们把食材卖出去就行了，为什么非得要人家来山上采呢。我把《老黑山药谱》交给了州里，许多药材还得从这山里找。还有，我们把老黑山管好了，还愁老黑山不会给我们钱吗？我父亲吉达毕摩躲避批斗，上山避难的时候，在老黑山上嫁接了泡核桃，还在山地边上种了花椒树。包产到户后，村里要把这些核桃树和花椒树分到各家各户，我父亲坚决反对。说留给村里做公产，每年采摘了，能卖出去就卖出去，钱用来做公益。卖不出再分给各家各户。没过几年，我们就用这些钱把水泥路修到各家各户门口，水管架通到了各家各户，电视接收器安到了各家各户。老黑山是祖宗留下来的金山，搞不好我们几年就会把它败光，变成荒山。我们祖祖辈辈在这里生活着，一代比一代好，这才是最硬的道理。不要搞成我们好过了，后代没法过。我说的可能有些不对，说错了请各位兹莫、专家多多包涵。”

达布说完，站起来，点头向大家致意，会场上响起了热烈的掌声。

参会的人听惯了那些冠冕堂皇的高头大论，听腻了那些敷衍了事的官腔废话，听达布的话觉得过瘾、对路。

会议结束后，大家到餐厅吃饭。安教授来向达布敬酒，说：“达布毕摩呀，虽然你是一个手捏锄头把种地的人，但我倒不会忘记，你是一个毕摩，是有知识的人，是有智慧的人，是沟通人与神的人。今天你说的很好，跟我想的一样，我完全赞同。”说罢喝了一口酒。

达布说了声：“过奖了，我只是说了我想说的话而已。”说罢也喝了口酒。

安教授回到自己的位子上去了。李乡长提醒他们仨说：“明早乡里有事，我们吃完就走，要是有事，就留下来，明后天各人自己回来。”

听李乡长这么一说，几人匆忙吃了饭，退了出来。

天渐渐黑了下来。车窗外只看到路两边山上人家窗户透出的灯光。几人似乎有点困，没有说话，都闭眼养神。到了半路，李乡长对达布说：“达布毕摩呀，你今天说话怎么老是跟我反着？”

达布说：“我没有跟你反着，我只是说出我的想法而已。”

李乡长说："达布毕摩呀，我看你就是听了安教授的话，站得不高，看得不远。我们一直在想着开发老黑山，想了好些办法，可是一落实到具体事情上，你们老黑山的彝胞就反对，包括你达布毕摩。"

"李乡长，你今天在会上说的，我都听懂了。"达布不想跟他争论。

"达布毕摩，你还是听我一句，个人发展要讲运气，地方发展要讲机遇。这几年政策好，老黑山有条件搞大开发，要是上面立了项，资金就没说的。我们错过这几年，以后没了机遇，老黑山又要落后多少年了？那时候，我们就是痛失良机、贻误发展的罪人呐！"李乡长加重语气说。

"你们想咋整你们就咋整吧！我不说什么了！"达布生气地说。

支义看他俩说不在一起，说转开话题，说："我看今天讨论这件事也未必整得成。安教授说得再好，也要等资金来了，房子盖起来才算数。现在忽悠人的老板、教授多得很，到处说项目、到处讲投资，大多数还是圈地套钱。钱一套到手，就鞋底抹油溜了。安教授说不定就是这样，回来炒一炒土司府衙，让人记得他安氏，差不多也就拍拍屁股走人，最后什么也没整成，还是老样子。"

自多听不下去了，说："事情才刚刚开始，我们就少说些吧，是好是坏以后再说。"

几人沉默下来，只有小车行驶的声音响着。他们就像被小车的声音包裹了。

车到了乡政府大院，李乡长说，你们仨到乡政府招待室住吧，明早再回去。

达布说，我要走了，不住了。

支义和自多也想回去，说不住了，要回去。

三人去布扎那里骑了摩托，回村去了。

送祖灵

施工队进来半年多后，安氏故居就修建好了。

安教授又回来了，这次是硕博州委统战部的人陪着来的。那些人看了安氏故居，说修复得很好，要安教授好好在此休养一段时间。

安教授说："你们向我提的回来为家乡做点事的建议，我接受。具体做什么，我得考虑一下。毕竟我不是投资商，我没有资本，修复这座老宅，已经花去了我大半生的积蓄。我还有一些私事要办。"

统战部的人要求支义和自多照顾好安教授的生活。安教授说："这个就不用操心了，我到达布毕摩家搭伙去。"

支义说："也好，达布家祖上就是你家的专职毕摩。"

安教授住在故居里。土司府衙的前后院已经修复一新，他在后院楼上一间屋子里住了下来。前院里虽有厨房，但他一人待在这里，做饭还是有些不方便。

安教授去达布家吃饭，达布当然高兴。

过了两天，安教授向达布提出，他要入乡随俗，为祖父、祖母送灵归祖。他说他已经信了基督教，但是当年他父亲曾嘱咐他，如果有机会回到老黑山，一定要代他向母亲安李云秀尽孝，祈求能饶恕他的忤逆之罪。

达布想了想，说："你祖父的送灵归仪式肯定搞过了，没必要再搞。你祖母的倒没搞过，你祖母去世那个年代，这些仪式属封建迷信，不准搞的。前些年可以搞了，只是你们安氏的后代不在老黑山，也就这样拖了下来。"

"那还可以搞吗？"

"年代有些远了，再说安氏的后代，现在也就只有你在这里。这种仪式排场大，费时间费钱财，恐怕有些难啊。"达布叹息说。

"再难我也想搞。"安教授语气很坚决。

"这个是送祖归灵的毕。我可以请几位毕摩来帮忙。在我们老黑山彝族生活中，这种毕一般都以宗族为单位，在亡者下葬之后的一年到数年之内，按一代送一代或几代的传统，在冬日农闲时节由家庭自行或宗族集体延请祭祖毕摩来举办，过去像你家这样的大户人家要做二十一天。十多年前又简化为七天左右，整个活动有十多种仪式和程序，须请数位乃至十多位祭祖毕摩共同主持。凡与祖灵有血缘、亲缘关系的人们都会参加活动。这次作毕后，尊祖母的灵魂可以回到祖地洛尼山，与祖先们一道生活，过上幸福美满的好日子。”

“那你就多请几位毕摩来做毕吧！”

“安教授，毕摩由我来请，其他的事情，就交给自多去办。他负责安排物资采购和劳动力的调配使用。我负责主祭，来的毕摩由我安排。等我看好了日子，我们和自多一起商量，整个仪式搞简单点，三天搞完。”

安教授满意地笑了。他这次回来，先要完成长辈们的心愿。这些事做完了，他才想做其他的事情。

一切都按他们的安排进行着。

这场送灵归祖的毕，首先是招灵。这天一大早，达布叫上安教授，带上准备好的砍刀、锄头、白酒、鸡蛋、炒面、荞饼，到村西山箐一座陡崖上方选灵竹。路上，达布交代安教授，选灵竹要在长势挺拔、枝叶繁茂的竹丛里面选。可以随意选，但选中的那棵至少要标直、没有伤疤。你选中后，我进行祭祀。

两人在箐里走了四十多分钟。安教授看到了山崖，也看到竹子。他俩走到了山崖旁，达布让安教授坐下歇一会。他取了酒端着，走到山崖前，诵起了《赞竹经》：

……古昔牛失牛群寻，马失马群寻，人失竹丛寻。古昔世间未设灵，山竹节疏朗，生长大箐间，箐间伴野竹，生长悬崖间，悬崖伴藤萝。未设灵牛食，未设灵马食，未设灵禽食，今日设灵祖得依，设灵妣得依，设灵获子孙，保佑诸子孙。古时木阿鹿臬海，天鹅孵幼稚，鹊雁声幼子。散至松梢间，松梢请灵魂。孵入竹壳中，麻勒巫戛戛，狗变狼口黑，猪变牛胡长，牛变鹿尾散，鸡变野鸡美，彼变非彼类，祖变类亦变，祖变为山竹，妣变为山竹……

达布诵完，献了酒，返身对安教授说："我们继续往上走吧。"

俩人又向上攀登。石崖上方，果然有一大片竹林。

这是一块坡地，比较平缓，已经近似于平地了。达布叫安教授把东西搁在一块空地上，让他去挑选灵竹。他自个蹲在那里，抽起烟来。

安教授在竹林中挑选了一会，选中了灵竹。他走过来，要达布去看看，是不是要得成。

达布拿起那些东西，说："走吧，我们去取竹吧。"

来到那篷竹子前，安教授向达布指明了他选中的那根。

达布把白酒、鸡蛋、炒面、荞饼放在了这根竹子前面的地上，开始祷告：

"尊敬的竹啊，今日将您选为安氏先妣李云秀之灵，从今日开始，选定您为先祖李云秀，今日是吉日，要为您安灵，请您来享祭。"

说罢，叩拜。达布叫安教授也叩拜三下。

达布用砍刀修掉了枝节，砍下了竹子。然后用锄头挖出竹根，把竹根砍下大拇指长的一截，装进包里。

达布收了锄头，说：“走吧，我们这就去您祖母的坟地去。有两位毕摩已经在那里做毕场了。”

俩人来到安李云秀的坟地，只见两位毕摩蹲在那里诵经。达布对安教授说，这两位毕摩，一位是属贤，一位是拓北。他们正在诵《祛污秽经》，这个毕场也是为了除秽。

安教授看见，两位毕摩面前插了一片木桩，木桩大约齐膝高。木桩间塞上了野地瓜藤、何首乌藤、白刺树枝、黑刺树枝和石板。毕场面积约两平方米。一只黄鸡站在离毕场半米远的地方，它的一只脚是拴着的，绳子另一头拴在靠坟一边毕场转角的木桩上。

两位毕摩停了下来。达布把竹子和竹根分别给了他们。

达布解开那只鸡抱在怀里，在坟前祷告。之后绕坟走了三匝，将鸡放回原位。他倒了半碗酒，喝了含在嘴里，朝坟头、坟尾、坟的两侧，一一喷了几口。再回到坟前，念诵起《祖灵清净经》。

达布诵完，蹲下抽烟休息。分到竹根的属贤毕摩过来，说祖灵像刻好了。分到竹子的拓北毕摩拿了个小竹篓过来。

达布把祖灵像和小竹篓放在了墓碑前。

一支烟过后，达布起身，喝了口酒，摇起了铜铃，念起了《请灵经》。

铜铃声有节奏地响着，达布念经的声音有些急促起来。待到他念得有些气急的时候，毕场那只黄鸡抖动起来了。

两位毕摩知道，安教授祖母的灵魂已经附在祖灵像上了。属贤毕摩把鸡抱过来递给了达布。

达布杀了鸡，拔了根鸡毛，蘸了一点鸡血，然后把鸡毛粘在竹篓上。随后在毕场绕了三匝，又绕了坟七匝。

达布放下鸡，对安教授说，祖灵已经附在竹子上，我们回去祭灵吧！

回到安氏故居，他们将祖灵像放在临时设的供桌上。

这间屋子，曾经是安氏土司处理公事的地方。

煮好的鸡肉端了上来，放上了供桌。达布开始念经祭献。

达布祭献完毕，宣布安氏家族的人祭献。

安教授先上前祭献。祭献完毕，他退立一侧，陆续有三四十人上来祭献。他们当中有与他年纪相当的，也有十多岁的人。他们献上了白酒、香烟、鸡肉、猪肉、炒面、荞粑粑、鸡蛋、腊肉、香肠，还有的献上了饼干和糖果。

安教授没想到会来这么多人。这些祭献的人，一一向他打一声招呼就退出了。有的喊他舅公，有的喊他表大爹，有的喊他老姑爹，通过称呼，他大致能猜出哪一位是祖父这一脉的，哪一位是祖母后家人。他想不到，他没有发出邀请，竟然也来了这么多的亲戚。

人渐渐退出去了，他问达布，来这么多人究竟是怎么回事。

达布说：“在老黑山，办这样的大事，你通知也罢，不通知也罢，与你同宗同族的人都会自觉地来。一家人呐，最不能断的是血脉！安教授，你休息一下吧，晚上你得陪着我给你家念经的。”

天黑了下来。后院青棚里人们还在吃着饭，喝着酒。达布觉得时间差不多了，吩咐者都指挥杀羊，先进行尸祭。

达布和安教授在供桌前方两米多远的地方面对供桌并排坐着，那些安教授后家的亲戚坐在两侧。人们还在说着话，等到有人把杀死了的羊抬了进来时，人们立刻安静下来。达布站起来，做了仪式，念了一刻来钟的经。羊被抬出去了，达布又开始诵经。

安教授不懂彝话，听不懂达布诵的经文在讲什么。那些亲戚们大多是老黑山的彝胞，能听懂达布说的啥。达布说的是安李氏一生一世和未来的过程，讲了死是不可避免的事。现在只有一个魂了，请这个魂牢记，不论如何都要回归祖界。

达布念诵道：

……安氏老祖母，灵牌留家里。回到正堂中，香火不会熄。供在供桌上，酒茶不会干。如此供奉着，香火不会熄。祖灵供得好，老鼠碰不着。安氏老祖母，要帮管子孙。初一到十五，要帮管五谷。过节的时候，要保佑子孙。养女似花朵，养儿满一村。孙子满堂在，帮管粮和畜。养男有官样，管畜会满厩。养女好漂亮，畜似蚂蚁群。管粮粮满仓，粮堆似山头。安氏房门中，一定这样子。吃也吃不完，喝也喝不完……

有人端上了熟羊肉，肉祭开始了。

达布念诵起《献祭经》来。他向祖灵讲道：

万事万物都会有死的那一天，今天，子孙和亲友们来祭祀你，这些供物，是他们孝敬你的，你统统带走，莫要挂念。人世间虽然好，但是苦得很，寿命也不长；祖界那里，才是享福的地方。安氏祖母啊，你就高高兴兴去祖界享福去吧！莫要留恋这悲苦的人间！你真到了祖界，也就有能力保佑子孙后代了！

达布念诵完这部经，歇下来，喝了口酒，点了一支烟抽起来。

过了一会儿，有人端了一盆煮熟了的羊心和羊肝进来。羊心和羊肝已经切成片，散发着香气和腥气。

达布站起来，转过身，招了招手，示意大家安静下来。

达布说，我给孝子孝孙们讲小鹦哥行孝的故事。

传说在远古时，一个母鹦哥带着小鹦哥住在一个麻栗树洞里。有一天，母鹦哥得了重病，小鹦哥外出找药。谁知小鹦哥在路途中遇上了艰险，母鹦哥没等喝上小鹦歌找回的药就死了。小鹦哥回来后，悲痛欲绝，狠命地在已经腐烂的母鹦身上乱抓，结果把母鹦哥的心肝抓了出来。小鹦哥十分想念母亲，就把母亲腐烂的心肝啄吃了，结果腥臭的心肝使小鹦哥感到恶心，最后黄疸都吐了出来，从此以后小鹦哥就再也不想母亲了。

达布怕安教授听不懂，又用汉话讲了这个故事。

毕摩拿了供桌上自己用的小刀，就着盆里的筷子，搛了两片羊心肝在刀刃上，递给了安教授。

“孝子孝孙们，吃了这两片心肝，你们也尽早把老人忘记吧，人死不能复活，死人也不能永远待在家里，忘记她，让她去祖界享福吧！”达布说罢，一一给那些人递了羊心肝。

待大家吃完，达布又让他们行了礼。接着说，没事了，你们都去休息去吧。明早我为祖灵指路，你们再来。

达布出去透了一会儿气。他觉得做这样的毕有些累。这种送祖灵的毕耗费时间长，做的事情多，连续几个小时不能歇一歇。所以，祖上也有训示，身体不好、体质差的人不能从毕。达布也觉得，体力差的人是熬不住的。

安教授同他一起在院子里走了走。安教授说，这些仪式，还真够繁杂的。达布说，这已经简化过了。要是像祖辈那样搞二十一天，那得把多少人折磨到病倒。三天是够短的了，我原本是想搞七天的，可也还是觉得长。唉，现在什么都要从简，好多事情火候不够，也难怪最后不成样子。汉族有句话说，火到猪头烂。我们现在好多人没有耐心了。我们作毕为什么不像以前那么灵了？我们为什么不像那些前辈们有谱气？学毕不真心，不下苦功，搞些花架子。老黑山有修为的毕摩不多了，大一些的毕事也难找人做了。

安教授说："是啊，好多东西面临失传。祖辈有些东西年轻人不愿学了。我也在思考，这究竟是为什么？"

达布笑笑，说："你是搞研究的，好好研究一下吧。"

安教授说："唉，精力有限，我只对老黑山的花花草草感兴趣。人嘛，我没功夫研究了。"

夜里，达布为安李氏的灵魂做洁净仪式。完毕后，他念诵了《解除邪秽经》《祖妣合灵经》。这一切都是为安氏祖灵除掉各种污秽，让其白净而走进光明境界。

达布做完净灵仪式，没有吃夜宵，到后院的房间里睡了。

第二天一大早，他又来到供桌前给祖灵指路。通向祖地洛尼山的路是异常艰辛也是非常危险的，因而毕摩就必须念诵《指路经》，引导和激励亡魂回归祖界。他念诵道：

……安氏老祖母，今天要上路。上路去何方，回去洛尼山。一路山也高，一路水也远。岔路要分清，莫要走错了。过水要稳当，莫要落水里。你从家中去，门神会带路。带到土主庙，土主来带路。带到大河边，水神来带路。带到山神庙，从此走阴路。面前路三条，看清莫走错。黑色路莫走，那是恶鬼路。黄色路莫走，那是游魂路。只有走白路，才是走正道。前方三塘水，也是三种色。黑色水莫喝，黄色喝不得。白水喝三口，忘记世间事。继续往前走，面前三座桥。见桥莫乱走，走错去不了。桃木桥莫走，该归恶鬼过。柏木桥莫走，该归游魂过。看见沙拉桥，大胆朝上过。过时莫回头，过完把桥拆。再朝前面走，就走进阴府。阴府有十殿，十殿有十王。十王问世事，老实把话答。祖母善行多，十王不为难。审查你无罪，送你出宫殿。才出宫殿门，一眼见祖界。祖宗来迎接，从此得享福。子孙也昌盛，成代永供奉……

达布用彝语吟诵，安教授在旁边听着。只感觉到庄严的气氛，也不知道什么意思。他只知道，达布在与神灵沟通，或者是在祈祷。

达布念完后，说是该送灵了。

安教授问："要送到哪里？"

达布说："要送到山背后通措崖上的崖洞里。那座石崖，也是你家安氏送祖灵归祖之地。"

达布把供桌上的小竹篓拿了，交给安教授，说："我们把它送到崖洞里，送祖灵的事就算完了。"

自多他们准备了两把梯子。到了通措崖，他们选了个崖洞，安放了祖灵。

回到正堂，达布又给安教授和他的亲戚们招了魂。达布面前放了一只小鸡、一大盆米，还有酒。达布念着经。亲戚们在安教授后面排成了一列。安教授来到达布面前，达布把鸡给了他，说，你把它养大吧，不能送人，以后再杀了吃。随后安教授喝了口酒，走过去了。身后的人过来，达布边念经边一一给他们一把米。人们喝了一口酒，走过去了。

人走完了。达布说，好了好了，这些人的魂都留在世上了。走的走远了，留下的也安心了。

出　尼

达布为安教授送过祖灵后的几天里，感觉浑身没有力气，只好在家里歇着。安教授好几次打电话来，邀请他去吃饭，他也没去。

自多已经找了人，为安教授做饭，照顾他的生活。这样达布也就不用操心了。

沙妮要他煨些药吃。他说，病在我身上，需不需要吃药我有谱气，你不用担心，我就想歇歇。

他坐在沙发上，抽了支烟，泡了杯茶水喝。

外面有停车的声音，他家的狗向大门外狂吠。

大门紧闭着。可能有人从门口路过。

有人敲门，“大伯大伯”地喊。

沙妮出去开了门。来人向她说是着体村的，来找达布大伯。

来的是一男一女，干部的穿着打扮，三十六七岁的样子。沙妮想，这肯定是着体村出去工作的人，来找达布看病。

女的一到堂屋门口，见着达布，喊道："大伯好啊！"

达布站起来，说："进来屋里坐。"

俩人坐下。沙妮给女的倒了一杯水，给男的倒了半碗酒。

女的将水放在茶几上。然后说："大伯，我叫玛兹，是着体村定元的女儿，在州里工作。这位是我丈夫凡城。以前我们听说您献了毕摩经和医书，州里还奖励了你。你呢，是老黑山的大毕摩，德高望重，我们晚辈非常敬佩。"

"噢，想起来了，你阿妈是那个会推拿按摩的苏尼。她的医术在老黑山名气大着呢！"

"是了。大伯，我们这次来，是想请您为阿妈做一次出尼的毕。"玛兹说。

达布不解地问："怎么就要出尼呢？"

玛兹说："是我们想让她出的。"

达布说："哎，这就怪了。现在弃毕和出尼，都是年轻人做主，本人却不拿主意。前不久，萨珠村的惹伙毕摩要弃毕，本来说好是短弃，可他儿子伙则一回来就变了卦，说要做长弃。这样就等于他家后代永远不当毕摩了。年轻人呀，性子刚烈得很，一点商量余地都没有。我想了想，也不劝了，还是给他们做了长弃。长弃，就是说出去的话泼出去的水，不能反悔了。玛兹呀，你阿妈她想出尼吗？"

玛兹说："起先她也不想出，后来经我们反复劝说，她同意了。她让我们来找您，说只有您，才让她出得了尼，别人她不放心。"

达布说："那你说说看，你们为什么要让她出尼呢？"

玛兹说："我们想让她去城里帮我们带孩子。我怕她不出尼，还拿着个羊皮鼓边敲边跳，吓着孩子。前几年，我带儿子回来，儿子跑去看她作尼，回来时对我说，外婆作尼真像动画片里的老妖婆，我有些怕！后来回到城里好长时间，儿子都在说，我外婆是个老妖婆，躲在老黑山里！后来，儿子稍大了，又对我说，妈，你把外婆带来城里，让她跟那些奶奶大妈们跳广场舞，她跳《小苹果》一定好看！现在我女儿还小，需要她照看，我怕她吓着我女儿。"

达布说："只要她不作尼，她吓不着你女儿的。"

玛兹说："我妈这种苏尼呀，跟大伯您毕摩不一样呀。我最害怕的是，这种尼症遗传下来，我女儿就麻烦了。所以要叫阿妈出尼。"

达布说："你们是国家干部，也信这个？"

玛兹说："事情发生在我家里，别人信不信我不管，反正我是信了。也许大伯你也听说过，我家做苏尼是隔代传。曾祖母是苏尼，祖母不是，到了我妈又是。我妈说，她当苏尼也是无可奈何的事。二十多岁的时候，突然得了场怪病，疯疯癫癫的，养了三个娃儿都没养活。后来请毕摩看了，说是附了尼神，要入尼才行。阿妈入了尼后，身体才好起来，生下了哥哥和我。现在倒不见她疯癫了，怕只怕这尼神一直附在她身上，有一天又跑到我女儿身上，我女儿变成精神病人。"

达布说："原来你不是担心你妈疯癫，而是怕你女儿被附了尼神。”

玛兹说：“城里人不相信这些，但我还是害怕。我们在城里面生活，也害怕得不明不白的病。”

达布示意凡城喝酒。凡城有些为难地说：“大伯，等会儿我要开车呢，不能喝。”玛兹说：“你就喝点吧，等会儿我开车。”

达布站起来，对他俩说：“你们在我家吃午饭吧！”

玛兹说：“大伯，你就不要麻烦了，我们坐一会儿就走！”

达布说：“你们从外边来，来了就是客人。吃完饭再走。”

达布起身，到耳房里叫沙妮做饭。

达布返回，又问：“你阿妈真下了决心出尼了？”

玛兹说：“她还真有些舍不得呢！”

达布说：“我看她呀，恐怕不是舍不得出尼，是舍不得老黑山吧。俗话说，在惯了的山坡不嫌陡，她去城里可能不习惯。再说了，城里哪有人请她作尼？还有，她那套医术，在老黑山行得通，在城里，怕是叫非法行医，没有证，骑个烂摩托都不行的。”

玛兹说：“唉，那套医术我们也不去想了。她和我们去城里，也用不着她去做什么，照看好孩子就行。她生病，我们带她去看。”

达布叹了口气，说：“你阿妈的医术是如何传下来的，我也感到是很神奇的一桩事。据你们村的老人讲，她那医术是祖传下来的，而且是隔代传。”

玛兹说："说起医术，阿妈肯定不如大伯的。"

达布说："这你说的就不完全对了。我看病，有药，有方子，你阿妈看病就是靠推拿按摩。你阿妈能医的一些病我医不了。我治的病，主要是胃病、胸口疼，还有哮喘、骨病等。我也是家传，跟城里的中医有点相似。"

玛兹说："大伯谦虚了。"

达布说："我说的这些，一点也不过分。你阿妈的医术，有真实的例证。在老黑山的病例我就不说了，她治好的还有国家干部。我们县上有一位老县长，姓李。那几年他还当着县长的，左臂得了风湿病，去县医院，到州上、省上的医院去医治，也没有治好。他想，他得的是慢性病，一下子也难以治好，因为工作忙，也就没有住院治疗。但这病时常会发作，发作时他左手不听使唤，行动非常不便。有一次，他下乡到者都来，晚上住在乡上。第二天早上起来，病又发作了，左手没法动，乡政府的人就说领他来着体村让定元苏尼看看。他有些不信。说，苏尼只会撵鬼治病，我身上没有鬼，她一个苏尼怎么能治好呢？乡政府一帮人劝说了好一阵，这个李县长才答应。来到你家，你阿妈让他脱了左臂的衣服，给他治了半个多小时。李县长回到乡上，第二早上起床时就感觉手臂有舒服感，又返回村，求你阿妈再给他治一治。后来，李县长这一病就渐渐好了。李县长说，老黑山里面有彝医，医术高深没法估量。"

玛兹说："达布大伯，这有可能是巧合。就像汉人说的瞎猫碰上死老鼠。"

达布说："也许你在外面工作，这些事听说的少。县妇联有一位女干部，结婚好些年，不会生娃儿，经你阿妈治过两次，不久人家就生了儿子，硬要把儿子拜给你阿妈做干儿子。你阿妈不肯答应，她才作罢。县委还有一位干部，说有十多年的老胃病，来治了三次就好了。当然了，老黑山被她治好的病人更多。"

玛兹说："这么说来，我阿妈她真是一位隐藏在老黑山的医术高手。按城里人的说法，她还是一个能治疑难杂症的专家呢。不过，就像刚才大伯说的，她是没证的民间医生，在城里不能给人治病。我们带她出去，也不是要她去给人看病。"

达布说："我把我家的医书也捐赠出去了。我招了个徒弟，我教他学毕，不教他学医。我的娃儿不学毕也不学医。渐渐地，我也担心，我们以后没什么用处了。还有，现在外面人们的病是越来越多了，也越来越难治了，我把药谱献出去，看看是不是对外面的病人有些用。你阿妈那套医术，可能要失传了，真可惜啊。"

沙妮端了饭菜进来，招呼他们吃饭。

达布给凡城倒了酒，歉疚地说："小侄，我就不陪你喝了，前几天刚做了场毕，身体一直不舒服，没有精神。哦，对了，你们把你阿妈的电话告诉我，等我看看日子，调养几天身子再做。"

凡城说："那大伯您多多保重身体啊！我知道的，你们一作毕，常常是十几个小时不休息，有时甚至几天不休息，体力消耗非常大。”

达布说：“作毕也好，作尼也罢，你们是外行，不晓得里面有伤身体的事情。苏尼神附体的时候，力大无比，有的能飞檐走壁，有的跳几天几夜。苏尼神一出离了，那个苏尼过后好几天都没精神。有的像大病一场。”

玛兹说：“阿妈也知道你很辛苦的。但她说，也许只有你作的出尼仪式，才会更灵一些。”

“我尽量试试看吧！老黑山愿做这种毕的毕摩越来越少了。老黑山的人说我们毕摩是摇铜铃的，你阿妈她们这些苏尼是敲羊皮鼓的。”

“这样就好了，我们也可以回去交代了。能早一天搞就早一天搞，阿妈出了尼，我们就把她带出去。”玛兹说。

俩人起身告辞。他们这才想起，应把见面礼送进来。凡城出去，提了烟、酒和糕点进来。

玛兹说：“忘了礼数了，大伯，你看我们这才把东西拿来。刚才我们不知道你是否在家，没提东西。”

达布说：“没关系的。这东西你们提回去给老人去，在我们毕摩眼里，人没有高低贵贱之分，不管你是什么人，喊到我们，都会尽力去作毕的。”

玛兹把东西递给沙妮，沙妮不接。说：“你们拿回去吧！你们在外边工作，回来一趟，三亲六戚也要打发的。这东西你们拿回去。你达布大伯，他身体好些就会来的。”

玛兹说：“大婶，您还是收下吧！我们提着东西回去，阿妈肯定会骂我们的，会说我们心不诚，要不就自我责备，说达布毕摩看不起苏尼。”

达布对沙妮说：“那就收下吧。”然后又对玛兹说：“你说的看不起这桩事，其实就我们毕摩来说，没有谁看不起苏尼这回事。这个事情，是有人开玩笑引起的。主要是因为祖辈的时候，苏尼出身低一些，又不识彝文，也不用读经，因而也不能祭祖，让人认为苏尼没什么本事。其实真不是这么回事。”

玛兹叹息说：“我们晚辈真不懂这些了。”

他俩走了。达布回到堂屋里坐着，想些心事。

过了两天，达布身体好起来些，打了卦，看了日子，把时间告诉了定元。

定元家就着定元出尼，宴请了乡亲们。

出尼的程序跟弃毕的程序差不多。这次者都很顺手，插神枝、编草偶的活，不一会儿就做好了。他又引导着人们杀鸡宰羊。达布先领着定元祭了尼祖阿洪兹果，然后念诵经文，祭献她的师傅神灵和附身神灵。之后又是念诵经文。

达布开始有了力不从心的感觉。有时念着经会忘记经文，还好者都还记得，也才不至于中断；有时，他又觉得神智有些恍惚，似乎忘记了自己正在作毕。他总觉得自己时不时会走神。

念完一部，达布坐下来，叫者都也歇一会。他喝了一口酒，想定定神。再念一部，他更觉自己不行了。他在心里感叹：“唉，身体有些扛不住了！这毕也不知道做了有多灵？莫非这几个神灵还不肯走，还要纠缠定元？”

达布觉得这个毕做得风险太大，他甚至后悔怎么轻易地答应了人家。要是这个毕做不好，怎么对得起人家！毕做得好不好，过后就知道。要是尼神送走了，定元又是一身病，那也说明自己毕力不行，功夫不深，出尼没有出清爽；或者定元没病，可又出现尼神不走，定元还是像过去一样说话做事，那就是尼神还来干扰。难怪汉人说，请神容易送神难。唉，真的很难啊！

吃过晚饭，达布定定地坐在堂屋里的沙发上养神，他怕他自己支撑不住。夜里还有一场祭献，还得念诵一次经，这一次更长，少说也要半个多小时。

定元家的客人陆续走了，她家静了下来。达布吩咐定元，把过去做尼时用的羊皮鼓啊等等东西收好，明早晨祭后送出去，以后要跟这些东西说“拜拜”了。

他奇怪自己在这样正式的场合，怎么就冒出了“拜拜”这个词，这是电视上年轻人常说的话，自己读初中时候学英语时学过的。当然了，现在，他学的那些英语早已忘得差不多了，只记得“哈喽”“好啊悠”“来此勾”几小句了。他这才想起，精神有些恍惚了，出了个洋相。

夜祭照样进行。动手的事情交给了者都。诵经时他是多么的力不从心，额头上冒出虚汗来。他坐着的身体也有些摇动，声音有时还忽高忽低的。

定元在一旁坐着，她发觉了达布很吃力。她认为这是她的师傅神灵和保护神灵不肯走，达布劝解得相当艰难。

想着想着，她不禁抖了起来。

达布发现了，大喝一声："定元，你莫动！你一动，我这一天白费了！"

达布担心定元进入苏尼神附体的状态，那麻烦就大了，一下子没法收拾的。

者都出去，弄了碗姜糠水，让定元喝下，定元静了下来。

达布坚持念诵完经文。他大大地喝了口酒。随后说，上菜来，我饿了！

达布吃了些菜，睡去了。

第二天晨祭后，达布叫者都带人把羊皮鼓等尼具送上山去。他的事就算完了。他很疲惫，又坐在沙发上休息了好一会。

吃过午饭，达布骑上摩托，返回家中。

达布一直睡在床上，等到布扎把他喊醒，他才知道是吃晚饭的时候了。

饭桌上，布扎说："阿爸，要是吃力，就不要做了，弃毕算了。"

达布说："我弃不弃毕由你定？唉，你不学毕也就罢了，倒来劝我弃毕。"

布扎说："我听说了，惹伙毕摩弃毕了，定元苏尼出尼了，都是你去做的毕啊！你看看，一个个都不干了，你不干了也没人说的！"

达布说："不是你想的那样，我为什么要跟在人家屁股后面？"

布扎说："你去给安土司家后代安教授送祖灵。这安教授一来，你肯定又要作毕到底了。祖上是安家的专职毕摩，现在人家的后代来了，你又跑去当人家的专职毕摩了！"

达布说："谁说我去当人家的专职毕摩了？"

布扎说："你呀你，你以为我不知道，你跟着安教授，唱乡政府和村委会的反调！你真把那个安教授当回事？过去他家是土司，现在可不是，你没必要尾随着他！"

沙妮在一旁劝道："布扎，你回来一次，就说这些，像吵架一样，有什么不会好好说吗？"

布扎说："阿爸，我是这样想。你就不要再作毕了，跟我去乡街子上，帮我守店。我有时要外出帮人家修理摩托，我外出时，你帮我守一下，我就放心了。这比你作毕收入高的，我保证让你顿顿有新鲜肉吃、有酒喝，天天有好烟好茶。"

达布说："你叫你妈去帮你守吧，或者请个小工也行，我是不出去了！"

布扎说："不去也就算了，我想让你轻松点，可你硬要找苦吃，我走了。"

布扎起身走了，门外传来摩托车的轰鸣声，声音渐渐消逝。

布扎叹了口气，说："这布扎啊，他怎么懂我心里想什么。他呀，就像汉人说的，小牯子骑摩托，牛哄哄的！他以为我们毕摩就是不懂科学，见了他，就是憨包见摩托！"

大调解

自多上门来喊，要达布去安氏故居开会。

达布不解地问：“自多，村里又要开什么会了？”

自多说：“不是村里要开，是县领导来了，乡政府、村委会、村民小组三级干部，还有老黑山的德古、毕摩都要参加。”

达布说：“这回安氏故居真是派上用场了，可以接待上级干部了。”

“李乡长前天就做了安排。我昨天派人买了羊和鸡，还有其他小菜，也找了人办伙食。”自多说。

达布说：“好啊，我也可以见到毕摩和德古他们了。”

其实达布昨晚就知道消息了。有位毕摩打电话问他，说是接到通知，要来那涛村开会，也不知是开什么会？达布说，那就来开嘛，来了就知道了，我们毕摩嘛，也是好几年没集中在一起过了，平时各吹各的号、各唱各的调，我们见见面也好。

我家这里，离安氏故居就几步路，还没人通知我。

者都也打了电话来说，他也接到通知了。达布淡淡地说，那就来吧。

昨晚达布得到消息后，就一直在想：这是一个什么样的会呢？他想起父亲吉达的嘱咐：“达布呀，我们毕摩，只做毕摩分内的事，不干预官府的事情，不卷入官员的纷争。要守住自己的本分，不要越界，免得招来各种祸患。”

但愿不是打老黑山主意的事，他这样祷告。

刚走进安氏旧居，达布就听见议事堂里人们的说话声。自多把他带进去，他见李乡长、支义等已经在里边坐着。他们围坐在一个穿着黑色夹克，戴着眼镜，理了一个小平头的人的周围。达布想，这人大概就是他们说的县领导了。细看一眼，似乎又在哪儿见过似的。

李乡长见达布进来，就对那人说：“周书记，这是那涛村的达布毕摩。”

那人站起来，同他握了手，笑着说：“噢，都成大毕摩了啊。”松手后示意他坐下。

李乡长又向达布介绍说：“这是县政法委的周书记。”

达布坐了下来，看了看左右的人。果然来了几位毕摩，也来了几位德古。大家坐在一旁，抽着烟，聊着天。

达布想起来了，这周书记叫周全。达布当村主任的时候，周全在乡政府当干事。他来村里下过乡，当时还“达布叔叔达布叔叔”地唤他呢。没想到这么多年后，他长大了，成了县领导。

将近等了半小时，又陆续来了几位毕摩。李乡长说：“人来得差不多了，我们开会吧！”

李乡长说：“周书记这一次来，带着县上公安、检察、法院、司法等部门的同志来者都乡，深入到老黑山，召集乡、村、组干部和老黑山的毕摩、德古开会，调查、了解我们老黑山彝区的民事纠纷的调解工作，检查、指导我们者都乡的维稳和创安工作。下面请周书记做重要讲话。”

周书记讲明了来意。他说：“县里要成立大调解中心，乡上也要相应成立民事纠纷调解处理中心。老黑山的彝胞们，对民事纠纷的处理有很好的传统，有这方面的人才。县委也考虑，要把这支队伍纳入进来，发挥好他们在社会生活中的作用。”

周书记说：“我这次来是做个调查了解，主要是想听听大家的意见。”

周书记扫视了会场，示意大家发言。

有人对博纳德古说：“博纳德古，这回你要吃国家粮，当干部去了。”

“说得轻巧，现在好多大学生都找不着工作，我一个种地的，一下子就去当干部，莫拿我开玩笑了。”博纳德古说。

“刚才周书记说把德古纳入民事纠纷的调处队伍中，并不是把德古都转成国家干部，这个莫理解错了。实际上，德古在彝族同胞中，一直在做着调解工作，也发挥着作用。我们村委会这一级、村民小组这一级的调解委员会、调解小组，成员有好些是德古。德古们也并没有从政府这边领取过报酬。像刚才博纳德古这种情况，就是土地照样种，德古照样当，纠纷照样调解。刚才周书记也说了，我们是来调查了解的，有什么想法只管说。”李乡长说。

“县上的调处中心设在司法局，成员单位有公检法，还有信访、教育、计生、国土、林业、水务、民族宗教等部门，目的是纠纷尽快得到调解，尽量把矛盾化解在基层。乡这一级就比照县上，设在司法所。县乡这两级好办，难点在村委会、村民小组这一级。”周书记说。

人们沉默下来，只听到叭叭叭的吸烟声，会场一时烟雾缭绕，有些熏眼睛。

一位县上来的干部咳了两声，清了一下嗓子，说：“我是司法局的。我说说我的想法，在老黑山彝区，德古的调解很有效，但还需要规范。德古的水平高低不一，有些纠纷的调解结果也不是很满意。比如说，有些纠纷，纯粹就是为了争一口气，说白了就是争面子，最后请德古调解，又是杀羊，又是宰鸡的，浪费太大，加上要给德古报酬，增加了当事人的负担。本来双方互让一步，顺顺气就好了的事，最后却要花费好大的人力财力，这就不好了。”

有位德古问：“领导，我想问问，你们想怎么个规范法？”

这位干部说：“规范主要是针对调解人和调解程序。对调解人的话，我们想成立德古协会，让德古们有一个行业性的组织。加入这个协会的就有证，有证才有资格搞调解。这个协会可以把大家组织起来，互相学习，互相约束。甚至还可以规定哪些可以调解，哪些纠纷不可以调解。”

达布有些想不通了。他说：“刚才这位领导说的成立德古协会、发证、确认资格这个事情，我看是不行的。老黑山的德古，是在彝族社会生活中自然形成的，不是哪个组织哪个人来封的。一个彝民，不管男女老少，不管是富是穷，只要熟知老祖宗的规矩，并能公正地调解纠纷，自然而然就成为德古。不需要人来推举，也不需要谁去撤销资格。只要他有一两次调解不符合规矩，就没有人会再请他，他自然而然地失去了德古的资格。这就是说，你要当德古，你得有这个公心，让人信任；你还得有这个本事，调解得了。这两方面条件都占了，你才当得了德古。至于说规定哪些纠纷可以调解，哪些不可以调解，这类事情，德古应该是心中有数的。”

支义说：“达布毕摩，我想，现在国家的法律很健全了，纠纷和矛盾应该交由上边的调处中心去解决。”

达布说：“支义，你也别忘记了，法律虽然健全了，也不可能包办一切。比如说，邻里闹个别扭，有时候要靠村里面说服得了双方的人站出来，劝一劝，双方愿意让步，也就过去了，大家和好如初。还有就是前几年，我们老黑山有两个在乡上的干部，他们之间产生了纠纷，惊动了家族。这两个干部是懂法律的，但他们并没有走司法调解这条路，还是回来请德古调解，调解成功了，双方的怨仇化解了，到现在他们再没有产生过纠纷。按理来说，他们是国家干部，首先要找司法调解，然后不服就打官司，两个家族百十人，到县法院那里待着，影响不好不说，双方当事人的经济负担也不小啊！”

又有一位县上来的干部说：“现在的年轻人，法律意识增强了，要是他们先请了德古调解，不服之后请毕摩进行神判，神判之后还是觉得不公，又来司法所调解或者向法院起诉，那么德古和毕摩做的工作岂不白费了？”

博纳德古说：“一般不会这样。神判后当事人都不会再纠缠了。当然了，有时候我们也会遇到比较复杂的案子，当事人有三方甚至有五方，这是相当难调解的。在老黑山，历来就有规矩，德古的身份相当于现在的外交官和法官，任何一场战事都少不了由资深的德古主持谈判，任何一起纠纷都要由德古来执行判决。无论刑事、民事，只要得到产生纠纷的双方认可，德古就有权进行生、死、酷刑、赔偿等一切判决，而德古的酬劳则由获利的一方自愿酌情给付。现在我们也遵守这个规矩，即任何一起纠纷只要发生纠纷的双方当事人在村寨长老的见证下，由德古成功调解并达成口头协议，世代将不得再翻案和追究，也不得由另外的德古重新来评判，这跟法院的终审判决是一个道理。”

有位干部说：“这位德古说的好理解。可是调解中的神判，我们用现代科学的眼光来看就不好解释。你一个毕摩，通过你那个程序，就能保证明察秋毫，公正无私？”

这句话可把达布惹火了。达布丢下烟头，站了起来，怒吼：“你是个干部，你相不相信神灵我们管不着，但我可以大胆地跟你说，既然是神判，就不能推翻！法院就能保证百分之百的公平么？我看不见得。你们认为神判不能搞，取消也可以，我们几位毕摩不做就是。”

支义说：“是呀，以后调解不服，让当事人找法院去告不就行了。”

周书记说：“不是什么事情都要去法院的。乡、村、组这一级，就是要搞好调解工作，这样才谈得上稳定和谐，不能动不动就把矛盾上交。即使到了法院，当事人也是摆事实、讲道理，法院也要先做调解的。我们这次来，不是来取消德古的调解、抹杀毕摩的神判的。”

达布想起父亲吉达对他的教导：“以前我们在土司家做事，也仅仅是为他家做一些毕摩该做的事，绝不卷入官府的矛盾纷争中。”但今天他说的话，已经明显地与县、乡、村三级相左了。他站起来，说：“你们慢慢谈吧，我有些不舒服，要回去休息了。”说罢，头也不回地走了。

人们惊讶地望着他，没人敢劝阻他。

过了一会，又有几位毕摩告辞，几位德古陆续退出。

会议草草地收了场。那位公安局的人对周书记说：“这些人啊，被惯坏了，不知天高地厚啊！要是在其他地方，我非得好好收拾他们！”

周书记说：“我们是来向人家请教的，人家说的话，好听也要听，难听也要听，听到真话就行了，我们回去得好好研究一下这些地方的综治维稳工作。我看，在老黑山，少了他们发挥作用，还真不行呢。”

过了不久，乡上发了文件下来。达布被聘任为乡上的调解委员，村民们把他选为村委会调解小组副组长，那涛村选他当调解小组组长。达布对村主任支义说：“我达布是个毕摩，不想干德古那摊子事，你把我整成副组长，太难为我了。我不管这些事。”支义说：“我也想把这些事推了，可推不掉的，乡亲们又选你了。上头说，问题矛盾不出村组，你好好当好你的小组长吧。”达布说：“主任，你放心吧，我一旦按老规矩来，没有人会找我的，他们会去找德古。我只搞神判，我巴不得德古们莫要来找我做神判，他们一次就调解好了，我也就不麻烦了，我专心做我的毕摩，等到牙齿掉了几颗，嘴不关风，说话不明，鬼神不信，我也就不再作毕。”

大黑天神

安教授说，我想翻修土主庙。达布没说什么。

安教授去索纳县民族宗教事务局请示，人家同意了。

他对达布说，土主庙里供奉的那尊泥塑，已经破损得不成样子。我想重塑，用水泥钢筋，外用油漆打底后最后进行彩绘。

达布说，这样做好倒是好，但是太费钱了。庙子本来就是土木结构，用水泥钢筋的塑像干什么？我的意思是，敬神全凭心诚，用不着花那么多钱的。把木料和瓦换成新的，把墙面粉刷一下，把泥巴地板打成水泥地板，然后直接在墙上画上神像就行。

安教授不知从哪里搞来了一幅大黑天神画像。他想请达布看一看，这样重新照着画一幅在墙上，让彝胞们来供奉妥不妥当。

安教授在安氏旧居的议事堂里的方桌上铺开那幅画。那画有一米来高，半米左右宽。大黑天神三头六臂，高发髻，髻根额顶束两层髑髅；两眉上翘，竖目圆睁，羌髯丰颐，二金刚牙上出，面目狰狞。颈系两串髑髅项环，一串围颈，一串下垂及腹。上身袒露，腰系裙，打环形裙结，裙带由双腿间下垂及地。脚着靴，两脚各有一蛇，蛇身缠足，蛇头昂起。六臂均缠有蛇及髑髅。六臂各持法器：三叉戟、剑、弱索、层鼓、血杯、念珠。头后龛壁有圆形火焰纹头光。

达布收回目光，朝外边望了望。安教授说："这样可以吧？"

达布说："这绿脸我看着不舒服，大黑天神嘛，黑才好！"

安教授说："老黑山的彝胞，以黑为贵，可以理解。"

达布说："也不完全是这个样，大黑天神的黑，是有来历的。传说有一年三月初三，玉皇大帝得知几位大仙私逃人间，不禁大怒。他来到南天门朝下看，人间一派春光胜过天宫。他命令一名侍者带着瘟药下凡，去毁掉人间。侍者驾云来到老黑山上空，正值三更半夜。他打开瘟药瓶，心里左右为难：撒下去吧，他不忍心毁灭这美好的人间；不撒下去吧，违背玉帝圣旨要上断头台。他正举棋不定，忽听得雄鸡高叫，老黑山上已经有人点起火把出门干活。人们的话语声打动了他的心。他决心牺牲自己拯救下方生灵，便把瘟药全部喝到自己肚里，立刻全脸发黑，浑身发肿，从天上掉到地下。从此老黑山的彝胞就把他尊为'大黑天神'！"

安教授说："我看中的是这幅。你觉得这幅不好的话，我还有一幅，那是他们推荐给我的最好的一幅了。”

达布说：“拿来看看吧！”

安教授取来画，在方桌上铺开。

达布一看，果然跟上一幅有很大不同。

大黑天神一身蓝色，身穿虎皮，项挂50颗骨头大念珠，头戴五髑髅冠。在他身上有许多蛇，头顶以蛇束头发，脖子上有一条大花蛇直垂下来，手腕和踝骨也都缠着黄白相间的蛇，看着有几分恐怖。他有6只手，持物各不同，中间两手置于胸前，左执骨头碗，右持月形刀，其余四手分开：上面一双右手执骨头念珠，左手把三叉戟，这两手还同时张开一张象皮。下面一双右手捏手鼓，左手拿索，一端是金刚杵，一端是钩子。大黑天神呈站立姿势，右腿屈，左腿伸，两足踩在象头天神的胸腿上。象头天神呈白色，是北方的财神，呈仰卧式，头向后，左手端骨头碗，右手拿萝卜和一袋饼。这位天神原很残暴，被大黑天神降伏后，便用这种姿势侍候他。大黑天神身后有火焰背光。

达布看完，没有说话。

安教授说：“我咨询过有关专家，他们说这幅最好。”

达布说：“你说说看，他们说好在哪里？”

安教授说：“专家说了，创造条件让人供奉这一尊大黑天神，功德无量，因为给人以七大布施呢。这七大布施是：对于别人给予和颜悦色的颜布施；向人说好话，存好心做好事做好人，并勉人切实力行的言布施；为对方设想，体贴他人的心布施；用慈爱和气的眼神看人的眼布施。身体力行帮助别人的身布施；让座给需要的人的座布施；不用问对方就能察觉对方的心，并给予相对其所需的方便的察布施。”

达布说：“神要让人敬畏，但不能把人吓跑。这尊天神，连我看着都有几分心虚呢。”

安教授说：“专家说了，这是舍身救民的天神，呈现的是观音的愤怒相。观音嘛，大家都知道是大慈大悲的，我在佛寺里见过他的像，慈颜善目的。”

达布说：“安教授啊，这土主庙不同于一般的寺庙，祭祀的那天，男女老少都要来的，搞出那么多髑髅，那么多蛇，会吓着妇女娃娃们的。过去，这庙是你的先辈建盖的，一般由你家先辈领祭，其他人员后祭。我想，还是简单一点。这些专家当然比我们这些野草高明，但他们的话也不一定要听。随后我找人来画，简单一点，有那么个意思就成了。”

安教授说：“达布毕摩，那你说说看，你的想法是什么？”

达布说：“我说得简单一点，是考虑到土主庙里要供奉好几尊神祇。如果全部用水泥钢筋，费用当然就高了。不能说是大黑天神用很好的材料，其他的用一般的材料。”

安教授说：“也不知还要供奉哪几尊神祇？”

达布说：“在大黑天神左边，有龙王、三霄圣母、财神、道神、魁神，在右边则有土主娘娘、马王、牛王、田公、虫王。左侧墙壁画注录官，率神兵神将，站立路口做注册状。右侧墙壁还要画判官，率领着神兵神将，右手持戟，左手用珠串束缚一人。这样一来，光是左右两侧，也要费一些工夫。”

安教授说：“这大黑天神倒好理解，这么多神祇，看来作用是好多了。你说说看吧！”

达布说：“老黑山的彝胞，相信万物都有神灵，这些神灵都会左右和影响人们的生活。供奉这么几尊，也只是这世间万物神灵的代表。仅仅供奉土主，显然是不够的。单说这土主吧，土主保佑老黑山彝村人畜平安、大吉大利。老黑山的彝胞们结婚、生孩子、牲口下仔、买牲口、牲畜生病、村人出远门做生意或办事都要到土主庙中杀鸡祭祀、祈求土主保佑。现在开车的人也来祭祀土主。土主还是我们毕摩的护法神，我们毕摩作毕，如招魂、奠土、建房时必须立土主神坛，请五方土主降临助威。死人下葬前，在坟山上立一个土主，称‘后土主’，管亡灵。毕摩为亡灵指路时要念《土主经》，经文说：‘村子上边啊，有座土主庙。土主大庙啊，兵将把守门；你到庙中来，来这干什么？要回阴间去，今来土主庙，来见土王爷，前来取路票，放我回阴间。这样一说出，会让你进门。进了大庙门，来到庙正殿，土地老爷他，坐在正殿上。三头六臂的，左边注录爷，右边是判官。见到土地爷，双膝跪下来，双手合拢拜，磕上三个头。土地爷问你：你到庙中来，你来做什么？你要告诉说，我今阳寿满，要回阴间去，来向你辞行，请你给路票，路上无路票，处处难过关……’这土主还注册彝民的魂。婴儿出生、娶来新娘或招进女婿，要到土主庙祭祀，一方面表示添丁人曾在土主处注册，让土主知道老黑山人口变动情况；另一方面求其保佑。人死时要报告土主，求土主给灵魂发放阴路通行证，这样，亡魂才能去祖先发祥地。在墓地必立一棵土主神，意掌管阴魂。人生病，认为是掉魂所致，须招魂才可愈。招魂的方法是：毕摩或苏尼带病人到招魂山或坟地招魂，然后把魂招到土主庙处报到，最后招到家里，使其附于病人身上。土主主管风雨和五谷。每一座土主庙，土主神居中，山神和土地神配祀两侧，风神、雨神和雷公的神像绘于侧壁上部，一只老虎喷云吐雾，表示土主身兼主宰风雨和五谷的职责。祭土主时，人们祈求风调雨顺，五谷丰登。”

安教授说：“你说的这些我终于明白了。你说说看，大黑天神身上没有髑髅和蛇，那该整成什么样子。”

达布说：“这大黑天神呀，脸是黑色的，眼睛是蓝色的，金心银胆，三头六臂，六只手分别握铁叉、铜铃、钢鞭、铜镜、太阳、月亮。他骑青牛，青牛前面是两只老虎。你看看，这样是不是更好一些。”

安教授说：“这样也好啊。”

达布说：“这事呐，是安置神像的事，大意不得的，要考虑周到才好。”

安教授说：“要不我们去土主庙看看。”

他们走了出来，走在山路上。远处零零星星的村庄，成片的苞谷正挂包长须，很精神的样子。

达布停了下来，望着远方说：“安教授呀，过去，从那涛村你家府衙看出去，看得到的都是你安家的辖地。当然还不只这些，有些村落还在山的那一边呢！”

安教授说：“好啊，现在好了，总算是实现了父亲的愿望。他年轻时就希望土地回到农民手里。我这次回来，也就是要把旧房子改造好，留给村民们用，把土主庙盖好，留给老黑山的彝胞。”

达布说：“我忘了一件事。就是过去土主庙有守庙人的。那是村里的约伙家。约伙已经去世了。他的孙子在省城工作，约伙的儿子去了省城和儿子生活。这么多年，土主庙一直没人管理，所以衰朽了。”

安教授说：“等土主庙修建好后，是不是请个人来管理，再做考虑。”

达布说：“过去建土主庙是你家出的钱，祭祀是你家优先。如果是公祭，那就大家合用。看来以后是大家的庙子了。”

安教授有些气喘。他揩了揩额头上的汗珠，感叹说：“岁月不饶人呐，眨眼间，两代人过去了，我们也老了。”

达布说：“我们是老了，可是山不老，水不老，神灵也不老。我们世世代代在这里生活，守着这里的山水，祈祷这方神灵。”

土主庙的大门是几块木板钉成的，其中两块已经断了。一块上方断了一截，另一块下方断了一截。安教授看着大门说，这么大个门缝，狗也钻得进去了。只怕狗进去了，吃了里面的祭品。

达布说：“不会的，里面的门，我已经修过好几次，狗进得了院子，进不了庙的正堂。”

土主庙的院子有篮球场那么大。场地还算平整，地面是泥土和细细的砂砾。院子两边是两棵高高的山茶树。庙宇是三间平房，上面用瓦覆盖，瓦沟里立着些枯草。看来是有好几年了。

安教授说：“这庙漏雨么？”

达布说：“不漏。有少量的瓦裂了缝，我找人换过了。”

庙宇有三间房，房门都向着院子开着。

他俩进了正中的一间。里面算是神殿了。

泥塑的大黑天神，只有身架和大致的轮廓，已经看不出神态了。表皮已经完全脱落，露出了竹条和茅草。大黑天神前面，是用土墼砌的半人高的祭台，上面放有几个碗，插着几炷残香。

安教授问：“怎么就只有一尊神像？”

达布说：“我听阿爸讲过，过去是有十一尊的，‘破四旧’的时候被人捣毁了。这一尊是后来塑的。我一直想恢复，可惜没这个能力。”

安教授又问：“旁边两间房子是做什么用的？”

达布带他到左边一间看了看，里面放着几口锅，一些瓷盆和碗，几把菜刀和砍刀，还有一个灶台。

安教授说：“这些炊具供人们来这里做菜祭献？”

达布说：“这主要是那涛村村民们来集体祭祀时用的，一般是在正月初二、二月初八和六月二十四火把节。集体祭祀时人比较多，要办伙食。如果是村里家庭来祭祀，祭祀日就由偶发事件来确定，比如结婚、生孩子、畜产仔、买牲口、畜疾、招魂、出远门等，自家的人带一只鸡到土主庙献牲祭拜，祈求土主保佑平安。”

安教授问：“那人多了，在哪里摆席吃饭？”

达布说：“就在外边场子上，铺上绿松毛，七八人围成一桌，挺热闹的。”

两人又到右边屋子里，见里面有张木床，有几个凳子，放置着祭祀用的杂物。

达布说：“这房间是祭祀物品堆放点，也是祭祀人员商量事情和临时休息的屋子。”

安教授出来，站在院子里，看着庙宇说：“小了点，小了点。”

达布说：“这么大差不多了，够了。”

安教授说：“我想一步就位，免得以后重修费时费力。”

达布说：“说说看，你的想法是什么？”

安教授说：“这三间屋子，拆了重建。一次性盖成砖混的，一层。另外在旁边盖一间大点的平房，用来做厨房。院子也打成混凝土地板。围墙推倒重来，用砖砌。”

达布说：“这倒好，可是要花好多钱的。”

安教授说：“钱不是问题，我要的是牢靠一点。我年纪大了，不可能再来盖一次了。随后找施工队来，争取两个月做好。”

达布说："我想，钱固然不是问题。但土主庙是全体村民的土主庙，你一个人出钱有些不在理，这事跟你家故居不一样，这里是家家有份。我看这样好了，你出材料钱和师傅的工钱，劳动力由村里面出，一家出一个人。劳动力只供两顿饭。这样更好一些。"

安教授说："就不要再麻烦乡亲们了，我请人来做吧！"

达布说："不行，这个不行，村里的公事，家家都要出点力才行。再说，家家都要积点德吧，总不能有事才来乞求神灵保佑。"

安教授说："那就村里出劳动力，省下来的钱，就给神灵塑像。"

达布说："我说过了，不用塑像，画在墙上就行。"

安教授说："上头说了，修旧如旧啊。里面有一尊就塑一尊，有十尊就塑十尊。"

达布说："完全按上头说的办吧，你家的旧宅子，就修成那些来老黑山住的旅馆或者接待站，土主庙就成外人来看稀奇的地方。"

安教授见达布有些生气了，就说："那就按你说的办吧！"

达布说："什么叫按我说的办？你爱怎么办就怎么办吧！我看你呀，根本没有把老黑山当成你的故乡，你就凭着你是安土司的后代来整稀奇给我们看！"

安教授看达布真的生气了，不再说什么。

达布抽了支烟，淡淡地说了声，下山吧，该回去了。

回到村里，达步没和安教授说什么，径直回家。

晚上，自多来达布家。达布知道是安教授去找了他。

自多说安教授同意按达布说的办。只是动土那天，达布大叔还得去搞一下仪式。达布说："可以，以后我同村子里的人一样，该搬砖时搬砖，该挑砂浆还挑砂浆，该打地板还打地板。只是我觉得，这个安教授，是个科学家，有时候我觉得他就是个死脑筋！"

自多说："算了吧，他大老远的回来，做到这一步也不错了。"

两个月后，土主庙建成了。离土主庙一百多米处老锥栎树下的土井也用砖和水泥砌了起来，干净了不少。祭祀用的水好多了。

那些神灵是画在墙上的。神灵像前砌了长长的祭祀台，分明就是一张长长的供桌。左边一间屋用来堆放祭祀用品，右边一间屋用来议事和休息。厨房移到了平房里。

工程全面完工那天，达布请了三位毕摩，加上者都，五人一起作了一天一夜的毕，祈求土主保佑老黑山人畜平安吉昌。

毕摩病

翻修了土主庙后，达布病倒了。

那天，安教授来向他告别，说是要到硕博学院做几场学术报告。做完报告后，他要返回美国去。

达布说："房子也修好了，祖灵也送了，土主也供了，你可以在这里待上一段时间，甚至可以在这里养老，这里才是你真正的故乡。"

安教授说："我也这么想的，可这事还得回去跟老伴商量，还得跟孩子沟通。还有，我也有些事没有做完。"

达布说："那就去吧，老黑山随时欢迎你回来。"

送安教授出了门，他回到家里，在沙发上坐下，忽然感到有些眩晕。坐了一会儿，他进卧室躺下。

沙妮从外面打猪草回来，不见达布在堂屋和厨房，就在院子里喊，她以为他上楼去了。

达布听见了沙妮的叫喊，应了声。沙妮有些奇怪：达布大白天睡觉，是不是喝醉了？

她进了卧室，问达布："你是怎么了？"

达布说："刚才觉得有些头晕，跑来躺着。看来是病了。"

她说："可能是累着了，多歇一会吧！不要乱说自己病了，要是病真的找上门来，我没办法。你会治病，我可不会。"

说罢，她退了出去。

不一会儿，他睡着了，进入了梦乡。

梦中，他走在一个荒坡上。好像是在夜里，有月光，但一切都朦朦胧胧。荒坡上有枯草，还有一蓬蓬的灌木丛。那些灌木丛是些刺树。他独自一个人走着，要去寻找一棵松树。他要把它砍回来栽在院子里，搭个青棚，给儿子布扎娶媳妇。

他扛着砍刀走着。灌木丛中冲出来一群鬼，个个青面獠牙，举着长刀。他左右一看，一群鬼正向他围过来。他有些怕了。一个鬼高喊着："抓住达布！抓住达布！"

他转身往后跑，可是小腿像是坠了石头一样，跑不动，脚板也有些生疼。他感觉身后有股风呼呼地向他刮来，他听到群鬼的长刀在风中舞动而响起的咻咻声。他害怕被他们捉住，他拼命地跑着，有些喘不过气来了。

沙妮做了红糖煮鸡蛋，端了进来，听见他在呻吟，忙将他推醒。见他睁开眼睛，问："你怎么了？又喘又哼的？"

达布说："做梦呢，被一群鬼追杀。我忙往家里跑，可是跑不动，心里又着急，就这样子了。"

沙妮说："坐起来，吃点红糖鸡蛋吧！你是毕摩，怎么就怕起鬼来了！”

达布说：“这是在梦里呀，我不知道自己是毕摩，也没办法对付鬼，害怕嘛，只有跑了！”

达布起身，坐在床头，吃了那碗红糖鸡蛋。

沙妮收了碗，说：“你就歇着吧，看看是不是累着了。”

达布说：“你忙你的去吧，我歇歇看。我会医病，我好好想想，我到底得的什么病，然后再配服药煨了吃。不几天就会好起来的。”

沙妮去地里忙活去了。达布觉得稍稍有了点力气，起来堂屋里坐着。他想，他是气血两虚了，得配服药来调理调理。他到耳房楼上找了些药材，到厨房里用药罐煨了起来。

厨房里不一会儿就传出一股药味。他坐在火塘边，想自己头晕这件事。

他曾听祖父索吉对父亲吉达说过，干毕摩这一行当的，不会有什么大病，到了年岁大了些，多半变得瘦弱，看上去就像病了的样子。毕摩不像苏尼，苏尼身体好时候，一跳几小时，不会累的，可一病起来就像瘟鸡一样。毕摩的身体状况是平稳的，到了老时候才明显衰退。到了做不动毕的时候，自然就要弃毕。都病歪歪的了，神灵理你做什么，作毕也不灵了。所以，身体吃不消就不能硬扛着。就像一个人年轻时能背七八十公斤的粮食，到了六七十岁了，硬要背那么重的粮食，不整出事来才怪。

他想，自己是不是到了不能作毕的年纪了？可自己明明才五十老几，算不得年岁大呀。作毕这事，父亲也说，毕摩一旦作毕，常常是连续几天不休息，又是跟神灵打交道，相当消耗体力。所以，身体孱弱的人是不能收为徒弟的。

他服了药，又睡去。夜间，出现了全身酸痛的状况。沙妮认为他是得了感冒，他说不是。他得过感冒，根本不是这种痛法。以前他得感冒，服一点姜糖水就好了。感冒来了，他就想睡。可这次是，开始是睡得着，但老做噩梦，后来睡不着，脑子又清醒得很。

第二天，他吃了一小碗饭，服了药，又去躺着。睡着睡着觉得恶心反胃，起来坐着，不一会儿就呕吐，吐了半盆。再后又是腹泻。这下，他终于没多少力气了，走路都得扶着墙了。

沙妮放心不下，打电话要布扎回来。布扎说："要不请人把阿爸拉出来，到乡卫生院住几天。不要老是相信自己那些草根树皮才是药，说不定出来吊上几瓶盐水就好了。来这点，我也好招呼。"

沙妮说："你阿爸的脾气你又不是不晓得？他不会去乡卫生院看病的。你回来一两天吧！看看是什么样子再说。"

布扎说："我知道阿爸的犟脾气，大毕摩的面子到底有多大？生病这个事情，哪个不会碰上？懂医又怎么了？自己能医就医，自己医不了请别人医还不成？"

沙妮说："你就莫讲那些怪话了。你回来吧！万一你阿爸的病加重了，我一个老妇女真没办法。你赶紧交接一下你店里边的事，就算回来帮我两天吧！"

布扎说："阿妈，你莫急，我的话虽然毛糙些，可我还是你们的儿子，我一会儿就回来。"

沙妮还打了电话给者都。说是达布病了，要他来看看。

电话是在大门外边的大路上打的。她怕达布阻止。

布扎回来的时候，天色已经晚了。他去了达布的房间，达布正睡得迷迷糊糊的，还说了几句梦话。

布扎又去了厨房，沙妮阿妈正给他做饭。他和阿妈聊了几句。

者都也到了。者都也去卧室里看了达布，然后来到厨房。

者都有些焦急地说："婶婶，也不知达布师父得了什么病？"

"他没有告诉我，他懂医的。或许是他也弄不明白是什么病。"沙妮说。

布扎说："者都老表，你说是什么病呢？"

者都说："我不懂医，弄不清楚。"

布扎说："原来你跟阿爸学的也只是神神鬼鬼那一套。我以为阿爸教你医术了。要是你学了医术，这下就有用场了。唉，神神鬼鬼那一套，关键时候真派不上用场。"

者都说："我也是来看看，想想有什么办法。"

火塘里的火燃烧着，火光照着他们的脸，像给他们镀了一层金。

两人沉默着。屋里只有沙妮炒菜的声响。

沙妮把菜弄熟了，端去了堂屋里。随后又叫他俩去吃饭。

者都说他吃过了。布扎说，阿爸正睡着，没事的，你喝点酒吧。

者都只好喝酒，布扎没有喝，吃了两碗饭，放下碗筷和他聊天。

布扎问者都："这两年收成怎么样？"

者都说："也还马马虎虎吧。只是这苞谷、豆子不值钱。平时跟着师父去作毕，也有一点收入。"

布扎说："其实老表你也可以出去打工的，作毕这个事情，一年也没有几次，发不了家的。"

者都说："这个嘛，原来我跟师父学毕时，师父也对我说过，说当毕摩成不了富翁的，只是不会饿着冷着而已。我呢，不想出去了，好好学毕摩。还有，师父说了，毕摩一进城，作毕也不灵。城里边不是我待的地方。"

布扎叹口气说："我呢，只是说去远了让阿爸阿妈不放心，我也不放心他们。不然，我也想出去了。"

者都说："你摩托车卖得好好的嘛，要出去干什么？"

布扎说："这乡街子上，原先也只有我一家在做这个生意，这两年一下子多了起来，有六七家了，现在助力电动车又来了，生意不好做。还有，小汽车也慢慢进来了，说不定以后就很少有人买摩托了。出去打工的人越来越多，阿姐她们村，能出去的都出去了，待在村里面的只有老人娃娃。"

者都说："我们村也有将近一半的人出去了。"

布扎说："我们那涛村少一些，也就只有三四个吧！"

者都说：“那你出去后，打算干什么？”

布扎说：“去汽车修理厂打工吧！”

者都说：“我想待在村里，好好学毕摩。这门学问，怕是一辈子学不完。以前我听说过，老一辈毕摩中有人会做防山崩地裂的毕。那年我们村发生的泥石流，把我们村整惨了，好在政府帮了大忙，我们盖了新房，建了新村子。不然我还真不知道日子怎么过。”

布扎说：“哎呀老表，你想得太多了。依我看，你当毕摩，逢年过节帮人祭祭祖，祈祷祈祷，料理一下红白喜事就行了。其他的事情，只怕是吃力不讨好。”

者都说：“我问过师父了，师父说，他也不会做这种毕。他说，想学的话，要走出去，老黑山没人会做，并不等于别处没人会做，诚心要学，还是找得到师父的。师父说，这种毕可以学，可是那种把山咒垮把屋咒倒的毕是不能学的。因为那是害人的，害人终害己。”

咯吱一声门响，达布出来了。卧室的门在堂屋一侧，他打开门，看见了他俩。

“说得正热闹啊！”他笑着说，但脸色一样灰暗得很。

者都站起来，走过去扶他。将他扶在饭桌边坐下。

布扎问：“阿爸吃碗饭吧！”

达布有些为难地说：“我就吃几口吧！”

达布吃了几口，就不吃了，说只想吃碗糖水，布扎起身去弄了。

者都问："师父好些了吧！"

达布说："这一会儿稍微有些力气，听见你们在说话，就起来了，我也拿不准是什么病。一会是头晕头疼，一会又是上吐下泻，一会又是全身酸痛。真是帮人看了大半辈子的病，自己病了却没谱。"

者都说："要不这样，我给你做一次毕。"

达布说："不用的，你做不了。你是我徒弟，我清楚你有多大毕力。"

者都说："这样不成的话，你说吧，要请哪一位毕摩，我去请！"

达布说："者都呀，这老黑山的毕摩，我都认得，既然不要你作毕，我还会要别的毕摩来作毕么？"

者都说："那就不请了，可这不明不白的病，得请毕摩作毕才好。"

布扎端了水过来，放在桌上。他接过话题说："阿爸，要不，去乡卫生院看看，或者去县医院看看也成。"

达布说："不用了，我自己弄些药吃算了。如果还不好，就认命吧！"

者都说："只是这病不明不白的，真让人放心不下。"

布扎似有所悟地说："唉，老革命遇上新问题，我怀疑是得了毕摩病。"

达布说："布扎，莫乱说啊！我家世世代代是毕摩，没有听说过毕摩病这种说法。"

布扎说："我也只是推测。你们不看电视吗？上边不是有职业病这种说法嘛。说是坐办公室的人易得颈椎病、肩周炎，经常接触粉尘的人易得肺病，经常在潮湿地方干活的人易得风湿病。以前我卖摩托，也不知长期骑摩托易得关节炎，后来我卖护膝给他们，他们嫌我多收钱，我就干脆白送了。膝盖长年被冷风吹，当然会得病！"

达布说："我又是狗咬摩托，不懂科学了。布扎，你给我们指出一种病来了。"

布扎说："你们长年作毕，我想也会积劳成疾，生出一种病来。"

者都说："那我以后得琢磨琢磨，也预防一下。"

达布说："我这病就叫毕摩病，反正也是毕摩生病嘛！"

他这一说，把者都和布扎逗笑了。

他喝了水，让布扎招呼者都去睡，自己进卧室睡去了。

他又做了个梦，梦见了安教授。

在梦中，安教授是个七八岁的小男孩，穿着天蓝色的对襟衣，对襟从背部、肩部绕了一圈花边过来，一直到前胸纽扣处。安教授的母亲牵着他的手，到达布家来了。

安教授的母亲头戴黑蓝的包头，前身系着围腰，背着一个花布包。走起路来围腰的银饰吊坠相碰撞发出了一串串响声。

安教授的母亲对达布说："达布毕摩，我家娃儿他爹不见了，你带我们去找一找啊。"

达布问："他去了哪里？"

安教授的母亲说："不知道，他说出门去办事，可好几天都没回来。问过好多人了，没人知道他去了哪里。你得帮我们找到他。"

"你叫我去哪儿找呢？"达布说。

"你是毕摩，只有你有办法。"安教授母亲坚定地说。

"那好吧，我先占卜一下。"说罢，他去楼上取了签筒，在堂屋里为她占卜。

结果出来了，法签指向老黑山头。

他收了法器，带着她们母子上了老黑山。他先带她们去了安土司的坟地里。他说，安向东可能在看祖坟。

坟地里古木参天，光线昏暗。他提着马灯，在坟墓间找来找去。他还喊了安庆文，可没有回声。

找了好一会儿，没找着。他有些泄气了。

他对她说："找不着了，回去吧！"

她说："找不到不能回去，你是我家的毕摩，找不着不准吃饭。"

他说："不准吃饭也行，我去哪里找呢？"

他焦急地蹲在地上，抽了两支烟。然后站起来，说："走吧，继续找。"

找啊找，走得脚也酸麻了。他坐下来，歇了口气。

突然，他脱口而出："肯定在土主庙里，走！"

走了一会，他们进了土主庙。远远看见一个人的背影，那人正在上香，他估计这人就是安庆文了。

他喊了声："安庆文！"

那人回过头来，怎么是者都！

他一下子醒过来了，觉得这梦有些荒唐。

摸摸自己的额头，有汗水，被子也湿了。

他觉得自己发烧了。起身喝了药，又睡去。

第二天，又有几个人来看他。他笑笑说，没事的，过几天就好了。

这样一病就是半个多月才好。他回想了这期间做的梦和承受的痛，他有些相信他得的是布扎说的毕摩病。

毕摩会有单独一种职业病么？莫非他这一种病，可以把他们毕摩同苏尼区分开来？

祖辈没有说过，同伴们没有讲过，经书中没有记载，这毕摩病，是不是又要交给他自己来研究了？可是现在，药书已经上交了，他自己也对自己承诺过，不再研究看病的事了。莫非神灵要他把这种病弄清楚，还是神灵因他没有做好毕摩的事对他进行惩罚？

劝　留

达布在斯古村做客，吃过午饭回来。一路上摩托车上下颠簸。风吹得很厉害，似要撕破他的衣服。

回到家里，他靠在沙发上，休息一会儿。

狗叫了几声。远处似乎有人朝着他家走来。

不一会儿，有人在外边喊开门了。

是支义的喊声，他走出堂屋去开门。

门外站着十来个人，全是干部模样。有乡上的，有县上的，其他几个，他看不出来。

支义向他介绍一位矮胖的男人。那男人手里拿着个保温杯，上穿蓝黑色夹克衫，下穿米黄色的休闲裤，脚穿一双黑色的登山鞋。

支义说：“这是李州长，来你家看看。”

李州长微笑着，伸出手来握住他的手，说：“达布毕摩，早就想来老黑山看看你，今天终于见着你了！”

李州长说完，转头对其他人说："支义主任和我在毕摩家谈事，你们去土司府那儿休息，今晚在土司府吃住，晚上开个短会。"

李州长、支义和他一同穿过院子，进入堂屋里坐下。

达布说："李州长，你们要来，叫乡上通知我一下就行了。你看，让你们找上门来了。"

李州长说："找上门是应该的。你是大毕摩，我们怎能让你去迎接我。我们彝族有话说'兹来毕不起，毕起兹不吉'，兹就是官员，毕就是毕摩，老祖宗有规定，官员来了，毕摩是不用起身迎候的，否则就对官员不吉利。我来老黑山，登门拜访大毕摩，也想讨个吉利。"

达布说："我不算大毕摩，州长你倒算得上大土司了。"

抽了支烟，李州长说："哎哟，大毕摩，你得整点酒给我喝喝！我是客人嘛！"

达布起身去拿了三个碗，一一倒了酒。又去端了一小簸箕葵花籽进来。

达布说："李州长，要不，我去弄点下酒菜来？"

李州长说："今天我们用白话下酒，吃晚饭时再吃菜。"

达布对支义说："州长算是大土司，按老一辈的规矩，要杀牛招待才行。"

支义说："已经安排人去搞伙食了，州长说，杀羊都不行，莫说杀牛！杀两只鸡，整点腊肉，煮碗苦菜，炒盘洋芋就行，钱也是州长他们出！"

达布说："两只鸡的事情，我们出得了。现在我们都不缺吃缺穿，这点伙食，那涛村哪一家都办得了的。"

李州长喝了口酒，说起开发老黑山的事。他说："我听县上的人讲，是大毕摩不同意开发老黑山，不知你是咋想的？"

达布说："我的想法跟他们不一样。他们以为，只要把老黑山开发了，县城里、乡街子上有人吃住就有了收入，我们老黑山的彝胞开了农家乐，这样我们老黑山的人就有收入了。老黑山就开发出来了。"

李州长说："他们的说法也没错，只是太一般化了，没有大毕摩你想的那么多。他们的想法呢，把土司旧衙和土主庙搞成游览点。把土司旧衙搞成游客集散中心，在这里统一收取门票。各村再以一批农家乐招待游客。以后再大张旗鼓向外宣传一下，让人来老黑山探奇休闲。"

达布说："我反对把土主庙作为游览点。我们认为土主庙是神圣之地，不是祭祀之人，不在祭祀之时，不应当去里面热闹的。搞成游览点成什么体统？红头发的进，绿头发的出，成什么样子？穿短裙的进，穿短裤的出，叫什么庙子？我们的土主庙从来都不是给人参观的。我们毕摩作毕也一样，从来不是给人看的。"

李州长说："他们这样的搞法，外地有的地方搞成功了，农家乐开得很火爆。有的地方热闹一阵后，就冷锅冷灶的了。我这次来就是想认认真真听听你们是怎么想的。老黑山是要开发，但不一定非得走人家走过的老路。"

达布说："李州长，还有一点是，我差点说忘记了。我们老黑山，好多地方都有野生菌。对野生菌的采收，我们自己已经有了相当好的办法。从农历五月到九月都有菌子，要是放人进来，那些人图稀奇，又要进山采菌子，必然与村民发生冲突。这样子矛盾不好解决，彝胞们也不会答应。"

李州长说："我和安教授有过一次长谈。他也不愿意把土司旧衙和土主庙作为旅游资源来开发，他说土司府旧衙就留给村里做公房，土主庙是为那涛村重修的。他这样做，是还个愿，也是为了报答当年乡亲们对他祖母的照顾。我曾经想过，想把安教授作为特殊人才引进来硕博学院，可他说，把他引进来，意义不大。因为这边没有在全世界具有前沿性的科研项目让他做。我也曾把你献给州彝医研究院的《老黑山药谱》调给他看。他说，这些都只是普通的方子，开发成中成药是可以的，但是要让他来研究，他说没必要。这药谱里面的方子，硕博州彝医研究院就搞得了，只要他们反复实验，再加上临床运用，就可以交给药厂批量生产。"

达布听到这里，说："这回我那本药谱可以起点作用了。"

李州长说："到时候研究院以方子入股药厂，好多矛盾也就解决了。如果真的投产，那老黑山就成了药材基地。所以，我考虑以后在老黑山建药源基地，你可以当顾问。"

达布说："过去我采药，都是野生的，人工种植我没搞过。"

李州长说："我想让彝医研究院的人来搞人工繁育。完全靠野生，老黑山上长的肯定不够。以后他们搞成功了，乡亲们也就可以学着种，也可以去他们的基地里打工。”

达布说：“这样很好啊，乡亲们也可以种药材了。”

李州长说：“我听说你还有一个叫尼莫诺期的祖传方子。听说这方子在老黑山医心口疼是相当灵验的。”

达布说：“是有这么个方子。祖上有规矩：尼莫诺期绝不外传，传男不传女。”

李州长说：“原来大毕摩家留有一手。”

达布说：“祖上之所以这么做，我也是后来才明白他们的用心。这方子构成非常复杂，稍有不慎会误人性命。我们老黑山的人说的心口疼，有的是心脏病，有的是肺心病，有的是肺病，病因比较复杂，下药的时候，对不同的病，药的成分配比就不一样。一方面我是舍不得把这方子公开，另一方面我又怕用不好害人。所以有好多药厂来找我谈过，我都没答应。”

李州长说：“要不这样，你用药方子和感情劝安教授留下，我用政策措施和政府诚意劝他留下来。让他来搞你这个方子，用两三年的时间把里面的成分搞清楚，搞成可以批量生产的药方。”

达布说：“要是能够搞成服用简便的药方子，那就太好了啊。免得我用药罐子守着煨，还怕火候掌握不好，耽误人家病情。这个药方子，真正做到全州、全省、全国甚至全世界都可以用，就是老黑山的大功德了。”

李州长说：“达布毕摩，你这想法太好了。当医生要想着天下人的病都能治好。我们彝族，历来都有这个献药的传统。那个云南白药就是我们老彝胞献出来的方子。这药方的发明人是个打猎能手，有一天，他打中了一只老虎，谁知第二天他请人去抬时，那老虎不翼而飞了！他细致地察看了现场，发现带伤的老虎是吃了一种药草后逃走的。他采回这种药草，配合其他药物来治疗跌打损伤，效果非常好。云南白药就这样整出来了。以前云南白药只是粉末药，现在有了喷雾剂。你看电视里，那些踢足球的，抢球时跌倒了，起来喷一喷，又像麂子一样跑起来了，多好啊！全世界都用上了！还有那白药牙膏，可以预防口腔疾病呢！一副跌打药，医治了多少人，数也数不清！那是我们彝族的骄傲！”

李州长激动起来，喝了口酒。又说：“达布毕摩呀，有人一说到偏远山区，一说到要搞开发，就头大，就摇头，说没办法。县上跟我反映，老黑山开发阻力大。我来看一看，听一听，真主意、好办法还是在群众心里，老黑山里藏着宝呢。开发老黑山并没有什么阻力，是我们这些坐办公室的高高在上，想的办法牛头不对马嘴！”

达布说：“老黑山是我们的金山哩。我们守着它不会受穷。”

李州长又对支义说：“支义主任呀，你们对山情、村情还是没有摸透，有时候就是瞎起哄。来来来，喝口酒，不是批评你，乡上、县上、州上好多干部也是这种样子。要是我在这里生活，说不定也只会种点苞谷土豆，喝口小酒过日子，想不出更多的主意。”

达布觉得坐的长了，起身说：“我去弄点晌午去。”

李州长说：“不用了，不用了，等会儿我那些同伴们说我吃独食，搞特殊呢！这样吧，你带我出去走走，看看土主庙，看看安土司家祖坟。支义你去土司府旧衙，叫他们多做些菜，你把村民小组长们通知来吃晚饭，我把我的想法跟大家说一说。”

他俩站在老黑山上，向远处望去。远处，群山起伏，像奔跑的羊群。李州长望着远方，说：“这安土司管的地方也不小啊！”

达布说：“好多人以为，安土司家管的，就是老黑山上这二十六个村子，也就是人们说的上十三村和下十三村。其实不是这样。他家收地租的范围，已经超出百里之外，有骑马要走两天的说法。这二十六个村子吧，都是彝胞，往上推几代，跟他家都有亲戚关系。”

李州长说：“安教授的父亲，受过点进步思想教育，能够大胆走出去，不简单呐。现在安教授也成了世界顶级的生物化学专家。我们想让他留下来，为这块故土做些贡献。他内心里是有这个愿望的。”

达布说：“只要他愿意留下来，我可以把方子交给他来研究。”

李州长说：“这样吧，他回老黑山来的时候，你好好劝一劝。”

两人在山上看了看，慢慢地下了山，回到村里。

土司府衙院子里，人们已经备好晚饭。见李州长来到，大家就开了饭。

李州长敬了达布酒，说："刚才说的任务拜托你了，你得把他完成，接下来的事情由我们来做。"

饭很快就吃好。大家又到议事堂里坐好。

李州长说："今晚这个会，算是向大家吹个风。州上、县上、乡上、村上、村小组的人都在这里。我说说我的想法。老黑山有这么多个彝族村子，老黑山有好的资源，是值得开发的。不过，县上报来的方案，我不赞同，太一般化了。说到民族地区、山区的开发，就只想到搞什么农家乐，搞什么探奇休闲。老黑山没必要走这条老路嘛！我们的达布大毕摩向州里上交了《老黑山药谱》，上面有几百种药材，就生长在老黑山；他还向州里交了《毕摩经》，是老黑山彝胞珍贵的文化遗产；老黑山有土司府，有丰富的文化资源。把这些利用起来，老黑山就是一座宝山，就是达布大毕摩说的金山！"

李州长说到这里，喝了口水，继续说开了。

"我想，开发老黑山的思路，大家应该想明白了！首先是保护。州林业局要派出人员同县林业局的人员一道进山普查植物资源，为建立老黑山自然保护区做好准备。州文化局要组织专家到老黑山进行彝族文化资源调查，为建立老黑山彝族文化传承保护区做好准备。州彝医药研究院要派出人员到老黑山，对《老黑山药谱》所涉及的药材进行辨认和核对，同时对部分药材进行人工育种试验。州科技局要想办法为安教授创造条件，让他早日能成功地将尼莫诺期方子的化学成分搞清楚，最终能实现批量生产。这样，以后我们老黑山就不愁发展了！”

李州长说完，让支义说说。支义一下子也说不出什么来，只说了句：“完全赞同李州长说的，我们按李州长说的办。”

李州长又望望别的人，说：“有什么说什么，说错了不要紧。今天我不批评人也不处分人，就是想听听真心话，大家把自己的想法说出来。”

有位村民小组长说：“刚才李州长说的好倒是好，可我觉得对我们山上的彝胞来说，增加不了多少收入。说句实在话，以前达布毕摩还可以给彝胞们看看病，山上那些药材，也起些作用。现在药谱也交了，他说他老了也不看病了。山上那些药材也没有多少用处了。《毕摩经》那些东西，现在的年轻人不爱学，只有几个毕摩会用，也没多少用处。所以我不明白李州长说的这些对我们山上的人有多少好处。”

李州长说：“山上的植物搞清楚了，我们才晓得哪些可以利用。如果《药谱》当中的药材可以人工种植，那么山上的彝胞们就可以靠种植增加收入。如果是药厂直接来搞种植基地，彝胞们可以在基地里面务工，村里和租地的人家可以分成。尼莫诺期搞明白了，以后投产了，老黑山一样提供原材料，达布毕摩和安教授是可以提成的。他们提了成，他们会拿出一部分为老黑山搞公益。你们看，安教授把这个房子修好了，他自己并没有享用，是我们在用；土主庙修好了，也是我们在用。”

县林业局的干部说：“李州长，保护区好搞，可要编制，要经费，现在老黑山这里，条件还是不具备。”

李州长说：“要把工作做朝前。乡上要协调好山上的村民，订立好村规民约，不准再破坏老黑山的生态环境。等机构成立后，落实好管护人员，真正把老黑山保护好。县上要加快成立工作班子，尽快把老黑山自然保护区、老黑山彝族文化传承保护区、彝药研究开发基地三个机构成立起来，办公地点就设在这里。州里有关部门要全力支持县、乡，尽快把工作开展起来。”

有人问：“安教授的实验室，搞在哪里合适？”

李州长说：“这不是明摆着的嘛！搞在彝医研究院肯定不合适。人家达布毕摩把《老黑山药谱》给了他们，却没有给他们尼莫诺期方子。他们找我说过，说达布把好方子留着，把烂方子给了他们。现在要是把安教授的实验室搞去他们那里，他们觉得是受欺负了。我的意思是同硕博学院商量，在他们那里搞一个实验室。这个事情呐，达布毕摩没有错，他爱怎么献就怎么献，他想献给谁就献给谁。彝医研究院的人有些想法也很正常。我还跟他们开玩笑说，那药谱真没价值吗？送来给我，我让达布毕摩赠送给外地的药厂算了，达布毕摩还能狠赚一笔呢，他们又不干了。这样吧，大家都不要讨价还价，这事干不好，惹得达布大毕摩不高兴了，我们一样事都干不成。”

会场爆发出了阵阵笑声。

达布听懂了李州长的意思。李州长他们不一会儿就走了。

过了五天，安教授回到老黑山来了。他说，他这次来，是来向乡亲们告别的，这一去，也许一两年后才会回来，也许就来不了啦。

告别的饭是在达布家吃的。达布只喊了自多组长来陪。

达布说了要他留下来的目的，就是把尼莫诺期搞清楚。

安教授说："尼莫诺期，心病啊，这也差不多成了达布毕摩的心病了，好像不把它搞清楚，你这个心病就没人能医好。"

达布说："我的毕术有人学了，医术没有人学，这么好的方子，绝迹在老黑山，可惜了。"

安教授："为了这方子能造福更多的人，你也是想尽办法了。我也想过，想把方子带回去，可是药材带不出去。李州长的意思，是让我把这个方子做成像西药片剂一样方便服用的药片，从而能够进入国际市场，为世界人民造福。"

达布说："我想的就是这样了。好方子只有老黑山的人用，那我们也太小家子气了。你留下来吧，这方子是个金坨坨，只有你挖得出来！"

安教授说："我还是感觉到力量不足。我参观过硕博学院的生化实验室，条件达不到。还有他们的人员，多半是教学型的，不是研发型的，没法做我的助手。"

达布说："我想设备不是问题，李州长已经安排科技局，让他们创造条件。"

安教授对自多说："对了，你们对土司旧衙，还是要好好保护，不要让它损毁得太快了。我呢，有机会就回来住上几天。”

达布说：“安教授，那你答应留下来研究我这个方子了？”

安教授说：“你给我指出了老黑山的金坨坨，我就挖它一回吧！我再回硕博城一趟，把设备的名单列出来，让他们去添置。我回美国去，把我的团队带过来，争取早一点弄好这方子！”

达布说：“你真有你父亲安庆文那样的火色！说干就干！”

安教授说：“我的血管里面有老黑山的东西呢，这事儿啊，就是一分钱的报酬不要也得干，我得拿出点火色来！”

第二天一大早，安教授离开了老黑山。

流　言

老黑山被流言笼罩着。这流言是对着达布毕摩来的。

这一天，达布从外村作毕回来，在沙发上坐下，倒了杯水喝。

沙妮告诉他：“外面传得有鼻子有眼的，说你要当村委会主任了。”

达布想起来了，前几天，乡上的人来村里传达过村委会换届的精神。村干部要换了，差不多就要搞选举。

“我怎么就要当村委会主任了？还说得有鼻子有眼的。”达布漫不经心地说。

沙妮说：“你倒无所谓，可外面说法多呢，人家当然不会当着你的面说了。”

达布说：“由他们去说吧，反正我不会去当。”

沙泥说：“不当就不当嘛，莫要去蹚这浑水。”

达布不想多说这件事，说：“他们爱说就让他们去说吧！”

沙妮说："唉，要是当年你不回来当毕摩，早就是国家干部了。跟你一起当村干部的，一个在乡上，一个去了县上，当初他们都不如你呢。"

达布说："那是多少年前的事了，不提也罢。我回来当毕摩没错，人家当国家干部也没错。当干部，当毕摩，各有各的好。"

沙妮起身去院子里拣豆子去了。豆子脱了粒，已经晒干了，她要拣了里面的石子和杂物。

达布起身，拿了砍刀，说要到自家的山林看看，春季栽下去那几十棵核桃树长得怎么样了。

达布在山路上走着。他走得有些快。不一会儿，他看见前面有人走着，就跟了上去，好一路聊天。

前面走着的是德题。离他四五步远的时候，他喊了声："德题老表，等着一路走。"

德题回过头来，笑着说："达布老表，上山转转？"

达布说："我去看看我家今春栽下的核桃树怎么样了。哎，瞎忙瞎忙的，大半年没去看了。你也去转转？"

两人走着，德题说："我去砍两棵细叶子树，做锄头把。"

德题边走边抽着烟。走了几步，说："达布老表，你再过一久去当村主任，就没时间管你自家的林地了。"

达布说："我当什么村主任？这么一大把年纪了，还去干吗？"

德题说："不是年纪不年纪的事，我看你是合适的。"

达布说："我二十多年前就当过了，现在又去当，成什么样子？"

德题说："年纪不是门槛，经历也不是问题。我比你大三四岁，我们都还记得，我们二十出头的时候，一批被打倒的老革命出来了，他们重新当了中央领导，我们农村的日子就好过起来了嘛。当时，他们的年纪也大了，照样还是为老百姓干了好事大事。"

达布说："这事扯远了，比不成的。"

走了一段路，他们就分开了。德题说的话，证明了沙妮说的传言是真的。

这以后的一段时间里，就有这样那样的流言传到他这里。

一种说法是，这几年达布不只是在当毕摩，实际上在搞人际关系呢。安教授回来后，他借安教授的力，大大地火了一把。修了土司旧衙，修了土主庙，还到县里的论证会上露了脸。这就是明摆着向外面宣告，老黑山是他达布说了算。他想着当村主任，以后再当副乡长，这样他就可以转为国家干部了。

另一种说法是，他达布二十年前就想着当干部了。他阿爸吉达本来就可以当的。当年有一个毕摩，向政府交出了经书，又懂彝文，被破格录用为国家干部。那人比起吉达，还是矮了半截。吉达还懂医，有家传的医术。可是吉达有些胆小，没有去交，结果没当成。达布自然要把这个遗憾弥补掉。吉达叫他回家当毕摩，可能是早有打算。村干部要转为国家干部，起码得在全乡的村干部中出色才有可能成为副乡长，然后就正儿八经地成为国家干部了。吉达让达布当毕摩，可能想适当的时候捐了经书，这条路更快些，说不定运气好，又被录用为国家干部，到县上或者州上工作，比当副乡长强多了。

还有一种说法让达布都觉得太离谱了。那种说法是，达布太聪明了、太厉害了。他把经书和药方子交出去，他料定政府会奖他一大笔钱的。他真的拿到这笔钱了。有了钱好办事呀。人家州长，还有什么统战部部长，还有县上的乡上的，这几年来了不少啊，都是冲着达布来的。州长是什么官，要是在以前，是大土司呐，也是亲自到他家里呢。这些领导的意思明白得很嘛，他们看中了达布，达布迟早是要当干部的。达布这关系，已经做到了州长那里去了。州长是什么人，提拔个县长都不成问题，提拔个村主任根本用不着吭气，下边早就明白早就安排好了。

再有一种说法让达布想起就禁不住笑了起来。说是达布把钱给了他儿子，准备在乡街子上买地盖房子。那不就是人家说的早就把房子准备好了，将来一当上副乡长，有了房子，像模像样，到点上班，到点下班，回到家整一碗羊汤锅整一碗小酒吃，过好日子呢。

这些不沾边的传说像瘟疫一样传到了他家里。最受不了的是沙妮。沙妮最先是数落他，说他当毕摩当憨了。达布笑笑，说："在老黑山，我头一次听说，当毕摩会把人当憨了。"

沙妮说："你不是当憨了怎么的？你要当村主任早几年怎么不去当？如今都当爷爷的人了，还发什么羊癫疯要去当什么村委会主任？一个月拿三四百块钱的补贴风光得很啊？你要真想钱，去布扎那里当帮手，他一个月也可以给你一两千。要风光，当毕摩就得了，莫去凑这个热闹。”

达布说：“你真相信了人家说的话？哎，看来，我真是要当干部去了，把你丢在家里？”

沙妮说：“去吧，去吧，你当干部得了！我一个人在家里清净。你在村上当，委屈你了。去乡上当，更委屈了。去县上当，也算委屈你了。去州上当，马马虎虎。要是跟着那个安教授，去美国，让他安排你去联合国当干部，那就光宗耀祖了。”

达布再也没有搭腔。他知道，沙妮有些怨气，他越说她越气。

沙妮说：“你呀你，当毕摩当憨了，还当穷了。你亲家都道家十几年前就盖了洋房，你呢，就守着年轻时候盖的房子，越来越落后了。物价都上涨了七八十倍，你们作毕，工价也才涨两三倍，我不知道你们是怎么想的。”

达布依然不搭腔。他本来想说，我就是死也要死在老黑山，不出去了。可他想，他一搭腔，就可能变成吵架。一成吵架，就不成体统了。为了点风言风语，吵架值不得。

村民们在推荐村干部。推荐会是在土司旧衙里开的，支义来了。他讲了，村委会要换届。大家都在本村里面推荐，以后村委会，乡里面还要开几次会，村委会主任、副主任和村委会班子成员候选人才定得下来，到时候村民代表再正式选举。

会场响起咿里哇啦的议论声。有人提了自多。自多说，莫提我，莫提我，我就当小组长，下一次，小组长也不当了。支义说，被提名者莫说话，让各户户长提吧。有人提布扎。达布一听，忙站起来说，莫提这个娃儿，他只会修摩托。你就是让他当，他也不会回来，莫要浪费精神，万一真选了他，他又不回来，到时候大家都麻烦。

又提了几个人，大家还是小声议论着。德题突然站起来说："我看达布也合适的嘛。"大家你望望我，我望望你，感到德题提得有些新鲜。

"达布以前也当过村主任，整得不错的！"德题又强调了一句。

"让年轻人们干吧，以前是以前的事，现在嘛，我也老了，掌不了这个火了！"达布站起来，说了自己的意思。

会议不一会儿就结束了。走出土司旧衙的时候，达布笑着对德题说："老表，你这不是让我难堪吗？我这把年纪了，还当村主任！"

德题说："我说的是真心话，我是认真的。"

达布叹了口气，不再说话，默默地走回家。

那些传言越说越玄。者都听说了，找上门来。

者都来的时候，是个晚上，他把这些风言风语都说了。

达布笑笑说："这些我都听说了，没什么，到时候一经选举，一切就明白了。"

者都说："我们村也推荐了，我也推荐上了。"

达布说："看你的样子，是想当村主任的。"

者都说："我看当毕摩好，我就拜你为师，当了毕摩。我看当村主任好，也就想当村主任。"

达布淡淡地说："要是你去当了村主任，那就不要当毕摩了。"

者都说："我也只是说说，选得上选不上还说不准呢！"

达布说："我跟你不一样，打死都不当。你呀，还是要记得祖训，若要做毕摩，就莫当兹莫。一去做了官，还当什么毕摩。你真要去当，我也不拦你。我给你做一次毕，你弃毕就是。从那以后，我们也就不再是什么师徒了。"

者都说："你不想当，人家不知道，偏偏说你最想当，把你说得好像早就谋划好了的，我看这里面一定有些名堂。"

达布说："随人家去说吧，我达布还是达布，变不了的。"

者都说："师父，这不行的。你一个德高望重的大毕摩，被人家说成是争权夺利的小人，说成是蓄谋已久的阴谋家。我要去争，就是要说明师父你不是那种人。"

达布说："你也别忘了，你是我的徒弟。"

者都说："我在想，关于你的这些风言风语，是不是来得有些不同寻常？我正在调查，是不是有人下了咒？"

达布说："这事恐怕不可能吧，我达布做事，行得端坐得正，老黑山的毕摩，不至于要用这个手段来害我吧。"

者都说："唉，防人之心不可无。有些人，为了自己的利益，什么都做得出来。"

者都没有回去，在达布家待了一个晚上。第二天早上，他问沙尼："婶婶，家里丢过东西没有？比如师父的衣物。或者是扫出去过父的头发、指甲什么的。"

沙妮说："扫的垃圾，都是丢在村口的垃圾池里，衣物没丢过。"

者都说："那就麻烦了，我担心师父被人下了咒。这样吧，我这就到房前屋后看看，查一下有没有咒物。"

达布在一旁说："你要看就去看吧，看了也放心。免得你疑神疑鬼的。"

者都出去了。达布知道，这咒术经书上讲过。施咒的人用牛角或羊角，或者是牛、羊或猪的四肢骨筒，内装象征性的刀斧锄镰，加入仇人的残衣、头发、手足指甲等物，再装入鸡、狗、猫或猪的毛等，请毕摩为之念咒经，作毕多次，杀猪羊祭之，施以魔法，使它成为有魔力的灵怪魔鬼。之后，由毕摩将主家所要诅咒的人的灵魂招进上述骨筒之中，藏于仇家房前屋后，使仇人遭灾受难，直至死亡。施咒的人往往是明里无力对付仇人，才私下请毕摩下咒的。

达布不阻止者都，他就是想让者都找一会儿，找不到，他自然也就不会多想了。

两个多小时后，者都进来了，说没找到，估计这咒物藏得太隐秘了。

者都还是放不下心。他向达布建议，请苏尼来跳神驱鬼，说不定就会发现咒物。只要找到了咒物，将它取出来，就可以避免危害了。

达布说：“我不会请苏尼来搞什么跳神驱鬼。上次我大病，我也没请她们。要是苏尼来了能找得到咒物，那我一个大毕摩，早就发现了。”

者都又来了一计，说：“要不，我通知几个毕摩，来师父家作毕，搞一次反咒，让那些不好的事情转移到施咒人身上。羊子我拉来就是。”

达布说：“没有人下咒，哪来的反咒呢？这不是没事找事吗？”

者都说：“不明不白的事，搞它一下嘛。”

达布说：“我们当毕摩，心肠要永远保持清净善良，不要成天想着去下咒，去反咒，天天就跟打仗一样，那叫消灾免难吗？如果真要那样干，不仅帮不了人家，反而把自己整邪了。那样就不好了，迟早会出大事的。”

者都吃过午饭，回去了。

这些事情，他也想过，可能是自己露面太多了，招惹了这些议论。他也不想去解释。反正他不当，也就不会再有人说。

布扎回来了，看来也是冲着这件事的。

晚上，就在饭桌上，布扎提起了这个话题。他的想法和他妈妈是反着的。他说：“既然是推荐上去了，选上了就当嘛！我看阿爸你去当，就是比那个支义要强。再说了，有人说这样说那样，干脆就当给他们看看！”

达布说：“我不会去当的。你也被提名了，你去当嘛！”

布扎说：“我在外面在惯了，不想回来料理这些事情。”

达布说："那一样啊，我当毕摩习惯了，也不想去料理村委会这桩事情。"

布扎说："其实，就当村委会主任这桩事，阿爸阿妈，你们都想错了。阿妈想着补贴低，划不来；阿爸想着当不惯，不想当。老黑山要搞开发，以后一家一户的土地要流转，当村委会主任，有搞头的，补贴不会低，还买着养老保险，有看不见的油水，一个月下来，不会是四五百块钱，一两千是有的。当不惯这桩事情，也不算什么，当几天就习惯了，让别人去作毕就是。毕摩的本领在自己身上，以后不当村主任了，再来当毕摩也不迟啊。"

达布喝了口酒，说："布扎，我看你政策水平怎么这么高，一套一套的，你怎么不去当乡党委书记？我一个大毕摩还用得着你来教？"

布扎说："好了好了，不说了，不说了。当不当村主任的事就不说了。不过，我倒是想查一查，到底是谁在背后撒阿爸的滥药？"

达布说："你会查出什么结果来，算了吧。"

布扎说："这些有鼻子有眼的话，我想了又想，肯定是你那个徒弟者都说出来的。他很想当村委会主任。他料想，村民们会选你当主任，所以就故意放话，让你早些表态。也借此把你的名声搞烂了。唉，听起来好可怕哟！为了当一个小小的村委会主任，阿爸你可是用尽了手段了，而且时间跨度将近二十年。他又来找你，让你主动和他断绝师徒关系，这样他就可以不作毕了，专心地当村委会主任去了。我听说了，他也是候选人呢。这就是你的徒弟呀！”

达布把酒碗重重地往桌上一蹾，吓得布扎一惊。

达布说：“你是派出所所长啊！你查出来是者都说的？你在哪儿听说？还有哪个人听见？不要瞎猜，你真以为你那点猪脑子瞎猜一下就准了！”

布扎说：“阿爸，我只想说，要不，这村主任你还是当着。当毕摩的人来当着，我看更好呢。那些神呀，鬼呀，听你的招呼，老黑山的彝胞，也会听你的。还有，乡上、县上，敢把你怎样？你是州长登门拜访的人嘛！”

达布说：“你莫劝我好不好。刚才你水平像个乡党委书记，这下你又提高了，差不多可以当县委书记了！我被你提拔了，管天管地管鬼神还管人，与乡上县上州上的兹莫们通着气。我说过不当了就不当了，也不要再提谁说我的事了！”

沙妮在一旁说：“你们父子呀，争了整什么嘛！一个村委会主任，一家人你一个主意，我一个想法，没完没了的。算了吧！就让它过去了。那些像瘟疫一样的话，等到村委会选举过后，自然就清清楚楚了嘛。”

一个月后，村委会换届。选举结果，达布的票最高，支义第二，洒老村的替米第三，自多第四，者都第五。乡上的意见是，达布不能当村主任，他的毕摩身份跟工作有冲突，只能让他当个委员，就让他当了个治保委员。支义改任支部书记，替米任主任，自多任文书，者都被淘汰。

后来，自多多次来通知达布去村委会开会，他一概拒绝。他说，我说过了，我不当村干部的，这些事情，不要通知我。实在不成，就让者都顶替我。

村上觉得也好啊。原来者都也是入了围的。

者都来找达布，说："师父，你怎么要我顶替你？你原本就不同意我去村委会任职嘛！"

达布说："我的意思是，你不能当村主任，我也不能当。当个委员，我看可以的。你也用不着像村主任、村支书和村文书一样，有事无事往村委会跑。你还是多读经书，不然，你这脑子，以后真不够用！这一回选举，什么关于我的这样那样的说法，都烟消云散了。"

盟 誓

李乡长带着乡林业站长来到了达布家。

他们说，他们是来向他请教的。达布知道，这些请教，多半是谦辞。谦辞后面，是他想不到的事。

这次，达布感觉到他们有他们的为难之处，非得请他不可。

李乡长说："县上已经来了文件，说州里已经原则同意建立老黑山州级自然保护区。现在县里要求要做好前期工作，最主要的是要做好老黑山群众的宣传发动工，要让老百姓晓得建立保护区的重要意义，自觉保护生态环境。"

达布说："上次李州长不是说了嘛，搞一下村规民约。你们乡上指导村委会，村委会指导村民小组，订立一下村规民约，让老百姓知道就行，或者就是责任状，县到乡、乡到村，村到组，组到户，户到个人，这几年的防火责任状就是这样整的嘛。"

李乡长说："那些责任书内容很单一，这回的内容复杂多了。"

达布说："那我也就想不出办法了。一家一户去发动，也不是我的事，我也没有本事这么做。"

李乡长说："这老黑山是大家的山，我们大家一起来保护它。以后要是药材基地建成了，大家也就富裕了。"

达布说："我说过，这山里有宝呢，里面有金坨坨，识得它的够吃几代，不识它的早晚要受穷。"

李乡长又说了他的意思。说要由达布承头，让老黑山的人们缔结盟约，起誓立咒。只要大家敬畏老黑山了，老黑山的保护就有了群众基础。

达布说："这个事情，要多少人参加，有多少条规定，你们还得拿主意。"

李乡长说："起誓的人，包括老黑山上二十六个彝族村子各户户主，还有后山上十二个村子的户主，还有老黑山周边五公里的村子，四十一个村子。总共有一千五百多户。乡上的打算是，准备杀两头牛，把这些户主召集来山上的撒马场那里，举行盟誓。主角是你，你选下日子，需请几位毕摩，你自己定。其他需要准备的东西我们来办。"

达布说："我恐怕整不了那么大的场合。"

李乡长说："你是大毕摩，只能由你牵头了。"

达布说："既然都牵涉到一家一户了，那所有的毕摩都参加吧。盟约的条文你们定，不要多，七八条就行，多了人家记不住。”

李乡长说：“这就好。”

达布说：“日子就定在月尾属虎的那天。我们准备准备吧。”

送走李乡长他们后，他去了楼上，翻出了那本《结盟发誓经》，拿到堂屋里看了起来。半个多小时才看完。他刚从毕时，读诵过这部经，后来很少用到，读得就少了。现在读来竟然有些回生，要是合上经书，真是背诵不了。

他给者都打了个电话，要他抽空读一下这部经，过几天盟誓时要用。者都问：“那个场合都有些什么毕摩？”达布说：“老黑山所有毕摩都要去的。”者都说：“何必去那么多呢？我们师徒二人去不就行了。”达布说：“这你就不懂了，这么大的场合，你整得了吗？你有多大的毕力？记着，大场合就是要人多。你赶快念一下那部经，莫到那一天咯咯噔噔的，丢我的脸。”者都说：“那成，我一定把它读顺溜了。”

属虎日那天上午，太阳刚刚洒满撒马场。各村各户的户主都穿了新衣服，毕摩们穿上了法衣，带着法器。人们在撒马场边上支起了锅灶。点起了灶火，不一会儿传来了猪、牛的叫声。

撒马场这个大草坪，传说是当年诸葛亮南征，驻军老黑山，将士们跑马射箭、练兵习武的地方。从这个大草坪往西南方向走，山势缓缓抬升，走了一公里左右，就是诸葛旧营了。

那里有半人高的残墙，长七八百米。有人猜想，这是当年诸葛亮安营扎寨的地方。达布曾去看过，他是去找菌子。越过矮墙，再走一百多米，就是一处高数十丈的悬崖。驻军在这样的地方，当然只用守好前面。后面是悬崖，敌军自然是难以攀登上来的。

老黑山传说的，更多的是诸葛亮的聪明。这诸葛亮啊，聪明到了他死后也要让人不知其葬在何处。他看好自己的墓地后，便想好了主意。在他临死之前，就亲自点了四个兵，要他们以后来埋葬他。当然了，埋葬之地也只有这四个人知道。他吩咐手下到时给这四个人三两黄金。诸葛亮死后，这四个人按要求造了九十九座坟，将诸葛亮埋在其中一座里。到了造最后那一座时，四人为如何分配这些黄金动了歪脑子。煮饭的那一位想独吞这三两金子，在饭菜里下了毒药。另外三位开圹垒坟的想平分这三两金子，合谋将这煮饭的杀死，埋进假坟。待煮饭那位喊他们吃饭的时候，他们就下手了，真把这人埋进了假进坟里。三人高高兴兴地吃了饭，不久就中毒身亡了。人们又造了一座坟，埋了这三人。后来，人们说：诸葛亮，聪明绝顶大神人，造坟九十九，只埋一个人，多出来一座，埋三个憨人。假若找着了诸葛亮，那一定是煮饭人，饭中下毒想独吞，一样整不成。

那几年电视里播放《三国演义》，有人还对达布说，达布毕摩，我看你用的法扇，跟诸葛亮手中的那把有点相似。搞不好，你们毕摩也是从诸葛亮那里学来的。

达布说，没那回事，我们的法扇，是毕摩神给的，不是哪个人给的。远古的时候，苍天降下灵神果籽落于下界。经过三年九世后，终于长成了杉树巨人，可一直似人非人，似树非树，不能形成人类始祖。过了好多年以后，山神得知必须请毕摩神祛除白、花、黑三秽后举行祭祀行猪胛卜才能成为人祖，于是先后派遣豪猪、白兔、野鸡和蜘蛛作为使者去上界请毕摩神。经过多次请求，毕摩神终于同意下界。他在竹林中砍回三根竹神竿，做成神签、法笠、法扇，外加一部经书，一同送给我们先祖，后世才有这些法器和经书。这些法器，不知要比诸葛亮的早多少年。我读过历史，诸葛亮嘛，只隔我们两千年都不到。我们的法器，随便推算起来，也有七八千年的历史。诸葛亮这种扇子，搞不好是跟我们的老祖宗学的也说不定呢。

仪式搞得很隆重。先由县民族宗教事务局局长吉克富都宣布老黑山自然保护区各族同胞保护生态资源结盟发誓仪式开始。接着由李乡长讲解保护老黑山生态资源的重要性。再由达布和者都带领众毕摩一同念诵《结盟发誓经》。

诵经的声音通过麦克风，从高音喇叭里向外传播着，雄浑的声音传得很远，仿佛是传给老黑山一草一木、一土一石，甚至天上的白云，山脚的河水都听见了。

接下来，乡林业站长宣读了盟约：

一、不乱砍滥伐。如果要取烧柴，不取树木主干，只砍旁枝；

二、不毁林开荒，严格执行退耕还林规定；

四、不盗伐他人山林，不盗采他人林果；

五、不滥捕野生动物；

六、不乱挖滥采野生药材，野生药材只能用于家人治病，不得对外出售；

七、对野生菌实行保护性采收，不得盗采他人林地里的野生菌；

八、在山上用火后，不扑灭火不得离开；

九、林地交界处，双方都要自觉保护，不得擅自移界。

十、自觉接受管护员和护林员的监督检查，每个人都有保护自然资源的义务。

林业站长讲完后，村民小组长们、各户户主喝血酒立誓。

达布扫视了他们一圈，祈祷和诅咒道：

“圣明的先祖和山神，我们蒙你们的恩赐，世世代代生活在老黑山，我们今天面对你们起誓，望你们一如既往地保佑我们。喝了这碗神圣的酒，我们将更加爱护老黑山。如果有人要违犯，他就会像我手中的鸡一样地死去，永远回不到祖界！啊，祖先，让我们的眼睛比月亮还明亮，不做那些瞎了眼的事情；让我们的心肠比甘露还纯净，不做那些像烂泥巴一样糊涂的事情。喝下的酒就是圣水，过了喉咙就留在心里，永远都不能忘记……”

这之后，吉克富都又讲：“各位户主，回去后，也要在家里带着家人起誓。乡长向县长担保，村主任向乡长担保，村小组长向村主任担保，户主向村小组长担保，户员向户主担保，这样子，我们的老黑山才保护得起来。不然，起了誓，不见动作，就是违誓。老黑山，只有靠我们一家一户，靠每个在老黑山生活的人才能保护得好。等会我们好好地喝一顿酒，回去以后要好好地落实。以后我们共同把老黑山建成我们的乐园。”

达布想，这样的盟誓，会把盟约传到大多数人心里的。起先的不愿，现在却变成了欣慰。

祭祖大典

硕博彝族自治州人民政府决定成立老黑山自然保护区为州级自然保护区，同时决定老黑山区域为彝族文化传承保护区。

前几天，村委会主任替米拿了张表格来给达布填，说是申报彝族非物质文化遗产传承人。只要上边认定了，以后每月都能领到补贴。补贴分三等，一等六百元，二等四百元，三等两百元。整个老黑山区域给了十个名额，一等一人，二等三人，三等六人。

替米又说："达布大叔，我们议了一下，推荐您为一等传承人。"

正午的阳光照在院子里，达布和替米各取一个凳子坐下，身上感到暖洋洋的。搁在地上的茶杯里，冒出一缕缕热气。

达布抬起头，望着替米说："毕摩就是毕摩，怎么分出三六九等来？我就不报了。"

替米说："达布大叔，分等级是上边的意思。我也知道，在我们的心里，没有给毕摩分等级的。上边的分法也有些道理，主要看发挥作用的大小。大叔您是做了好多事情的。前不久的盟誓，就搞得很好嘛！要不是你们，我们村委会得一家一户去宣传发动，人家还不一定听我们的。”

达布有些黯然地说：“都什么年代了，还想保护？我看是可怜可怜我们这些毕摩吧！就像那些没依靠的人，去吃政府的低保一样。我达布虽也有一把年纪，但也用不着上边接济补贴的。”

替米说：“达布大叔，您不想要这个名头和补助，别人却争着要呢。今天一大早，者都跟我说，他呢，一等肯定没份，说请我关照一下，搞个二等给他。也有人打电话来说情了。我先来您这里，您先填了，我再找他们填。”

者都的行为让达布有些气愤。他说：“这个者都，谱气都没有，他整个三等都算是烧了高香了。老黑山有好几个毕摩，都当了大半生人了，二等要给他们才合，哪里轮得到他者都？再说了，当毕摩要心平气静，像他这样心浮气躁是不行的，跟着我去过几个场合露过几次面就以为了不起，太嫩了！”

替米说：“达布大叔，那您就把这张表填了吧！正面要你自己填的，背面由我们填！”

达布还是推辞。替米看没办法了，用近乎哀求的声音对他说：“达布大叔，你现在这种情况，你不填报，我要挨批评的，乡上甚至县上都要批评我的。”

达布弄不明白他怎么就会连累一大帮人了。替米从他献经书、献药谱，还得到了州上的奖励，又从他作毕、行医，一件件讲起，还有帮安教授修整了土司旧衙，重建了土主庙说起，说，你做的这些事，随便一件都可以拿一等了，没人不服的。

达布笑笑，我不是跟谁赌气，我做这些事情是自觉自愿，没想过要什么名头，领什么补助。替米又说，现在国家政策好，给你们补助，说明你们搞对了。

过了几天，替米又来了，说是要填表，要把他推荐为老黑山保护区管护员，每月补助是五百元。

达布依旧推辞，说是自己年岁渐老，以后爬不动山了。

替米依然在劝说。自然保护区的管护员当然可以推辞，可是自然保护区还加挂了一个牌子，叫彝医药材基地。这些药材，也是达布大叔你最懂。要让不懂的人去干，不行。萨珠村委会有三个名额，一个给者都，也方便达布大叔工作。达布想了想，说，那就报吧。

那个报表很快就批了下来。有人说，难怪达布不想当村干部，他现在两种补贴一拿，比村干部要风光呢，毕照作，山照转，钱照拿，他的好日子终于来了，也像个干部了。

县民族宗教事务局局长吉克富都找上门来商量挂牌仪式的事。他说，我们搞过盟誓，也算是对老黑山的一家一户有了政策交代。现在州上的意思是简单地搞挂牌仪式没有意思，要搞一个祭祖大典，借着祭祖大典，把老黑山这块牌子竖起来。

达布说，祭祖好啊，以后我们的灵魂就能回到祖先发祥地洛尼山去。阿普笃慕是我们彝族各支系共同尊奉的祖先，他具有超凡的能力，天上地下，没有他不知道的事情，他能文尚武，没有他管不好的地方。阿普笃慕娶三妻生六子，统称六祖。阿普笃慕的长妻蚩以武吐，生慕雅切、慕雅考，封武侯、乍侯；二妻能以咪咚，生慕雅热、慕雅卧，封糯侯、恒侯；三妻尼以咪哺，生慕克克、慕齐齐，封布侯、默侯。六祖封侯，武、乍二侯去南方，糯、恒二侯去北方，布、默二侯留在中央。阿普笃慕统领天下时，划出三界，即天南、地北、中央。天南称南孟国，地北称北仲国，中央称皇国。六祖分支始于春秋战国时期。现在我们在老黑山公祭始祖阿普笃慕和六祖，祈祷他们庇佑老黑山，庇佑老黑山的彝民和其他居民，是件大好事。

吉克富都问了场地。达布说就设在撒马场，那儿地面开阔，摆得开。吉克富都要他来主持公祭，他答应。但他又说，要是请外地的毕摩参加，那就得减少老黑山毕摩的参加人数。

两人商定，老黑山的毕摩六人，外州市和省外的毕摩十二人。老黑山的毕摩由乡政府请，外州市和省外的毕摩要由州民族宗教事务委员会出面请；否则，既不礼貌也不庄重。

吉克富都走的时候，反复叮嘱他：那一天人很多，李州长要来，州县要来好多领导，外地毕摩要来好几个，一定要整好掉，不要整砸了。

两天后，达布带着老黑山五位毕摩上山设祭坛。他们带了行李，吃住在山上。替米带了四个人上来，当他们的帮手。

祭坛一字排开。阿普笃慕祭坛设在中间，为主祭坛，比左右两边的祭坛高大。左边是武祖、乍祖、糯祖祭坛，右边是恒祖、布祖、默祖祭坛。

每个坛后，高高竖立着一面幡帜，幡帜旗面书写有彝汉文彝祖名。幡帜约有三人高，远远就能看到。

会场入口处设了两处沐香净身坛，供来宾净身入场用。

祭祀前一天，达布毕摩举行了汲取圣水仪式，他和者都赶着一只绵羊驮着葫芦到那依河源头取圣水。起先，者都不想让师父去，他想让师父休息，明天还有好多事，他怕累坏了师父。可达布说，这些事情啊，一定要亲自去做，诚心去做，这样祭祖才会起点作用。要是敷衍了事，莫说是祖先庇佑，就连那些来看热闹的人都看不起你。真到了那一步，你还好意思说你是个毕摩？

替米他们按要求在七个祭坛前置放了方桌和条凳。他们还准备了两背箩细叶、长叶栎树枝，还砍来十个芭蕉树筒，每个约一米五高。火盆、木炭、艾蒿、青香叶树枝、柏枝叶等都准备好了。达布汲水回来，又带着毕摩们插了神枝。

祭祖大典提前两个小时举行。原来的方案说，先在土司旧衙搞挂牌仪式，后上撒马场搞祭祖大典。州长李嘉林来到乡上后，看了方案，说把祭祖大典调朝前，先祭祖。

上午八点半，太阳光刚刚照进撒马场。达布就招呼参祭毕摩们在祭坛侧面围圈而坐，举行了毕摩祖师神合神仪式。过后，毕摩退到一边休息。

会场入口处，两个大火盆内，柏枝、艾蒿、青香叶被炭火烘烤，升起了两股浓烟。嘉宾陆续到来，他们从火盆的浓烟上跨过，以示沐香净身。

九点，牛角号和铜号依次吹响。毕摩们列纵队自祭坛左边上场入各自祭坛落座。

达布作为主祭大毕摩主祭，外地的三位毕摩陪祭。其他的毕摩，每两位对一个祭坛进行座祭。

达布念诵了祈祷文后，两位毕摩各拿一个装圣水的葫芦，拿一把青树枝到嘉宾前，让他们以左手食指沾水，毕摩用树枝扫一下沾水的那只手，再把葫芦拿到各个祭坛倒水到碗内。接着，这两位毕摩各拿一葫芦瓢打醋汤，自主祭坛分别往两边祭坛打醋汤，之后下到嘉宾前排座前打醋汤，最后把醋汤倒在两侧。

七位执事弟子各端一个大盘，盘内装着一只煮熟的整鸡，他们走向祭坛，置放于祭坛神位前。

献祭牲后，毕摩落座，祭祀开始。

倒酒之后，毕摩们小声念经并完成各自承担的祭仪。

达布领三位毕摩大声念祭祖经，人们一时肃立，静静地听着他们诉说先祖们的历史和功绩。后来又听他们向先祖们陈说老黑山的恩惠，祈求先祖庇佑老黑山的居民。

半个多小时过后，达布停了念诵声，向左走，撒荞子到长支武祖坛，该坛座祭毕摩大声念祭祖经，而主坛那三位毕摩则小声念经并完成各种祭仪。其后依次往下一祖坛传递完成念经仪式。

待第六祖祭祖坛念经完毕，主祭坛的三位毕摩和各祭坛毕摩依次离座跟随达布到嘉宾前，向嘉宾洒圣水、抛祭粮等，口念祈福经，由右到左退场。

祭仪完成后，他们给了达布三千六百元的酬金，还给了两瓶酒、两条烟、两袋茶和两袋糖。

达布想，这也许是他这一生最大的一次毕事了。

留　守

布扎带着媳妇王东美和女儿扎秀回来了。

扎秀刚满三岁。此时在院子里好奇地跑来跑去。

达布在堂屋里吸着烟，感慨时间过得太快了，一转眼孙女都会跑了。

布扎的婚礼是在乡街子的饭店里办的。那时，达布想在家里为儿子热热闹闹地办场喜事，可儿子不愿。布扎的理由很充分，他的女朋友王东美不是彝族，用不着用彝族的礼性去娶。到了那涛村这边，也用不着用彝族的礼性。

达布有些急了，说：“那涛村是彝族村子，咱家的三亲六戚也都是彝族，在家里用彝族规矩办好。”儿子就是不理他这一套：“他就是个老古董。在乡街子上办婚礼，请人家在馆子里吃一顿饭，然后就完了。只用请五六个年轻人帮忙，花一天时间。在家里办呢，全村的人要来帮忙，客人三天才散完，要杀好几只羊，好几只鸡，好几头猪。浪费时间、浪费财物、浪费人力。”

沙妮过来帮达布说话。她说：“浪费什么时间，十冬腊月，正是老黑山办喜事的时候，我们家不缺给你娶媳妇的钱和东西。再说了，人家办事，我家也是出了力的，我去帮着洗菜做饭，你阿爸帮人家作毕。人家还欠我们劳力呢。”

布扎说：“我不想浪费我自己的时间。秋冬时节，我的生意好做，我想一天就把事办了。在乡街子馆子里办，只要点一下酒水就行，其他不用管。至于说有些远处的客人，到旅馆开房让他们住下来就行，也不麻烦。”

这是达布想不到的。他隐隐感觉到，这个布扎，出去读了几年书，做事不会按他们老一代人的思路来了。唉，好多礼性，在他们身上不再时兴了。

叹气也好，失望也罢，胳膊拧不过大腿，也只好依了他们。那天，他的任务就只是在酒宴上跟三亲六戚打打招呼，陪着喝几口酒。也有人对他说：“达布老表，你应该请个毕摩作毕，图个吉利嘛。”

达布苦笑着说：“听娃儿的吧，他想怎么办就怎么办，我也省事。”

那人说：“省是省事了，你也享福了，可总觉得有些不像。”

达布说：“现在的年轻人，难说了。他们和我们想的不一样。”

那人说：“可你别忘了，你是毕摩，连你家都不兴祖上的礼性了，以后恐怕没多少人信那些东西了。再说，是你儿子结婚，难道你做不了主？”

达布说：“是做不了主，也不想做主了。”

几人又是喝酒，不再说这些话。达布一方面为儿子结婚成家高兴，一方面又为儿子这样办婚礼感到没面子。他不时给人敬酒，不知不觉中就喝得忘记了自己在做什么，自己在哪里。

年轻人们只以为他是陪客人喝醉了，把他扶去旅馆里睡着。

半夜里，他觉得喉咙干得像被火烤一样，火辣辣的，想喝水。他翻了身，喊了声：“娃他妈！”

“你怎么了？”是沙由的声音。

“他舅，我这是在哪里？”达布问。

“哎呀，在旅社里呀，你怎么了？”沙由问。

达布开了灯，起来倒了杯水搁在床头柜上，然后坐在床头抽烟。他看见床头柜上有一瓶酒，就对沙由说：“他舅，起来喝上一口吧！”

沙由睁开眼睛看着他，说：“恐怕不能再喝了。”

达布说：“你醉了？不喝就算，我一个人喝！”

沙由说：“明天中午吃饭时候再喝吧！要不，你出去街上，那些年轻人应该还在烧烤摊喝着呢。”

达布说：“莫跟我说这些年轻人了，他们干屁都不懂。”

沙由说：“你实在想喝就喝一口吧！喝完睡觉。离天亮还早呢。”

沙由翻了身，侧身背对着他，睡了。

达布用水杯倒了半杯酒，说：“他舅，你这个老醉鬼不喝酒了？真是怪了！”说罢，自个儿端起酒杯，喝了一口。

抽了几支烟，想了些心事。又喝了几口，不一会儿，半杯酒就喝完了。

下半夜出奇地好睡。一觉睡到太阳出。

沙由出去，买了几个包子回来。他起来，吃了包子。

沙由说：“唉，布扎也是，家里不布置新房，这儿也没有房子，就在租来的房子里结婚，房子太窄了。我们也不能去坐坐了。”

“等会去饭馆里面坐吧！对了，由代出去干什么去了？”

沙由说：“你就别说了，这个背时儿子，吵着出去打工，实际上是在外边混日子，比不得布扎，布扎起码还干点正事，还娶了媳妇。”

达布说：“不至于这样吧，再说，他还小呢。”

沙由说：“不小喽，你我像他这样的年纪，娃娃都会给我拿火柴，找酒碗了。他出去快两年了，没有什么钱。这次回来做他老表的客，挂了六百的礼钱。昨晚又跟我要路费，明天又要出去混去了。”

达布说：“现在的年轻人，手散，不会节约，存不起钱来。以后会变好的。”

沙由说：“以后的事情，哪个晓得？你是毕摩，你认得一点点吧？”

达布说："不要急啊，事情会变好起来的。"

到了吃午饭的时候，他们坐在一起，喝起酒来。

由代过来，传了一支烟给达布，说："姑爹，昨晚本来我们想给你们送点酒菜来的，想着你们睡了，就没来。看你们的样子，是喝了点寡酒了！这下有菜了，你们多喝点吧！"

达布的手有些抖了。他觉自己确实喝过头了。忙说："不能再多喝了，吃过饭我要回那涛村去的。你送你爸回去吧！"

由代说："不了，我明早就得回去上班。我爸呢，就让他慢慢回去吧。"由代又转向沙由这边，说："阿爸你少喝点，路上摔倒就麻烦了。"

王东美的叔叔过来敬酒，要达布多喝一点，说是大喜事呢。达布说，只能喝一小口了。王东美的叔叔说，亲家，你是老彝族，一小口不够意思嘛！以后我们就是一家人了，大大地喝一口吧！

达布只能喝了。他恍恍惚惚的，记不得这顿午饭吃了多少时间。等到下午五点，太阳都快要落山了，他才被喊醒。还是沙油和他在一起。

他起身，苦笑道："哎呀，我达布终于成了老醉鬼！"

沙由说："在老黑山，我沙由才是老醉鬼，哪里有酒哪里醉，哪里天黑哪里睡。这个外号给你用两天，明天以后还我。"

他两人被领到了饭馆里。这下才有达布家四人和沙由父子俩了。

吃着饭，布扎对达布说："阿爸，今天你们醉了，我本来想领你们去看一块地，我想把它买下来盖房子。"

沙由说："家里有房子啊，用不着盖了嘛。"

布扎说："我们在外边，有自己的房子要好一些。"

达布说："你们看就行了。盖房子的事，以后再说，我一时拿不出多少钱来。"

布扎没说什么。第二天一大早，达布回了村里。

两年多后，布扎用自己的钱和达布的奖金，在乡街子上盖了房。

过后不久，布扎的媳妇生下了扎秀。

扎秀是在乡卫生院出生的。过了两天后，她们回到了新家里。

达布和沙妮得到消息，来到了布扎家。

达布来到儿子的新家，是要守新家，为布扎家举行踩生仪式。布扎要去店里忙他的生意。这些礼性，他不懂，只能由他爸达布来搞。

达布在布扎家待了四天，终于等到第一个不约而来的客人。

这个客人达布过去见过，有些面熟，是个汉人。

客人坐定，达布给客人倒了一碗冷水，然后递了过去。

客人客气地说："老表，整多了，我喝不了那么多。"

达布笑着说："度数低得很，喝得完的。"

客人喝了一口，感觉不对，说："老表，你这是整啥子嘛？

你们老彝族不是说，彝家人有传统，待客要用酒！”

达布笑着说：“你先喝完嘛，我会告诉你的。口渴了先喝一碗水，肚子饿先吃一碗饭。”

客人一口气把水喝完了，说：“老表名堂真多啊！”

沙妮从厨房里端了碗红糖水进来，又请客人喝。客人只好喝下。

达布说：“老表，我家儿媳生了，生了个姑娘。”

客人说：“哎哟，原来我是踩生了。那就祝你家小孙女快长快大，长命百命！我比不得你毕摩，会掐算日子！”

沙妮又端来一碗鸡蛋汤，让客人喝。

达布又倒了酒，对客人说：“这下有酒了，喝掉这小碗，还有九十九。老表，慢慢喝吧！”

客人和达布聊了一会。原来他是来找布扎办事的。他去店里，没找到，就直接来家里了。达布给布扎打了电话，说家里来了客人，回来一下。

布扎不一会儿就回来了。客人说了事，是来拿个什么零件。布扎刚要带客人去拿。达布说，布扎，这位老表是踩生客，我们要招呼他吃晚饭。布扎说，那就不忙着去店里了。我这就买菜去，你们在家里玩着吧。

客人说：“哎呀，不要这样客气了。”

布扎说：“我要多买一些呢，明天，我岳父家的人要来送祝米。”

达布说：“那就多买点，早些回来。”

客人吃过晚饭，布扎同他去取了零件，客人走了。

晚上，达布吩咐布扎，要给岳母准备一套新衣服，给岳父家准备一瓶酒、一只公鸡，待后天送祝米的回去时让他们带回。达布说，现在好了，有了电话，要不然就得带上这些东西先去报喜的。现在你忙，也只好倒过来了。达布说，这个好办，明天我到街子上买就是。

亲家那边来了七个人。亲家的贺礼是一块背布、一套娃娃的新衣、一背篓鸡蛋、三只鸡。其他的亲戚也带来了鸡和鸡蛋，有的还送了大米和红糖。

布扎和他妈做了一大桌子菜。

吃饭的时候，王东美的舅舅提议给孩子取名。

达布说："好啊，是该给孩子取名的时候了。"

王东美的舅舅说："亲家呀，本来该我来取，可是我不懂你们彝族的礼性，我就不取了。亲家你是毕摩，这些事你最上手，你取好了。"

达布说："也成也成，等吃过饭再取，亲家你多喝点酒。"

晚饭过后，达布吩咐布扎杀了王东美舅舅家带来的一只公鸡和一只母鸡煮上，又煮了一块猪肉。

肉煮熟了，达布在客厅里上了香。然后去厨房盛了两碗猪肉、两碗鸡肉，用孩子的帽子罩住鸡肉。又倒了两碗酒，叫布扎把酒肉端进王东美母女卧室的柜子上放好。

孩子被抱了出来。达布请王东美的舅舅给孩子净了脸，剪了发。

达布到香案前行了礼，然后坐下来，念诵起《取名经》来：

……孩子满七日，今天来取名，他人取不合，我来取合理。他人来取名，孩子难成活，由我来取名，孩子能成长。山上迷蟆子，他人取不来，由我来取名；沃土抛过子，他人取不合，我来取就合。这名九十命，这命百岁命，活到鬓如雪，走路拄金竹。一簇发十棵，一人成十人，生女遍各村，生儿满村寨……

达布停了下来，想了想，说："就叫扎秀吧，秀字，汉族也好喊。"

接下来，他又用两只鸡头打了卦，鸡头骨一仰一俯，是顺卦。达布说，就是扎秀了，大吉大利。

沙妮留在布扎家，帮着照料她们母女俩。扎秀满月后，断断续续地生病，到卫生院看了几次都不好。沙妮打电话来给达布说了这个事情。达布认为，可能是肚脐着凉。要她把孩子的肚子包严实一点。后来孩子稍有好转，但也显得体弱。沙妮要他出来看看。达布来了，也没怎么看扎秀。他定定地坐在客厅里，想了好半天，才恍然大悟地说：

"哎呀，扎秀的生日属相与他爸妈的相克呢。"

沙妮抬头看了他一眼，有些惶惑地问："他爸，有办法么？”

达布说：“有倒是有，还得看布扎家两口子信不信了。”

沙妮说：“只要为了扎秀好，不信也得信。”

布扎从外边回来，达布说：“布扎，今天你去街子外边的山地边，砍一枝桃树枝回来，挂在门头上。”

布扎说：“阿爸，你这是整啥子？”

沙妮说：“为扎秀治病啊，扎秀身体太弱了。”

布扎说：“这个恐怕不管用。要是这样能成，卫生院早变成桃树林了。”

沙妮说：“我一下子想起来了，以前你不是喜欢看电视剧《射雕英雄传》吗？里面有一个黄药师，医术武功都厉害得很，他不是住在桃花岛吗？在一个小岛上栽那么多桃树，不是一点道理都没有。”

布扎扑哧地笑了一声。说：“阿妈你真想得出来。我不相信一枝桃树枝治得了病。再说了，那黄药师，人家不是喊他黄老邪么？邪，就是路子不正啊。”

沙妮说：“你少要跟我斗嘴好不好？去砍一枝桃树难吗？当年你们姐弟俩生病，哪怕需要做什么天大的事，你爸和我，心里连咯噔都不会打一个。去吧去吧！”

布扎悻悻地出去了。后来扎秀确实也好起来了。

扎秀在院子里喊了他一声“爷爷”，他的思绪一下子收了回来。

他走到院子里，和扎秀玩了一阵。

吃晚饭的时候，布扎终于说出了他们此次回来的目的。

他们要离开者都乡乡街子，去硕博城打工。

达布不解，说在者都乡街子上卖摩托有什么不好，非要跑到硕博城去呢。布扎说摩托车不好卖了，现在是卖的人多，买的人少。再过一两年，可能买摩托车的人都没有了。现在买小汽车的人多起来了。他们夫妻俩都想出去。

沙妮说："你们要去就去吧，把扎秀留在家里，我帮你们带。"

王东美说："孩子我们要带着去，不能把她丢在老家的。娃娃隔父母时间长了，不好，会变呆了的。"

达布说："硕博城那边，生活费高得很，把娃儿带着去，你们压力太大了。一个人养两个人，难啊。"

布扎说："我都想过了。我们俩口子去修理厂上班。阿爸阿妈你们帮我带孩子。扎秀也该上幼儿园了，你们帮我们接送一下就可以了。"

达布说："一家人去了那里，要租房子，还要吃饭，开销太大，我就不去了。"

布扎说："我的想法是，阿爸阿妈都去。阿爸您一个人留在这里不好。乡街子上这一套房子，我想把它卖了。到了硕博城，买房已经够交首付，一年以后就有房子住。我这里还有些余钱，足够一年的开销。更何况到了那里，我们两人都上班了，生活费的事，问题不大。"

达布淡淡地说："我不想去，让你阿妈跟你们去吧，我就留在这里守家。”

布扎说：“这家没什么必要守了。在其他村子，我看见好多人家，门上就是一把大锁，全家人都出去了，几年也不回来一趟。”

“我真的不想去哪儿了。扎秀嘛，你妈招呼得了的。”达布说。

“是不是舍不得那几文补贴？那几文补贴，跟外面打工比起来，真不叫钱。”布扎说。

“我不是看中那几文补贴。没有这些补贴，我一样还在村里。我在惯了老黑山，哪儿也不想去。”

“我想起来了，您是被那个安向东牵住了。那个安教授，我看是个魔鬼，他一回来，就把您的心勾住了，把您使得团团转。现在嘛，您舍不得那土司旧衙，还有那土主庙，还有山上那些药草。药方都给了人家，还管那些药草干什么？”

“布扎，随你说吧！你爸我哪儿都不去。”

“唉，祖祖辈辈给安土司家当毕摩还没有当够吗？人家去了美国，后代有了几个钱，跑回来，您又死心塌地去给他当毕摩。”

“你放屁！人家一个科学家，要我给他当毕摩！你想到哪里去了！莫说了！明早你阿妈跟你们去就是了，不要再跟我说出去的事！”

达布站了起来，离开了饭桌，不想再说话。

第二天一大早，沙妮跟他们走了。

他一个人静静地站在院子里，感觉自己真的成了留守老人。

他想的是，毕摩文化传习所的事，自从者都以后，他没有收过徒弟。趁现在还有力气，再多带几个人。

尾声

布扎他们去城里生活，总给达布一种说不出的感觉。有时候，他在想，现在老黑山一批又一批的年轻人出去了，去城里打工去了。有一些确实在城里扎下了根，买了房，把媳妇和娃娃接了出去。大多数却高不成低不就的，在城里漂着。年纪混大了，婚事不成，别的也没干成，家里就留下老人守着房子和那几亩土地。

布扎在乡街子上卖摩托车，没有多大的生活压力。盖房子的钱，大头是他达布出的。他们在乡街子上还生活得下去。这下，他们去了硕博城，乡街子上的房子卖了，也只够交首付。以后呢，他们每月还一千六百元，要十年才还得清。布扎要他妈去帮着带孩子，也是无奈之举。他们两口子上班，只挣得了七千多块。要是沙妮不去，布扎一人上班，媳妇王东美带孩子，生活负担更重。

达布去看了他们一次。他看到了他们的房子，那是二手房，已经装修过了。在一个看上去有些破旧的小区里。八十六平方米的房子，够住了。小区内有些杂乱，小汽车、面包车、摩托车、助力车胡乱地摆放着。他特别交代过沙妮，以后带孙女扎秀到院子里玩，千万要小心车子啊，这个铁老虎不得了，被它碰上可了不得。

布扎家两口子去修理厂上班，早出晚归的。沙妮把扎秀送到幼儿园后，顺道去菜市场买些菜，回家就没事。中午简单弄点饭菜吃。休息一会儿，又出去走走，下午五点多钟得把扎秀接回家。小两口晚上八点才能回家。布扎常常是十点半才回来，说是加班。

沙妮把孙女接回来一会儿，达布也就到了。他在客厅里逗着扎秀玩。半个多小时后，沙妮做好了饭。

沙妮说："我们吃饭吧。"

达布说："等他们回来一起吃吧。"

沙妮说："莫等了，他们回来得晚。对了，我出去给你买瓶酒去。"

沙妮说罢，出去了。

过了会儿，沙妮回来。他们开始吃饭。达布喝了口酒，说："我看呐，这房子，还是要得成的。只是这价钱，真是高啊。"

沙妮说："这是旧房子了，新房子价钱高得害怕，买不起的。来这城里生活，什么都要钱，一根葱一滴水都是钱啊，比不得老家，自己在菜园子里动动，一年的菜就有了。鸡猪自己养，买点烟酒，买点盐巴，交点电费，也就成了。城里呀，生活难讨。”

达布说：“就是因为这样，我才来看你们的。我这回也带点钱来，给娃儿减轻一点负担。”

达布聊了些那涛村和老黑山的事。看得出来，沙妮很想回去。在那里，她生活得很自在。种菜种庄稼，养鸡养猪，事情虽然杂碎，可比待在城里踏实一些。眼下为了儿孙，再难也得熬呀。她有些怅然若失地说，等到扎秀大一些，能够自己上学了，我就回去。我在这里，多一张嘴就多一份开支。回老黑山去，起码我还讨得了自己的生活。

饭吃好了，沙妮收了碗筷。达布坐在客厅里的沙发上，陪扎秀看动画片。

过了一个多小时，布扎两口子回来了。

沙妮见了布扎，问：“今天不加班了？”

布扎说：“阿爸来了，我就不加班了，请了假早点回来。”

沙妮给他们上了饭菜。布扎说：“阿爸您再喝点酒吧。”

布扎移过去，坐在他们旁边。喝起酒来。

布扎说：“阿爸，要不，您也来城里算了，您一个人待在老黑山，我们不放心的。”

达布微笑着说：“我来城里干什么？我一样都不会干啊。”

布扎说：“您去我们汽车城那边当保安吧，工作轻松得很，守大门。只是工资低一点，一个月一千五百块左右。”

达布说：“这活我不想干。当然了，我来了，一家人也好互相照顾。也可以减轻你们的负担。不过，这一小点钱，我在老黑山也苦得到的。我种地，作毕，采核桃和菌子，一年算下来也少不了这点收入。以后，彝药基地建起来，我可能也有活干。还会有收入的。”

布扎说：“这也倒是，药方子都是您献出去的，不聘请您也说不过去。只是您一个人在家里，我们照顾不了您。”

达布从衣服里掏了五千块钱出来，递给布扎。布扎不肯收。

布扎说：“是我们给您钱才合，只是我们要还房贷，给不了您了。您不用给我们，您自己留着用吧！”

达布说：“你就收着吧，我在老家留着钱没多少用处的。你们要还房贷，还有你阿妈没收入，娃儿要上学，这些都要用钱。等以后我有了，再给你们一些吧。”

布扎说：“阿爸，您就不用操心钱的事了，要是您来我们这里生活就好了。”

达布说：“我还是要回去的。老黑山还有好多事情等着我去做呢。”

布扎说：“阿爸呀，老黑山的事情，有好些是不用您去操心的，有县乡两级政府，还有村组干部。除了作毕，其他的事情，您可以不管。”

达布说：“我不管，人家也做得好，这倒是事实。可我一去管了，就能早一天做好。以前，你们埋怨人家安教授，说句公道话，他也可以不管老黑山的事。就是因为他，我也才愿意做些事。人家从那么远的地方跑回来，不就是想为老黑山做点事。有人说他图名，他图这个名干什么？他在美国，就是个名气扎实的大科学家，人家在那边也有做不完的事。他来老黑山，难得啊，我咋就不能帮着点？还有，即使这个安教授不回来，我也要做些事。要不然，这老黑山真要不成了，以后没法在了。我们还对得起祖先吗？把老黑山砍光、卖光、吃光，富了一两年，坑了几代人，这种事情做不得啊！”

布扎这一次没有反驳他。看来，他来到城里上班后，也好好地想过一下老黑山的事情了。至少，他现在不像过去那样急着反对了。

达布待了一夜，返回了老黑山。

彝药基地是林业科学院和彝医药研究院的人来建的，他们在山上到处做标记。他们聘了达布做他们的顾问，他们住在安氏土司旧衙里。村里要求他们付给那涛村房租费。达布说不能收他们的房租费。建基地的人说，那点房租费他们给得起。只是安教授和达布反对收房租费。村里有人说，这安教授是出尔反尔，以前说过的，房子归那涛村作公房使用。既然是那涛村的公房，那涛村当然有权决定是否收房租费。

达布有些过意不去了，他去找了自多。他说山上的草药长得好了，以后村里可以采草药卖。以前就是我们两三个毕摩，采些来给村民们治病。以后我们可以增加收入呢。还有，他们来对草药进行人工培育，培育成功后，就会租我们的地，我们可以去地里打工，这也是收入啊。不要有机会赚钱就急得不得了。

自多在好多场合做了说服和解释工作，村民们终于同意让那些人住进了土司旧衙。

安教授的实验室建在硕博学院。他的重点是研发“尼莫诺期”药片。那里需要好几个助手对里面的方子进行提炼。为此，安教授还做好了保密工作。他把助手分作三个小组，每个小组分别对药方的几种构成物进行主要成分研究和提取。他自己对其中三种关键构成物进行主要成分研究和提取。最后由他来进行比例搭配，再进入临床实验。达布相信，安教授一定能够成功。只要安教授成功了，“尼莫诺期”就会得到批量生产，就会造福世人。这也会推动药用植物的繁育，老黑山也就能源源不断地为世人输出药材。那时候，老黑山当然也就成了一座金山。

县文化局为老黑山彝族文化传习学校暨毕摩文化传习所配备了桌椅和黑板。他们把这些送到了土司旧衙。达布领着者都把教室布置了一通。达布献出去的《毕摩经》已经印成了书，也送到了土司旧衙。乡里面由文化站长出面，组织了一期培训，把老黑山上的三十多个毕摩召集来，集中培训了三天。县上来了人，讲了一天的民族宗教政策。后来又请达布对其中的四部经进行了讲解。达布想，这四部经，是通用的经文，平时经常用得上。只是，来学的毕摩，大多比自己年纪大了，年纪比自己小的，只有者都他们四五人。者都在课间无意中说到，他想出去打工，想出去看看外面的世界。

达布听者都这么一说，心里先是一惊，好一会儿才平静下来。对他说，去吧，毕摩这些技艺在城里没什么用处。过几年后，想回来就回来。只要在这山上生活，只要山上还有彝胞，毕摩的技艺就有用处。

乡上打算明年举办一期新毕摩学习班。说是正在搞摸底调查。他们问达布愿不愿意教他们。达布说，只要有一个人愿意学，他都愿意教。这些人，他们愿意拜谁为师都行，他可以做动员工作，让老毕摩们搞好传帮带。

2018 年秋天，他忙碌着，播下了小麦。

这一天，天有些阴沉，刮起了风。他到地埂上收南瓜。收了五六个，装满了篮子，准备收工，背回家后做晚饭吃。

手机响起了铃声。他掏出来一看，是儿子布扎打来的。

布扎的声音有些嘶哑，说："阿爸，阿妈出了车祸了！"

达布不相信，说："你说什么？你没有喝酒醉吧！"

布扎说："阿妈出车祸了。医院没抢救过来！"

达布说："那到底是咋回事？"

布扎说："今天中午我们去郊外的农家乐吃饭，吃完饭后阿妈跟半夏坐的车，我们和中秋坐一辆车。在回来的路上，半夏开的车和大货车撞上了，半夏当场死亡，阿妈被送医院抢救无效去世了。半夏的车上，他的媳妇娃儿撞成了重伤，还在医院抢救。我们坐中秋的车，没事。"

达布质问道："你们为什么不让你阿妈和你们坐一辆车呢？现在呢，麻烦了！唉，我这就赶着出来吧！你通知你姐，让她们赶来硕博城。”

布扎说：“您等等我舅舅，他去外村做客，正在返回的路上。让他同您一起来吧！”

达布说：“唉，那个醉鬼，我不想和他一路走，他容易误事！”

布扎说：“他是阿妈后家人，您就忍忍吧，等着他，一路来。我呢，就等着他来收拾我了！”

达布回家吃了碗饭，六神无主地坐在沙发上。等了一个多小时，沙由才来到。他一身酒气，进来就说，走吧！达布却又不肯走了，说，明早走也不迟。

沙由说：“你怎么一点也不着急似的！想办法走啊！”

达布想，骑摩托是不行了，这个沙由，有些酒醉，万一骑不稳，那就麻烦了。可是，找谁送他们去到乡街子上呢?

想了好一会儿，最后想到那些州上来基地的人，他们好像有两辆车的。他带着沙由出来，去土司旧衙。

他跟他们说自己有急事，请他们送一送。人家也倒爽快，把车发着，便把他们送到乡街子上了。他们在这里住一晚，明天早早出发，下午五点多钟就到得了硕博城。

夜里，达布睡不着，沙由坐了起来，倒了一杯酒，在那里自言自语：“唉，布扎这娃儿好好的，可他妈就这样去了！我家那个背时儿子一样整不成，我又活得好好的，这事儿让我想不通！人世间的事呐，咋就那么怪呢！”

达布翻过身说：“他舅，睡吧，不要再多想了！”

沙由说："我咋睡得着啊，我就是想不通！你看，你是个大毕摩啊！这事儿怎么就一点都没有预感呢？布扎他们要进城，他们去他们的，年轻人嘛，让他们去闯，让他们去奔，由不得我们。可你让我妹妹跟他们去，这下不就出事了嘛。"

达布说："天大的毕摩也看不准家里的事。睡吧！我不想说话了。"

说罢，他翻了个身，拉了被子蒙住头，管沙由说什么，他也不理会。

他突然想起，也不是没有预感呀！上次他去的时候，也交代过，要防那些铁老虎。这下，铁老虎真的夺了沙妮的命。这也怪不得她的，她跟人家坐的车，她防不了的。

他不知道怎样熬到天亮的。他只记得，沙由一直在抱怨着。抱怨了大半夜，可能是酒喝得多了，呼呼睡去了，他只得听着他讨厌的鼾声。醉了真是好啊，可以暂时忘记这世间发生的痛心事。

第二天，差不多坐了一整天的车，他们到了布扎家。

王东美见了他们就抹着眼泪哭。扎秀跑过来，抱住达布的大腿，说："爷爷，我要奶奶！我要奶奶！"

达布只好摸摸她的头，爱抚地说："扎秀乖啊，明后天我就去找奶奶！"

"阿爸说了，我没有奶奶了！奶奶去了医院，再也回不来了！"

王东美过来，把扎秀抱起，说："扎秀，让爷爷吃饭啊，爷爷饿了。”

布扎摆好了饭菜。达布和沙由上了桌。沙由才喝了口酒，就数落起布扎来。说老人来帮你招呼娃娃，你却没有把老人招呼好。

布扎没有回一句话。他知道老黑山彝家的规矩。说起女方家的事，舅舅为大。舅舅打和骂都行，外甥只能承受。他曾经看见过，老黑山有些当舅舅的，把外甥追着打，打得三亲六戚出面求饶才肯放过。眼前的舅舅说的没错啊，阿妈是自己带出来的，现在成了这样，舅舅责骂几句，不算过分。

达布喝了酒，吃了饭。问布扎交警看过现场没有？

布扎说，看过了。半夏喝过酒，算是酒驾，还转弯占线。半夏负全责的。现在半夏和阿妈都不在了，大货车司机也就不要那点车损赔偿了。交警说了，如果半夏没喝酒，保险公司会赔些钱给乘车人的。如果半夏还活着，他也合赔钱给我们。现在半夏不在了，那就是各家了各家的事了。可是半夏家也心有不甘啊，还反过来索赔。还好这顿饭本来就是半夏约的。他们也就没法向我家要赔偿了。如果是我约的，那麻烦就大了。

达布说：“我说你们这些年轻人啊，不见棺材不掉泪，开车喝什么酒啊！人喝了酒，就像个乱滚的鸡蛋，碰上那个铁疙瘩，不稀巴烂才怪呢！”

布扎说：“我们阻止过他，不然我们全部都有责任了。”

达布说：“那就不说这些事了，等你姐他们一到，我们就商量，咋个回去法。”

沙由又醉了，布扎把他扶去客房里躺下。

达布坐了一会儿，也去睡了。

第二天中午，布期两口子也赶到了。

沙妮的遗体没法拉走。医院说，政府有规定，要火化了，才能带骨灰回去。

达布说："也罢也罢。路又远，遗体也不好运。即使运回去了，这属于凶死，要焚烧，也是麻烦。火化了吧。随后我和你舅舅带着骨灰回去，选个日子把骨灰埋了，这事儿就了了。等火化的事完了，布期你们呢，就原路回去上班。布扎你们呢，就赶快想好招呼扎秀的事，我呢，就不帮你们招呼了。以前我还想，到扎秀大了些，你阿妈就回去，种点菜，养些猪鸡，我们就在老黑山过日子。可现在，你阿妈这次一回去，就完全歇了下来。我呢，还动得了，再为老黑山忙几年，以后老去了，也就归山了，再当一回看不见的守山人。"

布期一直在哭。她说："阿爸，你莫说二话气我们，莫说瞎话吓我们。这一次，我们一定要跟着你回去，送阿妈归山。以后，你老去了，我们也会送你归山，直至送你归祖，让你在老黑山守金山，让你回祖界享安乐！"

达布没再说什么。老黑山仿佛就在眼前，高大魁梧，穿了绿色罩衣。它身上那些东西，像金子一样值钱。他想，只要按他的想法干下去，老黑山会成为子孙后代心中的洛尼山。这样，老黑山真就是金山了。